貴妻

3

文創風 183

油燈 著

目錄

第九十六章

「大少奶奶，您的茶。」

名為綠盈的丫鬟小心地將泡好的茶給拾娘奉上。她是新進府的丫鬟中的一個，鈴蘭從十五個丫鬟中挑了六、七個她覺得各方面都還不錯的，而拾娘觀察了幾次之後，又從中挑了兩個到身邊伺候，除了綠盈，還有一個叫綺綺的。她們兩個到位之後，拾娘這些小事便交給了她們。

「嗯。」拾娘微微點了點頭，眼光卻沒有離開手上那幾張薄薄的紙，沈思了好一會兒之後，才出聲道：「綠盈，妳去把姚嬤嬤叫過來，我有事情要和她說。」

「是，大少奶奶。」綠盈恭聲領命去了，拾娘嘆了一口氣，放下手中的紙張，端起了茶杯，等著姚嬤嬤過來。

她叫姚嬤嬤過來只有一件事情，那就是讓姚嬤嬤照著她手上的點心方子做點心，看看她能夠做出什麼樣的水平，和董家現在的點心鋪子以及望遠城幾家有名的點心鋪子相比又是怎麼樣的。

到今天為止，姚嬤嬤等人進董府已經半個月了，這半個月來，董家裡外的下人已經將新規矩背得滾瓜爛熟了——為了避免有人犯了規矩以記不住為由，逃避責罰，拾娘直接說了，連個規矩都背不來的，定然是個榆木疙瘩，董家不要那樣的蠢人伺候，不用多說也別找人說情，直接讓牙婆帶出去便是。這話一出，就算心裡對新家規不服的馨月等人，也只能老老實實將規矩背熟，免得自己成了那個被殺給猴看的雞——就連董夫人都認同這個新規矩了，他們這些當下人的除了順從之外，還能變出什麼花樣呢？

除了背規矩、學規矩之外，小丫鬟們最主要的工作是打掃衛生，而幾個婆子，尤其是擅長廚藝的婆子，則是翻著花樣展示她們的手藝，這些天別說是主子們吃得心滿意足，就連小丫鬟們也都沾了光，飽了口福。

許貴家的不負拾娘所望，藥膳做得相當地道，什麼人、什麼季節適合用什麼樣的藥膳養生掌握得十分精準，食物的相生相剋也把握得十分到位，讓拾娘覺得將他們一家子買進來的決定是正確的。姚嬤嬤的點心做得也還可以，雖然花樣少了些，做得也都是常見的那些品項，但是品相和口感卻都還不錯，只是不知道換了她不熟悉的方子，她又能做出什麼樣的效果來了。

如果可以的話，拾娘還想再挑挑，找一個手藝更好一些的廚娘，但是她現在卻已經沒有太多的時間浪費了——這半個月她又花了一大筆錢，她現在最要考慮的就是如何增加收入，讓荷包鼓起來。

這件事情要從董家的宅院說起。

接手管家之後，拾娘叫了熟悉董家裡外的馮嬤嬤陪著，認認真真、仔仔細細將董家上上下下逛了個遍，逛完之後，拾娘對董夫人管家的本事就更看不上眼了——董家人口不多，但是宅院卻不小，和林家一般，也是一個五進帶花園的大宅院。

可是，董家偌大的一個宅子，絕大部分空置著不說，這些地方還連人氣都沒有，空空蕩蕩的房間裡都結滿了蜘蛛網，院落中更是冷冷清清的，連院子中種的樹木都因為長久沒有人氣，也沒有人打理而枯死了。

守著這麼一個大宅院，過著那麼清貧的日子，真不知道董夫人是怎麼考慮的。如果是她的話，或許早就把這個大宅院給賣了，換成一個適中的宅子，過得會比現在更寬裕不說，還不會這般暴殄天物。

好吧，馮嬤嬤有說過，這宅子是祖宅，也是董氏宗族最好、最大的宅院，還說董家不知道有多少人在眼紅這宅子，董夫人為了保住這個宅院費盡了心血，不可能將它賣了；但將其中的一部分劃出來，讓董家那些家裡住宅狹小擁擠的人借住總是可以的吧？既能夠博一個好名聲，又能夠讓人打理保養房屋，免得長時間沒有人居住打理荒廢了。至於說有借無還……要是董禎毅能夠高中，誰又敢侵占房子不還呢？同理，如果董家兄弟不爭氣，這房子遲早也保不住，還不如自己主動大方一些。

但董夫人顯然不會這麼想，她寧願房子空著，寧願房屋因為長時間沒有人氣、沒有清理而荒廢了，也不願意讓別人住進來。所以，拾娘看到的，除了董夫人等人住的地方，其他的地方和荒宅真沒有太大的區別。

拾娘未嫁進門之前，董夫人帶著董瑤琳住在正院，董禎毅和董禎誠兄弟倆住在前院，中院和客院全部都空著；成親後，董夫人將荒蕪了好幾年沒有人住的中院收拾出來給他們當作新房，董禎誠一人獨居前院，客院仍舊空著。

之前董家的丫鬟、婆子，基本上都是每人一個寬敞的大房間，但是就算這樣，董家大部分的房間也都是空空蕩蕩的，哪怕是現在，拾娘買進了這麼多的丫鬟、婆子，也沒有擁擠的感覺。

最令拾娘看不下去的是，董府原本有一個布局相當不錯的花園，園中還有假山和亭臺水榭，但是現在，假山和亭臺水榭依舊，但旁邊可能是以前種植花木的地方卻被闢成了菜園，現在這一季剛好種了些白菜。拾娘暫時不想去理會花園，也沒有那個財力將它恢復原狀，但是各個院子卻不能任由其荒蕪下去。要知道，沒有人氣的屋子時間長了自然就會出問題，到時候可不是清理乾淨就可以了，說不定需要推倒了重建。

所以，這些天她讓從董禎毅那裡挖來的欽伯，指揮著新進的丫鬟、婆子們通力合作，將整個董府裡裡外外清掃乾淨，更從外面找來工匠把需要修繕的地方做簡單的修繕，而之前丫鬟、婆子們住的地方，不合規矩的寧願空著也讓她們搬出來，照著規矩重新分配了住處。

花園暫時無力去管，但是各個院子裡枯死的樹木花草卻不能聽之、任之；欽伯找來工匠將枯死的花木連根拔起，丟了出去，他自己帶著另外的一個男丁郭三兒買了些便宜的花木補種上。這麼一折騰，董府煥然一新，用董禎毅的話來說，是終於有了他們當年剛回望遠城時候，還沒有荒廢的模樣。

當然，為了讓董府大變模樣，拾娘的付出也是巨大的——她已經縮水不少的荷包又再度縮水，拾娘手裡現銀只剩下不到五百兩銀子了，就算需要花大錢的地方基本上都已經花過錢了，但是這些錢也不夠熬太久，考慮如何開源節流勢在必行，不過拾娘想的最多的不是節流，而是開源。

林家給她的嫁妝，莊子暫時指望不上，田裡的麥子還沒有成熟，再過兩個月才能收割，等到收割，賣出銀錢來更不知道還需要多久；而糧食鋪子一個月大概有五、六十兩銀子的盈利，雖然也可以補貼一些，但是卻是杯水車薪，解決不了根本問題。那間專營文房四寶的鋪子筆墨軒，剛剛開業沒有多久，還沒有什麼盈利，能持平已經不錯了，一樣靠不住。

思來想去，拾娘只能考慮將董家三個雞肋一般的鋪子好生整頓，讓它們轉虧為盈，三個鋪子中首先拿點心鋪子開刀試水溫，也是拾娘深思熟慮之後做的決定。

說到做生意，拾娘還真的是兩眼一抹黑，她不知道莫夫子和她相遇之前是什麼樣的身分、靠什麼營生，但可以完全肯定的是他一定不是生意人，所以對於這些，莫夫子是從來沒有和她提起過，拾娘知道的簡單生意經還是林太太教給她的。

林太太和她說過，做生意有幾點訣竅，眼光要準，要找準了合適的目標；底氣要足，不管是做哪一行，都要有自己特殊的、與眾不同的東西，要讓大多數的人接受不說，還得不讓人隨便地模仿了去；最後是一定要有銀子做後盾。鋪子最好是自己的，鋪子裡的掌櫃、夥計則一定要是完全信得過的，要不然的話，生意再好，房東來個漲房租或被對手把房子給買走了，對生意的影響會相當大；而掌櫃、夥計就更不用說了，他們才是和外人打交道的，他們不忠心的話，那麼主人家做什麼都會虧本的。

拾娘不覺得自己在做生意方面有什麼獨到的眼光，而她也沒有多少銀錢做什麼別具一格的生意，她只想將手上現有的鋪子打點好，增添些進帳。之所以拿點心鋪子開刀試水溫，是她覺得做吃食投入少、回報快，是不是有效果很快就能看得見，她現在手上的閒錢可不多，不能隨意折騰。當然，她手上有自己覺得還不錯的點心方子也是最主要的原因，那些點心方子中有十分考究的、用昂貴食材製作的，但是也有配方獨特卻用普通食材做的。

她精挑細選了一番之後，從中選出了六個方子，製作的手藝不算太複雜，食材也都是常見的，但是在莫夫子的口中評價卻很不錯，她也沒有在林家見過那樣的點心，想來望遠城也不一定有。她想讓姚嬤嬤照著方子做些成品出來，嚐過覺得不錯的話，再圖謀下一步。

正在思忖間，姚嬤嬤在綠盈的陪同下到了。她忐忑地抬頭看了一眼臉色平靜，看不出什麼情緒的拾娘，又迅速將頭低下，行禮道：「奴婢見過大少奶奶，不知大少奶奶將奴婢喚來有什麼吩咐？」

第九十七章

「姚嬤嬤，妳進府也半個月了，可還待得習慣？撥給妳的小丫頭用得順手不？」拾娘沒有直接將自己的用意說明，而是先淡淡詢問了一聲。她讓鈴蘭從小丫鬟中挑了一個能夠吃苦又不乏機靈的小丫鬟，讓她跟在姚嬤嬤身邊幫忙，也跟著她學些最基本的本事。

「謝大少奶奶關心，在府裡的日子比以前舒服多了，奴婢過得很好。綠琴那丫頭也很不錯，又機靈又勤快，很討人喜歡。」姚嬤嬤心裡很沒底，她知道自己做點心的水平不怎麼樣，只能說算是一門能夠糊口的本事，要說有多好的話，還真的說不上。

到董家這半個月，拾娘刻意考驗，讓她和許貴家的、汪嬤嬤將自己的拿手菜都做了一遍，許貴家的就不用說了，真的是沒得挑剔，相對遜色的汪嬤嬤也是個有兩把刷子的，這半個月那是施展了渾身解數，到今天為止，頓頓的菜餚都不重複；但是自己，不過會做那麼十一、二種常見的點心，早已經重複了一個遍，或許眼前這個精明的大少奶奶已經看出來了。

「那就好。」拾娘微微點頭，然後看著侷促不安的姚嬤嬤，道：「這些天，姚嬤嬤每日做的兩樣點心我都很認真地嚐了，說實話，手藝還不錯，雖然都是些平常慣見的小點心，味道也沒有太多不一樣，沒有什麼驚喜，但足我看得出來，每一道點心姚嬤嬤都很用心去做。

不過我能問一聲，妳今天做的豌豆黃和上一次做的有細微的不一樣，這是為什麼呢？」

「回大少奶奶，上次做豌豆黃的時候，天氣稍微還沒這麼熱，奴婢就嵌了少許的紅棗肉，這樣看著更漂亮，吃起來還有一股紅棗的香甜；但是今天天氣卻燥熱了幾分，奴婢便沒有加入紅棗肉，這樣的話口感更細膩，沒有紅棗的香甜，卻更加清涼爽口。」拾娘這麼一問，姚嬤嬤就知道拾娘是有在認真品嚐她做出來的點心。

「我很喜歡妳這份認真，不過，如果我猜得沒錯的話，妳會做的點心不多，畢竟所有的點心都已經重複做過了。豌豆黃重複做過兩次，而有幾樣則重複過三次。」拾娘看著忽然緊張起來的姚嬤嬤，道：「妳能夠如實告訴我，妳是不是就只會做這幾樣點心？」

拾娘能夠察覺這一點，姚嬤嬤一點都不意外，意外的是拾娘會這般直接問出來，而她也沒有迴避，直接點點頭，道：「回大少奶奶，奴婢確實只會做這幾樣點心。」

「妳很實誠。」姚嬤嬤沒有掩飾的態度讓拾娘很滿意，她不介意姚嬤嬤為自己掩飾一二，但是她更欣賞現在這樣的態度。她看著姚嬤嬤，問道：「為什麼會這樣呢？難道妳當初學做點心的時候，師傅就教了這麼十一、二種的點心做法嗎？」

「大少奶奶這樣問了，奴婢就實話說吧！」姚嬤嬤心裡嘆氣，道：「奴婢原本不過是個廚房裡打雜的，並沒有跟著大師傅學過，奴婢現在會做的這些點心，都是看著大師傅做，嚐了大師傅的手藝之後，自己摸索出來的。」

「自己摸索出來的？」拾娘的眉高高挑起。姚嬤嬤這樣的回答很是讓她意外，她雖然不會做菜，但是也知道，有人教和沒人管是兩回事；要真的如她所說的，沒有人教她就能做出這般水準的點心，還會隨著天氣的變化略有改動，那麼她對做點心還是很用心，也頗有些天分的，那倒也是個值得培養的對象。

「是。」到了這一步，姚嬤嬤也沒有隱瞞的心思了，看著拾娘道：「不瞞您說，奴婢並非望遠城人氏，奴婢在望遠城定居之前，是京城一戶富貴人家的下人，是在廚房裡幫忙打雜的。當年五王之亂的時候，奴婢的主子一家早早逃出了京城，也帶了一批得力的下人，但是像奴婢這樣在主人面前連露面機會都沒有的，主人家自然不會理會；還是管家心好，將我們的身契還了我們，讓我們收拾自己的東西各自逃難……逃難的路上，奴婢和一起的人走散了，也走過很多的地方，最後在望遠城落了腳。」

京城人士？看來當年從京城逃出來的人還真是不少，董家一家子是京城的，而自己，莫夫子十分肯定自己也是京城長大的，現在又多了一個從京城逃出來的婆子。至於姚嬤嬤說的管家好心，她卻是嗤之以鼻的。她才不相信那是好心呢，依她看，那管家那般做極有可能是得了主人的命令，故意用這樣的手段遣散像姚嬤嬤這種不被重視的下人，他們驚慌失措地逃出京城的時候，還可以為主人家的行蹤做些掩飾。不過……

拾娘看著姚嬤嬤，問道：「妳沒有想過回京城嗎？」

「沒有。」姚嬤嬤搖搖頭，道：「奴婢並非主人家的家生奴才，而是小的時候從人牙子手裡買進府的，進了府伺候了七、八年，也都沒有見過主子的面，那樣的府裡像奴婢這樣的下人，多一個不多，少一個也無所謂。奴婢就算是回京城，也不一定還能回得了府，進了府或許也就是個打雜的。與其千里迢迢回去當個不受人待見的，還不如待在望遠城來得舒服。」

「原來是這樣啊……」拾娘看著姚嬤嬤。她喜歡像姚嬤嬤這樣無所牽掛的，這樣的話，她背叛自己的可能性就又小了點，起碼不會因為親人而背叛自己。

她看著姚嬤嬤，道：「那天我和夫人的話想必妳也聽進去了，這家裡實際上並沒有找一個專門做點心的廚娘的必要，我把妳留下來是為了鋪子著想。董家有一個點心鋪子，生意很是一般，我想找一個能夠完全放心，手藝也不錯的點心師傅。」

姚嬤嬤的眼睛一亮，但是很快便黯淡下去了，她知道做一個鋪子的點心師傅比做一個廚娘有前途，別的不說，起碼月錢會多不少；但是她更清楚，自己的這兩把刷子別說當什麼點心師傅不夠格，能在董家待多久都還是個問題。

「雖然和妳只見過幾次面，但是我看得出來，妳是一個很實誠的人，我對妳還是很放心的。」拾娘看著姚嬤嬤。姚嬤嬤的眼神變化她看在眼中，知道姚嬤嬤對自己到底有多少本事也是心中有底的，她淡淡地道：「但是，妳的手藝……這樣說吧，妳的手藝還不錯，做點心也很用心，但是缺乏最重要的東西，那就是獨具一格的點心方子。」

「奴婢知道。」姚嬤嬤垂下頭。一般的小吃點心可以摸索著做，但是真正有特色的，能夠做出來賣的，沒有秘方絕對做不出來的。她已經可以肯定，拾娘下一句話就是讓她回去收拾東西，然後等崔五家的來領人了——她在望遠城這麼些年，最長一年、最短兩個月就要換主家，崔五家的早就已經習慣了，唯一會感到意外的，是這一次自己連一個月都沒有待滿吧？

「如果我這裡有點心方子，妳能不能照著方子將我要的東西做出來呢？」看著垂頭喪氣的姚嬤嬤，拾娘問了一個讓她錯愕地抬頭的問題。

「大少奶奶，您的意思是……」姚嬤嬤不是笨人，自然聽出來拾娘話裡的意思，但是她有點不敢相信，不敢相信自己有這麼好的運氣。

「我手上有些個點心方子，有世家的特色點心，也有宮廷點心，我不諳廚藝，不知道該怎麼做，不清楚這方子的真假，更不知道照著方子能不能做出我所期待的那些點心，但是我還是想試一試，只是不知道妳有沒有那個勇氣也做一番嘗試呢？」拾娘看著眼睛亮了起來的姚嬤嬤。

「奴婢想試試！」姚嬤嬤看著拾娘，道：「奴婢知道自己不夠聰明，但是奴婢願意下苦功，只要大少奶奶能夠把要做的點心的配料和大概步驟告訴奴婢，奴婢一定竭盡全力，做出大少奶奶想要的味道來。」

只要有方子，姚嬤嬤還是很有信心將點心做出來的。要知道，她最早待的主人家可不是一般的富貴人家，光是點心師傅就有兩個，跟著兩人打雜的丫鬟、婆子也有七、八個，只有她沒有得到師傅的指點，卻還是偷學了這幾樣不錯的點心——好吧，這些都是最簡單、最常見的點心，但是那是在沒有指點和秘方的情況下做出來的啊，要是有了秘方的話，就算是最複雜的點心她也有信心做出來。

「有信心就好。」拾娘微微點頭，道：「我這裡有不少方子，我挑了幾個稍微簡單一點，對食材要求也不高的，妳看看。」

看著拾娘遞過來的紙，姚嬤嬤眼神微微一黯，道：「大少奶奶，奴婢只識得簡單的幾個字，還請大少奶奶將方子給奴婢唸一遍。您放心，奴婢的記性很好，只要您唸上一遍，奴婢就能記得八九不離十。」

記性也不錯，看來真的可以期待一下。拾娘收回手，輕輕唸了起來，而姚嬤嬤一邊聽著，一邊思索著，她的眼睛越來越亮，臉上也有了些躍躍欲試的表情……

第九十八章

「唔，樣子看起來倒是不錯，只是不知道味道嚐起來怎麼樣了。」看著綠琴端上來的點心，拾娘點了點頭。就賣相來說，眼前的這道荷花酥相當不錯，一朵朵含苞欲放的荷花放在綠色的盤子中，讓人看了就十分歡喜。她沒有直接品嚐，而是看著滿臉期待的姚嬤嬤，問道：「要是我記得不錯的話，這個荷花酥是我給妳的方子中最複雜的，沒想到不過三天的時間，妳就把這個給做出來了。」

「回大少奶奶，奴婢得了方子之後不敢怠慢，這些天把所有精力和時間都花在這個上面了。奴婢做這個是因為奴婢覺得這荷花酥的賣相最好看，讓人看了就十分歡喜，在點心鋪子裡，這樣的點心應該會比較受歡迎。」一開始，選擇哪一個點心來證明只要有方子自己就能做出來，姚嬤嬤還是費了一番心思的，而做出來的效果也是自己比較滿意的。她笑著道：「至於味道，還請大少奶奶嚐嚐，看看能不能讓大少奶奶覺得還過得去。」

「是應該好好地嚐嚐。」拾娘點點頭，伸手拿了一個輕輕地咬了一口，仔細嚐著味道，好一會兒才道：「做的確實不錯，酥鬆香甜，和我想像中的一樣。」

拾娘的評價讓姚嬤嬤大鬆一口氣，她笑著道：「這還是因為用的是去年的蓮米，差了一點鮮味，要是用新鮮的蓮米的話，會更好吃。如果等到過段時間有了新鮮的荷花，在揉麵的時候加上一些荷花花瓣，再用荷葉來盛的話，一定會更好。」

「嗯。」拾娘點點頭。看來姚嬤嬤確實是很有天分，憑著簡單的方子就能做出這樣的效果，還能想到改進的方法，她這一次真的沒有找錯人。她看著容光煥發的姚嬤嬤，直接問道：「那麼剩下的幾種點心，妳需要多長時間能夠做出成品來？」

「回大少奶奶，其他的幾種點心相對簡單，有兩種奴婢以前曾經嘗試過，只是因為餡料的調配上把握不住，味道總是差了一點，現在有了方子，奴婢有信心一天之內做出成品來。這樣算來的話，再給奴婢七、八天的時間，奴婢就能將六種點心都做出來。」姚嬤嬤信心滿滿地看著拾娘。她沒有說的是，這幾種點心她以前都見過，其中的幾樣還曾經嚐過，不能說吃了就知道怎麼做，但做出來之後一嚐就知道做得怎麼樣，算是走了個捷徑。當然她心裡更好奇的是這些方子，拾娘是從哪裡來的，如果她沒有記錯的話，望遠城可沒有這些點心的。

「那就好。」拾娘滿意地點點頭，道：「那麼這些天妳就抓緊時間，爭取早點將這些點心都做出來，我就等妳的好消息了。」

「大少奶奶放心便是。」姚嬤嬤點點頭，然後又期待地看著拾娘，道：「只是僅憑著六種點心並不足於撐起一個點心鋪子，不知道大少奶奶那裡還有沒有其他的方子？」

「我這方子不多，但是三、四十個還是有的。」拾娘看著驚喜莫名的姚嬤嬤，道：「等這些方子妳能夠熟練掌握，並帶出一、二個能夠配合妳的丫鬟之後，我會再給妳幾個方子的，要是妳做得令我滿意的話，我甚至還能給妳幾個據說是宮廷秘方的點心方子。」

「大少奶奶放心，奴婢一定竭盡全力去做。」姚嬤嬤的臉上閃爍著激動的光芒。對於她來說，沒有比秘方更吸引她的了。她看著拾娘道：「還請大少奶奶再給奴婢撥兩個小丫鬟過來，奴婢一定讓她們在最短的時間內學會配合奴婢，保證做出來的點心足夠多。」

「嗯。」拾娘點點頭，對姚嬤嬤的精神很滿意，她微微側臉，對身後的鈴蘭道：「妳去挑兩個老實能幹又能吃苦的丫鬟，讓她們跟著姚嬤嬤好好學學。」

「是，大少奶奶。」鈴蘭應聲，腦子裡飛快地將家中所有的丫鬟想過了一遍，心中馬上就有了合適的人選，道：「綠蕪和綠萍合適，她們兩個不算很機靈，但是做事一板一眼十分認真，和綠琴素日裡處得也還不錯，不如就讓她們兩個過去給姚嬤嬤打個下手。」

「妳決定就好。」拾娘點點頭，沒有給鈴蘭什麼意見，一來是這兩個小丫鬟她雖然有些印象卻不深，二來這樣的小事她沒有必要過問，要不然的話她真的是有三頭六臂也忙不過來了。

「那奴婢去忙了。」姚嬤嬤知道這會兒沒有自己多少事情了，她也急著再去廚房裡忙活，還希望早點做出成績來，讓拾娘再給她幾個方子呢！

「去吧。」拾娘點點頭，然後道：「妳先湊合著，等明天我就讓人給妳專門準備一個廚房，到時候妳做事就更方便了。」

「謝大少奶奶。」姚嬤嬤點點頭，沒有再停留，帶著綠琴下去了。

「艾草，把欽伯請來，就說我有要事要和他商量。」看著桌子上的荷花酥，拾娘微微一笑。雖然姚嬤嬤只做了這一樣點心，但是她相信剩下的一定也難不倒她，那麼有些事情可以提前來做了。

「大少奶奶是想將點心鋪子做點心的師傅換成姚嬤嬤，希望依靠姚嬤嬤的手藝讓鋪子重新盈利？」嚐了荷花酥，又聽拾娘問他這點心比起鋪子裡賣得如何，不用多問，欽伯便知道了拾娘的意圖。

「是有這個意思。」明人眼前不說暗話，拾娘坦然道：「夫人將內宅的事情交給我打理的時候，也一併將家中的三個鋪子交給了我。鋪子的經營狀況並不好，這種入不敷出的窘境，我不說，想必欽伯心裡也是清楚的，雖然我的嫁妝勉強還能支撐著，卻不是長久之計，將這三個鋪子扭虧為盈是迫在眉睫。」

「老奴知道大少奶奶想把這個家撐起來不容易，也知道管家的這麼些天，大少奶奶已經往裡面扔了不少的嫁妝銀子，但是讓鋪子扭虧為盈不是簡單的事情，並非換個點心師傅，有幾樣拿手的特色點心就能做到的。」

對於拾娘這段時間的所作所為，欽伯是十分認同的，現在的董府才有個書香門第、官宦人家的樣子；哪像以前，和破落戶一般，難怪三房、七房的人敢欺上門，其他房的也不冷不熱地看不起了。

「我知道。」拾娘點點頭，道：「比起一個出色的點心師傅，拿得出手的招牌點心，更重要的還有一個忠心的掌櫃，幾個忠心得力的夥計，而現在……哼，那鋪子裡還有忠心為主的人嗎？我看他們名義上是我們六房的掌櫃、夥計，但心卻早就已經去了別處。想要讓鋪子活起來，首先就得把鋪子裡的人員好生整頓清理一番，要不然的話，我敢肯定，姚嬤嬤前腳去了鋪子做出點心來，方子後腳就能被人拿出去，這鋪子照樣還是半死不活的。」

「大少奶奶目光如炬。」欽伯就知道拾娘沒有那麼天真，以為有幾個秘方，有個能做點心的師傅就萬事大吉了。他看著拾娘問道：「只是不知道老奴能為大少奶奶做些什麼事情呢？」

「我需要一個信得過又能夠撐得起來的掌櫃，兩、三個能夠張羅得開的夥計，在半個月內到位。」拾娘看著欽伯說出自己的要求，道：「姚嬤嬤能夠在半個月內將六、七樣有特色的點心掌握好，而她身邊現在有三個小丫鬟跟著學習和打下手，勉強夠了。我需要的是在半個月之後，姚嬤嬤能夠取代點心師傅，而你準備的人也能將鋪子原來的掌櫃和夥計給換下來，讓姚嬤嬤能夠心無旁騖地做點心，不用防備這個、那個的。」

「大少奶奶要將鋪子裡的掌櫃和夥計都換了？」欽伯很欣賞拾娘的魄力，要是董夫人能夠這樣的話，這三個鋪子也不會慘澹到現在這個樣子。但是他故意潑了拾娘一盆冷水，問道：「但是大少奶奶別忘了一點，那就是三個鋪子的掌櫃、夥計都是一個鼻孔出氣，如果沒有說得過去的理由的話，換了點心鋪子的人，其他兩個鋪子的掌櫃、夥計定然會向您發難的。」

「理由？辦事不力這個理由很充分了吧？」拾娘冷笑一聲，道：「以前夫人打理鋪子的時候，對他們吃裡扒外的事情視而不見，那是因為夫人自恃身分，不與他們計較，但是我可沒有那樣的器量，容不得這種行徑。至於另外兩個鋪子的掌櫃和夥計，他們要是老老實實地不出頭的話，那麼這權當是一個警告，我暫時不會拿他們一起開刀；但如果他們以為可以要脅我的話，那麼乾脆一起捲鋪蓋走人，與其這樣不死不活地熬著，我寧願關了鋪子也比養一幫子吃裡扒外的蛀蟲強。」

「如果大少奶奶下定了決心的話，那麼老奴理當竭盡全力為大少奶奶效勞。」欽伯心裡很是歡喜，不知道拾娘能夠做到哪一步，但是她的態度已經讓欽伯覺得滿意了，董夫人要是也能這麼說話做事的話，那些個掌櫃、夥計也不敢那般有恃無恐地胡來了。

「嗯。」拾娘點點頭，道：「掌櫃的也好，夥計也罷，如果能夠簽死契自然是最好，但是簽不了死契也不用強求，不過至少要簽五年以上的活契，至於待遇什麼的，你自己掌握就好，我一個內宅的婦人對於這些始終是掌握不好的。」

「老奴明白，大少奶奶就等著聽老奴的好消息吧。」欽伯點點頭，難得大少奶奶要振興家業，他不管怎麼樣都一定得幫她把這件事情給做成了，要不然一開始就讓她受了挫折，以後可就不一定還有這般的幹勁了。

第九十九章

「找一個合適的掌櫃有這麼難嗎？」拾娘看著面帶難色的欽伯，皺起了眉頭。她知道掌櫃的也好，店中的夥計也罷，並不像買個丫鬟、婆子那麼簡單，只要有銀子，牙婆總能找到合適的人選；但是她已經給了欽伯半個月的時間了，就算沒有找到十分滿意的，但找一個勉強能夠勝任的應該也沒有問題啊！

「回大少奶奶，老奴找了好幾個，也見了好幾個，但總有這樣、那樣不如意。」欽伯嘆氣，道：「大少奶奶不知道，那些做過掌櫃，想要換主家的都是些滑不嘰溜的，如果是以前老爺在的時候，自然不用擔心他們耍什麼花樣，他們自己會掂量一二；但是現在……那些油滑的人哪裡會有多少顧忌，只要有利可圖，他們就能背主。」

拾娘看著苦惱的欽伯，眉毛輕輕一挑，道：「難道挑一個掌櫃還需要有一個有官身的主子鎮著，要不然的話就挑不到合適的了？」

「老奴不是這個意思，只是老奴覺得幣頓點心鋪子是大少奶奶打理家中產業的第一步，務必一鳴驚人，做到最好，所以老奴才會這般慎重，半點將就不得。」欽伯聽出拾娘話裡淡淡的不滿，立刻解釋了一聲，然後小心地看著拾娘，道：「其實老奴倒是知道一個能夠勝任這個位置的人，只是……」

看著故弄玄虛的欽伯，拾娘只是看著他，連一個字都沒有問出口。

她的不配合讓欽伯有些訕訕的，但是再怎麼不自在，要說的話也得說，只是說起來的味道不一樣了。

「大少奶奶可還記得許進動？」欽伯再問了一聲，這一次他沒有停頓等候拾娘回答，便解釋道：「就是許貴家的那個瘸了腿的兒子，他就是許進動。雖然腿腳不便，行動起來有困難，但這人腦子活絡，做事很有一套，讓他打理這麼一個鋪子可以說是大材小用。他們一家都是簽了死契的，這樣的人用起來您也能放心。」

「他？」拾娘的眉頭深深地皺了起來。許貴家的一家子進來之後，她也見了那個半大小子和小丫頭，那小子看起來倒是挺機靈，她還特意問過，居然還上過兩年私塾，識得幾個字；她十分歡喜，便讓他跟著小七兒一起在董禎毅兄弟跟前伺候，還和董禎毅說了，要是用得順手，覺得還不錯的話，不妨留下來當個書僮，他可還沒有書僮呢。至於那個小丫頭，拾娘直接讓她跟著艾草學規矩，她年紀小，要學的東西多，能學的就更多了，那個丫頭也是個精靈的，這一個月不到，就已經讓拾娘覺得是個值得培養的。

但是許貴家的那個瘸腿的兒子，拾娘還真是沒有見過，根本就不知道是個什麼樣的人，不過卻沒有懷疑欽伯的話。許貴家的是個能幹的，兩個孩子又都是那般機靈，這許進動想來也不會是個差的，若非瘸了腿，也不會成為一家人的累贅。

「是。」欽伯點點頭，道：「許家以前在望遠城開了一個鋪子，專門做藥膳，許貴家的帶著兒媳婦在廚房忙活，許進勳則當掌櫃，那鋪子雖小，但許貴家的手藝好，許進勳經營有方，生意十分紅火。後來因故許進勳的腿瘸了，鋪子也關了，一家子老小落到賣身為奴還被人嫌棄的地步。」

「因故？」拾娘看著欽伯，直接道：「欽伯，既然你都已經看中了這個人，覺得他是點心鋪子掌櫃的不二人選，那麼有什麼就都直說吧，不要藏著、掖著，更不要和我打什麼啞謎，我沒有那個時間和精力和自家人鬥心眼。」

拾娘的話讓欽伯老臉一紅。

事實上，拾娘剛和他說讓他找個合適的人去做點心鋪子的掌櫃的時候，他就想到了在門房那裡和福伯作伴的許進勳，只是他卻因為心中的顧忌和某些不好說的原因，和拾娘玩起了心眼；沒有想到的是拾娘不接招不說，還直接點破了他的小手段，這讓他很有些不好意思，但是再不好意思也得把事情說清楚。

其實說來也很簡單，這許家一家子原本在望遠城城南開了一個不大不小的鋪子，專門做藥膳，許貴家的手藝好，許進勳又是個能幹的，這鋪子倒也經營得像模像樣的，一家人過得倒也和和美美的。

兩年前，許家的鋪子不遠處，開了一家藥膳酒樓，不管是位置還是檔次都比許家的小鋪子好了不止一星半點兒，但是生意始終是差了一點。那酒樓的老闆覺得是許家礙了他們的生意，便找了些幫混混兒到許家的鋪子裡鬧事，卻被許進勳一一化解，不但沒有將許家的生意給攪和了，還讓許家的名聲更旺，生意也更好了起來。

但是，這樣的情況沒有保持太久，許家的鋪子就出了事。

某天，在許家鋪子吃了藥膳的人，忽然都不同程度地出現了腹瀉、腹脹的症狀，有幾個嚴重的甚至去了半條小命，那些人都懷疑許家的藥膳出了問題，報了官，將許家給告了。官差找了大夫來看，說是許家藥膳中的幾味藥藥性相沖，所以才會出那樣的問題，許進勳因此被抓上公堂，打了板子，下了大獄，他的腿就是被人暗下毒手打瘸的。

這廂許進勳下了大獄，那廂，許進勳的媳婦卻因為驚嚇過度，見了紅，許貴家的才知道兒媳婦又有了身孕，連忙請了大夫。可最後，孩子沒有保住，大人也受了極大的損傷，一病不起。

為了救出兒子，許貴家的將鋪子變賣了，找人托關係，花了錢把兒子給贖了出來，見到他平安歸來的妻子，放下了一直牽掛的心，沒兩天就去了。

傷心欲絕的許進勳思來想去，覺得這件事情實在是蹊蹺，自家的藥膳方子用了那麼多年，從來就沒有出過問題，為什麼那大夫會那般說話？仔細一查，才知道，那大夫和酒樓老闆素有往來，那天過來的衙役也都得了酒樓老闆的好處，這其中的貓膩可想而知。甚至於那些吃壞肚子的客人，不是酒樓老闆安排的，也有可能是他找人投的毒，反正為的就是讓許家關門，為他的酒樓清除障礙。但是那些都是猜想的，許進勳也沒有具體的證據能夠證明，這個啞巴虧吃也得吃，不想吃也得吃。

以許貴家的手藝和許進勳的本事，原本也不會落到賣身為奴的地步，但是那酒樓的老闆生怕許家東山再起，再開一家鋪子來攪和了他的生意，想盡一切辦法阻撓許家開店，許家到最後連正常生活都不能。許貴家的無奈，只能和兒子商量了之後，找了以前曾經有過幾分香火情的崔五家的，一家子賣身為奴，也才到了董家。

還都是有故事的人，只是不知道汪嬤嬤是不是也有一番不一樣的過去呢？不過，那些都不重要，重要的是——

「那酒樓是什麼人開的？」

拾娘看著欽伯。她可不認為欽伯講這些只是為了替許進勳說話，這故事背後定然還有故事，那才是他想讓自己知道的。

「是吳家老爺一個姨娘的娘家兄弟。」

欽伯的聲音微微低了一點。他知道拾娘已經敏銳地看穿了自己的小花招，這讓他有些意外，他知道這世上有些女子精明厲害之處不亞於男子，只不過他沒有遇上罷了，但也沒有想到拾娘會是那樣的人。

「吳家老爺？是林家姻親的那個吳家吧？」拾娘看著欽伯，嘴角輕輕一挑，道：「我想是哪個姨娘的娘家兄弟，你應該也問清楚了吧？」

「是一個姓馬的姨娘，在吳老爺面前頗為得寵，生有一女，是吳老爺唯一的女兒。」欽伯頭低了低，不敢看拾娘那雙彷彿洞悉了一切的眼睛，他心裡有些後悔，不是後悔推薦許進動，而是後悔自己耍的那些花樣，他應該坦誠一些的。

就是吳懷柔生母的兄弟了，看來這個人和吳懷宇還真有幾分共同之處，都喜歡在背後陰人；只是他們不知道陰謀再好，始終是落了下乘，會被人看不起不說，也成不了大事嗎？

「我明天回林家一趟。」拾娘沒有多說，卻也把事情說清楚了。她看著欽伯道：「你去和許進動好好談談，看看他有沒有那個魄力當這個掌櫃。你告訴他，如果他做得好，我不會賞賜他什麼，但是我會考慮讓許自強恢復自由身的。」

「是，大少奶奶。」欽伯這會兒是心服口服了。他和許進動談過，當一個點心鋪子的掌櫃對於許進動來說並不是什麼難事，而他也說了，如果他做得好的話，希望有一天大少奶奶能夠讓他兒子贖身，那是許家獨苗，他不想他一輩子給人當奴才。

「那你就去忙吧。」拾娘點點頭，在欽伯想要轉身離開的時候，卻又道：「今天的事情是第一次，我也希望是最後一次。我不希望和自己人還要花心思打啞謎、鬥心眼，那會讓人十分膩味。」

「是。」欽伯恭恭敬敬應了一聲，走出花廳的時候忍不住吁了一口氣。這樣的事情他也不希望再來一次了……

第一百章

「這是什麼？」林太太指著食盒裡的點心，笑著道：「看起來倒是挺好看的，是董家的新廚娘做的？」

「嗯。」拾娘點點頭，親自動手將食盒裡的點心端了出來，笑著道：「這是芸豆捲，用上好的芸豆（注）、紅豆做出來的，裡頭還加了些芝麻，吃起來又香、又甜、又軟糯，您嚐嚐看。」

林太太隨手拿了一個起來，咬了一口，感受著那種柔軟細膩的滋味，讚賞地點點頭，道：「不錯，口感好，香甜卻又不會膩，還有芝麻香，確實是不錯。」

「還有這個。這是荷花酥，外面的皮炸得酥脆，裡面的餡料是用蓮米做的，不但有一股蓮米的清香，還不用擔心吃多了上火。」拾娘再給林太太拿了一個荷花酥，笑著道：「這幾樣點心我最喜歡的便是這個，又好吃、又漂亮。」

「確實是好看。」

林太太贊同地點點頭，吃了一口荷花酥，又在拾娘殷勤的伺候下，將其他的幾樣點心都嚐了一遍，然後笑著問道：「妳今天不是專門過來給我送點心的吧？」

注：芸豆，俗稱四季豆。

「太太覺得這幾樣點心怎麼樣？」拾娘不答反問，一臉的笑意盈盈，道：「這幾道點心是禎毅從家中的藏書中翻出來的，說是當年從京城帶回來的，還說這些點心是京城豪門貴族家中待客用的，雖然在京城會做這些點心的人不少，但是各有秘方，味道也不盡相同。」

「京城的點心？還是豪門貴族待客所用？」林太太微微一皺眉，但是立刻就想到拾娘想用這些點心做什麼了，她笑著道：「我聽說董夫人已經將管家的大權交給妳了，她是不是也將董家那幾個半死不活的鋪子一併交給妳了？」

「可不是。」

拾娘點點頭，可不認為她在董家的舉動能夠瞞過林太太，她嘆氣道：「太太不知道，董家還真的是個爛攤子，好好的一座宅子荒廢了一大半，就那麼三個鋪子還要死不活地苟延殘喘，丫鬟、婆子也都沒個規矩……我管家還不到一個月，為了買丫鬟、婆子，為了將那些眼見就要被荒蕪廢了的地方修整乾淨，可花了不少銀子。不瞞您說，我出嫁的時候您和老爺給的嫁妝銀子已經花得七七八八了，剩下的也不知道還能撐多久。」

「所以就想將那點心鋪子整活起來？」林太太看著拾娘。她根本沒有想歪了，認為拾娘是過來借錢的，別說她還沒有到山窮水盡的地步，就算是到了，也不一定會來借錢。

「是。」拾娘點點頭，道：「您也說過，但凡有路子可走的時候，與其想著怎麼節儉還不如想著怎麼開源。我沒有您的眼光，也沒有您的本事，只能從這個三個半死不活的鋪子著手了；如果成了，那麼就能夠為我解決眼前的窘境，如果不成，頂多鋪子開不下去了，反正那鋪子一年到頭也沒有多少盈利，就算是關了，也沒有多少損失。」

「嗯。」林太太點點頭。董家的情況她自然是了然於心的，她也很贊同拾娘的做法，那三個鋪子對董家而言不過是雞肋一般的存在，董夫人一直捨不得將之割捨，那是因為她沒有魄力，要是換了她的話，怎麼都不會容忍的。她看著拾娘，道：「不過，董夫人也贊同妳的做法嗎？」

「我沒有問她。」拾娘搖搖頭，臉上帶了一抹淡淡的嘲諷，道：「既然她已經將這個爛攤子丟給了我，那麼就沒有必要事事向她稟告，更沒有必要給她製造在一旁指手畫腳的機會。她覺得我這樣做不妥的話，可以站出來，我一點都不介意她現在收回我的管家大權。」

「董家現在這個狀況，就算妳想撒手把管家的大權交回去，她恐怕都不會要了。」林太太搖搖頭。拾娘可買了不少的丫鬟、婆子進門，光是這些人每日的用度就要不少銀錢，董夫人絕對不會在這個時候把管家的大權收回去的，那意味著她要擔負起這麼多人的吃穿用度。不過，要是拾娘能夠將鋪子盤活，董夫人一定會想辦法接手過去的。

「但是等到一切都平穩之後，她想要回去也不可能。這個您教過我，我不會讓人有機可乘的。」拾娘微微一笑。她並不眷戀這個管家大權，但她在董家的一天，就會把這個管家的權力捏在手裡，這樣才能讓她不被人左右。不過，她今天來不是為了說這個的。她看著林太太，直接道：「我今天回來，一是將這些點心帶過來給您嚐嚐，借您的眼光和品味看看這些點心會不會受歡迎，有沒有可能依靠這些點心打出名頭，繼而將點心鋪子盤活；除此之外，林太太還有一件事情想要和您說說。」

「這些點心還是不錯的，不過光靠這麼幾種點心卻不足以撐起一個點心鋪子。」林太太十分中肯地道。拾娘直截了當，她也不會拐彎抹角。

「只要您說不錯就好，至於品種……我手上有不下三十種點心的方子，可以慢慢地陸續推出，保證季季有新品。」拾娘笑盈盈的。她手上的點心方子確切地說有五、六十種，但是她還是說了一個保守的數字。

「如果所有的點心都能有這味道，又都是望遠城沒有的，那麼這個點心鋪子一定能有盈利不說，還可能賺大錢。」一聽拾娘的話，林太太就知道她已經做了不少的準備，她偏頭問道：「不過，想要和我說的又是什麼事情呢？是不是找不到合適的掌櫃，需要我幫忙嗎？」

「我那裡剛好有一個簽了死契的下人能夠勝任這個位置，只是他的身分……唉，還是和您直說吧。」拾娘搖搖頭，沒有隱瞞地將許進動的身分過往說了一遍，而後道：「我打聽過了，那位馬老闆心胸狹窄，容不得許家一家子過太平日子，要是我用了許進動當掌櫃的話，他說不定會故技重施，上門鬧事。不瞞您說，我不怵他上門鬧事，他要敢上門的話，我一準讓他吃不了兜著走；只是他怎麼著也都是吳家的親戚，如果不事先和您打聲招呼，到時候又因為這件事情和吳家生了嫌隙，那就是我的不對了。」

「馬姨娘的娘家兄弟？」林太太冷笑一聲，道：「馬姨娘我倒也見過兩次，不愧是當過青樓頭牌的人，長得妖妖嬈嬈不說，還擺才女的譜。雖說肚子不爭氣，只生了一個女兒，可偏偏吳老爺還就這麼一個女兒，她們母女倆在吳家倒也有些地位，娘家兄弟也因此從吳家撈了不少的好處。這姊弟兩個都一樣，沒有得勢之前，夾著尾巴做人，一旦得了勢，便囂張得忘了形。這姓許的，妳要是看著可以的話只管用，那姓馬的要是敢上門找麻煩的話妳只管收拾，要是妳收拾不了的話，我自會為妳出面。」

「那就先謝謝太太了。」拾娘立刻笑著道謝，卻又笑了起來，道：「希望是我在杞人憂天，不要發生什麼事情，我可記得您說過，做生意最要緊的是和氣生財。」

林太太點點頭，笑道：「那是當然。做生意，沒有比和氣生財更重要的了，但是也不能因為這樣就退縮，那只會讓妳不得安寧。」

「您放心好了。對了，我今天特意過來還有一樣好東西要給您看呢！」拾娘笑著從懷裡拿出一本小小的冊子，遞給林太太，笑著道：「這些日子我在整理董家書房的時候，發現了這個，我知道您名下是有一個酒樓的，想著這個說不定能夠派上用場，就順道給您帶過來了。」

「這是什麼？」林太太隨口問了一句，然後順口唸了出來：「《顧園食譜》？這是什麼？」

「前朝有位有名的大才子顧定貴，他生平最得意的不是他傳世的佳作，也不是他一路順暢的仕途，而是他一生享用過的美食。此人是位不折不扣的美食家，這本食譜中記載了這位大才子比較推崇的美食一百零八種，從選料、烹飪到品嚐都有詳盡的記載。這本書聞名的人不少，但是看過的人卻不多，如果林家的廚師能夠將上面的一百零八道菜都參悟的話，想必一定能夠讓酒樓的生意更上一層樓，說不定還能成為大楚數一數二的名酒樓呢！」拾娘笑著解釋了一句。這本書是莫夫子留下來的孤本之一，她覺得與其讓它爛在自己手中，一輩子都派不上用場，還不如將它拿出來做一個人情。

「這算是回報嗎？」林太太看著拾娘。

說不心動也是假話，但是她卻不能因為可能要為拾娘做一點點事情，就收這麼一份大禮，那只會讓她們的關係越來越疏遠。

「當然不是，這是我孝敬您的。」拾娘搖搖頭，道：「我相信就算什麼都沒有，您也會為我撐腰的，不是嗎？」

「妳這個丫頭。」林太太失笑，然後又道：「妳有這樣的東西，完全可以自己開一個酒樓的。」

「開酒樓可不是有本菜譜就能開的，講究的東西多了去，我清楚自己沒有那個本事。」拾娘搖頭笑道：「與其想那些不切實際的，還不如想想要是您讓廚子把上面的菜都學會了，帶著我好好的上酒樓吃一頓呢！」

「如果真的能夠把上面的菜都做出來，讓酒樓的生意更好的話，我到年底給妳分紅。」林太太也不是小氣的人，立刻做出承諾來。

「那我就等著您的好消息和過年的大紅包了。」拾娘歡歡喜喜地笑著，覺得這本菜譜送得挺值得，分紅什麼的她也不指望，但是能夠讓林太太對她的事情上一分心，讓人關照一下董家的生意也就夠了……

第一百零一章

「夫人，小人打理這鋪子也十年了，一直以來都兢兢業業、勤勤懇懇，不敢有半點懈怠，大少奶奶這麼一接管，就讓個瘸子接替了小人的位置，這實在是……」點心鋪子的掌櫃董貴老淚縱橫地跪在董夫人面前。

今兒一大早，欽伯就帶著許進勳和找好的夥計將點心鋪子給接管過來了，猝不及防地他想阻擾都不可能，只能眼睜睜地看著自己不知道付出了多少心血的鋪子被人接管。不過，他也不是束手待斃的人，當下就和早已串通一氣的另外兩個鋪子的掌櫃碰了面，直接上董家找董夫人為他們作主來了。

「是啊，夫人。」茶葉鋪子的掌櫃董勇一副兔死狐悲的表情，他嘆氣道：「小人們也知道一朝天子一朝臣，可是還是免不了心寒啊！小人們兢兢業業這麼些年，大少奶奶二話不說，連個理由都不給就把董貴給換了……董貴的今天就是小人們的明天，小人們心中惶惶，請夫人為小的們作主啊！」

「董勇說的沒錯。」脂粉鋪子的掌櫃董寧連聲附和，道：「夫人，小人也知道這幾年生意難做，鋪子經營得不是那麼好，但是小人們就算沒有功勞也有苦勞啊，大少奶奶這樣做可是把小人們這些年的辛苦都一筆抹殺了，請夫人為小人們作主。」

董夫人輕輕皺眉。拾娘要整頓點心鋪子的事情倒也和她打過招呼，但是具體怎麼做卻沒有和她詳說，她原以為拾娘充其量也就是將點心師傅換成姚嬤嬤罷了，卻沒有想到拾娘會有這麼大的動作。

看到董夫人皺眉，董貴又哀訴道：「夫人，您可不能這樣眼睜睜地看著大少奶奶這樣做不管啊！小人們可都是老爺生前選的，她這樣做不僅不念舊情，也沒有給您留面子，更存了將您架空的心思啊！夫人，您不為小人們著想，也得為自己考慮啊，她這才進門多久，就想把您給架空了，要是等她把所有的家業都掌握了，您豈不是也要看她的臉色過日子了？」

這番話讓董夫人的臉色難看起來。她現在還真的是很擔心這問題，這家中裡裡外外、上上下下要都是拾娘的人的話，她和女兒還真的是要看拾娘的臉色過日子了。如果不是心頭最後的一絲理智讓她知道，拾娘這樣做未必就是錯的話，她可能都會被他們給說動了。

「啪啪啪！」

董夫人這廂還沒有表態，門外就傳來鼓掌聲，順著聲音看過去，卻見拾娘帶著綠盈、綠綺站在門口，也不知道把他們的話聽進去了多少。

「妳怎麼過來了？」

看著拾娘，董夫人心頭很是矛盾。拾娘來了，她可以將眼前這三個不好應付的掌櫃交給她來處理，這讓一向不善應付的她大鬆一口氣；但是這三個人前腳到了她這裡告狀，拾娘後腳便過來了，這又讓她有了一種危機感，覺得拾娘這才管家沒多久，便已經掌控住全局，也不知道是不是她很快就要看她的臉色過日子了。

「我正在忙著，卻聽說三個掌櫃的都來了，我這才想起來從您手裡接手鋪子這麼久，卻連三個掌櫃的面都沒有見過，都不知道長什麼樣子，所以就過來了。」拾娘自然不會說她早就猜到董貴被自己讓許進動給接替了，一定不會甘心，所以和福伯打過招呼，說董貴要是來見董夫人的話，一定要通知自己。

她臉上帶了一個冷冷的笑容，道：「卻沒有想到這還沒有和他們正式見面，便聽見他們在這裡說我這般、那般不是。」

「大少奶奶，不是小人們膽大，要說您的不是，而是您平白無故用一個瘸子頂了小人的位置，小人雖然人微言輕，但也要為自己討個說法。」董貴挺直了腰，看著拾娘，道：「您來了正好，小人正想問您，不知道小人哪裡做得不對讓您這般不顧舊情？」

「你是覺得自己很冤嘍？」拾娘看著董貴，淡淡問了一句，道：「那麼，你倒是說說，你可有哪裡做得對的？」

「您……不知道大少奶奶這麼說是什麼意思？」董貴沒有想到拾娘會這麼反問，這話他還真是不好回答，只能再用問題擋了回去。

「什麼意思？」拾娘冷笑，道：「你說你打理這鋪子有十年了，對吧？」

「不錯。」董貴點點頭，道：「老爺還在的時候將這鋪子交給小人打理，這麼些年來，小人一直兢兢業業，半點不敢懈怠。」

「你不用忙著表功，我只想問你，這鋪子五年前每個月的盈利是多少？這五年來每個月的盈利又是多少？」拾娘看著驟然變色的董貴和其他兩個掌櫃，冷冷道：「雖然我才從夫人手上把鋪子接過來，但是我也看過以前的帳冊。五年……不，準確地說應該是八年之前，這鋪子每個月的盈利最少四十兩銀子；而現在，一年也不過九十兩銀子，我倒想問你，你這個掌櫃的是怎麼當的，為什麼鋪子的盈利會有這麼大的落差？」

「大少奶奶不知，鋪子裡的點心就那麼幾樣，剛開始的時候，沒有吃過的人圖個新鮮，買的人自然很多，而現在這些點心到處都有得賣，這生意自然就差了下來。」董貴來之前也是做過準備的，自然不會這麼輕易就被拾娘給問倒了。

「那麼你這個掌櫃的有沒有想過辦法，譬如說找其他的點心方子，或者是請一位更高明的點心師傅回來，好改變這樣的狀況，使鋪子的生意好轉起來？」拾娘看著一臉理所當然的董貴，冷笑道：「據我所知，你可從來就沒有做過那些事情，或者你覺得那不是你的職責，就這一點來說，你就不是一個合格的掌櫃。」

董貴語塞。剛剛當上這個點心鋪子的掌櫃的時候，他真的是想盡心盡力打理這個鋪子，也確實那樣做了；但是期間出了那麼多的事情，頭上的主家由董家六房換成董家三房，又由董家三房變回董家六房，他的心思也不一樣了。

「小人無能，沒有將鋪子打理得讓大少奶奶滿意，但是大少奶奶這樣，連半點預兆都沒有就把小人給換了，是不是也有些不近人情呢？」

情。

董貴知道自己理屈，但是並不意味著他肯接受現實，他聰明地換了一個角度來看這件事情。

「是不近人情。不過，這個世上不近人情的事情多了去，我這又算什麼？」拾娘坦然地點點頭，然後看著三個掌櫃，冷冷道：「這鋪子一年到頭的盈利不過九十兩銀子，而你這個掌櫃的一個月二兩銀子的月俸，點心師傅每月一兩五錢，三個夥計，每人每個月八百文，整年算下來需要七十兩八錢；再加上過年過節的紅包每人大概要一兩銀子，整年的盈利只剩不到十五兩銀子，比你這個掌櫃的月俸還要少……這個算不算是不合情理呢？」

董貴臉色脹紅，卻強咬著牙道：「大少奶奶可是覺得小人的月俸多了些，不合情理？但是大少奶奶可能不知道，小人的月俸是六老爺當年親自定的，就連小人也是六老爺選中的。」

「我知道你的月俸是誰定的，我也沒有說這麼多的的月俸不合情理，我相信老爺當年願意給你這麼多月俸自有道理；但是我想，老爺一定沒有想到你會將原本賺錢的點心鋪子打理成現在這個樣子。」拾娘看著董貴，再看看臉色隱晦不明的董夫人，冷冷道：「至於說你是老爺親自選的人……哼，虧你還記得這一點，你自己說說，你這五年來的所作所為哪一點沒有辜負老爺的所託？」

董貴的臉色有些灰敗。這些年他到底做了些什麼，他自然是心知肚明的，而一旁的董勇、董寧的臉色也不大好看起來。這些年，他們和董貴做的事情還真沒有多少區別，拾娘今天能夠收拾董貴，明天騰出手之後就能收拾他們。

「夫人，小人知道這些年碌碌無為，有負老爺、夫人所託，小人知道錯了，還請夫人再給小人一個機會，小人一定會努力，不會再讓您失望了。」知道拾娘這裡是說不通了，董貴轉向董夫人一邊痛哭流涕地認錯，一邊請求董夫人再給他機會。他看著董夫人道：「夫人，再怎麼說小人也是董氏族人，總比大少奶奶不知道從什麼地方尋來的瘸子要讓您放心啊！」

這倒是。董夫人心裡倒還真的是很贊同董貴說的話。她清了清嗓子，看著拾娘，淡淡地道：「老大家的，妳看這件事情是不是再好好地考慮一下？」

「夫人，這件事情真沒有必要再作考慮。」拾娘搖搖頭，看著臉色不好看的董夫人，道：「接手點心鋪子掌櫃的是許貴家的兒子許進動，他以前做過掌櫃，做得還不錯。當然，這不是最重要的，重要的是他一家人的身契都在媳婦手裡，這樣的人不會有什麼不該有的心思，而且他每個月的月錢只要八百文，可比請什麼掌櫃都划算。」

「這樣啊……」

董夫人一聽這話就遲疑了，一個月一兩多銀子，一年下來就是十四兩，比起來真的是划算多了，而且這一家子的賣身契都在手上，不怕他像董貴一樣出工不出力。

董貴咬牙。他看著董夫人道：「夫人，那人可是個瘸子啊！您不會想讓人笑話，說董家六房窮得連個正常的掌櫃都請不起了吧？至於說月俸……如果夫人再給小人一個機會的話，小人願意自降月俸。」

董貴這是在做最後的掙扎，他知道這個鋪子不光是他，就連做點心的師傅和夥計都被換下來了，這說明一件事，那就是董家六房的這個大少奶奶不光是要換信任的掌櫃，還要把點心的方子給換了。三太太可說了，要是他能把新的點心方子弄到手的話，定有重賞！

第一百零二章

「老大家的，妳還是再考慮一下吧，董貴再怎麼說也更有經驗些。」聽到董貴自願降月俸，董夫人又猶豫了。都說做生不如做熟，董貴不盡心是真的，可他管這個鋪子已經近十年，對所有的一切定然瞭若指掌，用他也比用一個不清楚底細和本事的人來得強。董貴說的也讓她心裡犯嘀咕，用一個瘸子當掌櫃，有失體面啊！

拾娘輕輕地搖搖頭，微笑著道——

「夫人，不妥當。許進動才帶著姚嬤嬤和夥計們把鋪子接過手來，還沒有熱和起來就讓他們再把鋪子交給董掌櫃打理，這種朝令夕改的事情一旦做了，我以後管家也好、打理鋪子也罷，都會沒了威信的。」

董夫人知道朝令夕改不好，也知道會給拾娘造成困擾，但是那和她有什麼關係？甚至她更願意看到拾娘樹立不起威信，這個家仍舊是她說了算。她當下冷了臉，直接問道：「這麼說來，就算是我開了口妳也不改初衷了？」

「是。」拾娘知道董夫人不是精明厲害的，也不認為她有識人之明，但她這般不顧大局還是讓拾娘意外了，她看不出來自己做的都是為了董家嗎？拾娘乾脆道：「既然已經做了決定，就不能隨意更改。」

「妳——」董夫人沒有想到拾娘居然這麼不給面子，當然，她完全忽略了這是她自找的事實。她惱怒道：「妳不怕我現在就把鋪子收回來嗎？」

「夫人要收回嗎？」拾娘輕輕地一挑眉，道：「媳婦這就回去把所有的帳冊，和家中丫鬟、婆子以及新進夥計的名冊全部拿過來給您，暫欠的帳單也會一併拿過來。」

「妳——」

被拾娘順勢將一軍的董夫人噎住。她不過是抹不開面子威脅一聲罷了，要真的讓她收回的話，她可真沒那個勇氣——收回來就意味著好不容易脫手的燙手山芋又回到她的手裡，意味著這家中以後所有用度的銀子又得她去頭疼，尤其是現在各項用度比以前多了一倍不止，她雖然還有點私房，但那壓箱底的應急銀子，不到萬不得已不能拿出來啊！

忍了又忍，董夫人最後沒有接話，而是裝模作樣地捂著頭哼了兩聲。馮嬤嬤心裡嘆氣，卻不得不配合地問道：「夫人，您這是怎麼了？難道頭疼的毛病又犯了不成？」

「哎喲……」董夫人哪裡有什麼頭疼的毛病，但馮嬤嬤這一說，立刻順勢點頭，道：「我這頭不知道為什麼一下子疼了起來……不行，我得回去好好躺一會兒。」

董夫人是否有宿疾拾娘不得而知，卻清楚她這會兒肯定是裝的，但她不打算揭這個短，關切地道：「夫人，我讓人給您請大夫回來看看？」

「我這是老毛病了，一生氣上火就頭疼得厲害，回去躺一會兒就好，不用請大夫了。」

董夫人可不想找個大夫來揭穿自己裝病的事實，她搖搖頭，扶著馮嬤嬤的手站起來，看了看下首找她作主的三個掌櫃，嘆了一聲氣，道：「既然我已經把家中的事情交給妳打理了，那麼妳想怎麼折騰就怎麼折騰吧，我話說多了沒用不說，還只會討人嫌。不過，一筆寫不出兩個董字，妳也得掌握好分寸。」

「兒媳知道。」

拾娘點點頭，等董夫人有些灰溜溜地離開之後，才轉過頭，似笑非笑地看著三個臉上還帶著難以置信表情的掌櫃，淡淡問道：「大人的話你們都聽到了吧？現在，我鄭重再說一遍，點心鋪子中上上下下的人，包括掌櫃，點心師傅以及夥計一個不留。好了，你們還有什麼要說的嗎？」

「大少奶奶，董貴都知道錯了，也願意自降月俸，您就給他一個機會吧！」董夫人靠不住了，硬來也沒有成算，董勇開始說軟話。他這話不只是為董貴說的，更是為自己和董寧說的。

「給他一個機會？」拾娘笑了，眼神卻冰冷得嚇人。她看著董勇，道：「你可知道我為什麼會先整頓點心鋪子？」

「這個……小人不知。」董勇搖搖頭。和董貴一樣，他心裡其實很清楚，但卻還是只能裝蒜。

「我想你們或許都已經猜到了，我手上有新的點心方子，也找了新的點心師傅，自信能憑藉這些讓點心鋪子扭虧為盈。」拾娘看著董貴，冷冷道：「我堅持要把董貴給換了，換上一個欠缺經驗卻絕對值得信任的掌櫃，是因為我不願意看到自己好不容易得來的方子，沒有幾天就洩漏了出去。」

董貴在打新方子的主意沒錯，但是被拾娘這麼不遮不掩地說了出來，面子還是十分掛不住，臉上帶著被冤枉的委屈之色，道：「大少奶奶，您可以不信任我，但您也不能誣衊我，我再怎麼也不會做背主的事情……」

「是嗎？」拾娘好整以暇地看著他，冷冷問了一句：「那麼，你能告訴我，你放了狠話，從鋪子離開之後，去了哪裡？」

董貴心慌起來。他被欽伯帶著人從鋪子裡請出來之後，先去了董家三房，在那裡討了主意之後才去找董勇、董寧的，難道他出來之後一直有人跟著？不應該啊，他已經很小心了，確定沒有人跟在身後的。

想到這裡，董貴梗著脖子道：「小人先去找了董勇，然後我們兩人一起找了董寧，之後沒有停留就來見夫人了。」

「你確定？」拾娘看著死鴨子嘴硬的董貴，冷冷道：「我沒有派人跟著你，但是派人在三房和七房的大門外守著，七房那邊倒是沒有看到你的身影，不過卻有人看到你進了三房的大門，在裡面待了兩刻鐘之後才出來。你能告訴我你是去三房做什麼了嗎？見三伯母之後又說了些什麼話呢？」

董貴臉色死灰。他沒有想到拾娘早已經將自己的行動算得死死的，他敢肯定，拾娘既然這樣做了，就一定能夠拿出證據。

「明白我為什麼連個機會都不願意給他了吧？」看著無話可說的董貴，拾娘的目光輕輕掃過不知道心裡在想什麼的董寧、董勇，冷冷道：「我要是繼續用他，之前所有的努力就都為旁人做了嫁衣。有這麼個吃裡扒外的掌櫃，這鋪子能夠維持到現在已經是奇跡了。」

「是小人們錯了，不該聽了董貴的一面之詞，就來找夫人作主，小人也是被蒙蔽的，還請大少奶奶原諒！」

事情已經到了這個地步，為董貴說話就是和自己過不去，董寧立刻認錯。不到萬不得已的時候，他們也不想和董家六房鬧翻，畢竟一個月二兩銀子的月俸已經不少了，他們要再找這樣的好差事也不是件容易的事情。

「是被人蒙蔽還是在打自己的小算盤，你們心裡清楚，我也不糊塗。雖然我才接手這三個鋪子，但是鋪子的經營狀況、掌櫃、夥計有沒有盡心，我心裡卻是有底的，甚至於……」拾娘突兀地笑笑，道：「甚至於你們背後有沒有別的主子，我心裡也是清楚的。」

董勇和董寧的心砰地一跳，他們管的鋪子在三房、七房手裡三年，這三年多多少少得了些便宜，相對既攏不住人心，又沒有什麼威懾力的董夫人，三房和七房才是他們顧忌的對象。回到六房這幾年，鋪子經營不善，固然有不可抗拒的原因，但最主要的還是因為他們受了蠱惑，被許諾迷了眼，沒有用心經營。兩房等著董夫人撐不下去，將鋪子賤賣，撿個現成的便宜，而他們也等著換個主家好好地大幹一場。

「點心鋪子是我第一個要好好整頓的對象，等到這邊一切平穩之後，就是茶葉鋪子和脂粉鋪子了。」看著有些心虛的董勇、董寧，拾娘點出他們心裡最擔心的問題，淡淡地道：「要不要將這兩個鋪子裡裡外外也都換人，我還沒有做決定。我現在給你們一個機會，如果在一個月之內，你們盡心盡力好好經營，而這兩個鋪子也有了一定的起色的話，那麼我會斟酌著把你們留下來；若是不然的話……我想你們現在就可以考慮另尋出路了。」

「你們別聽她的，她能一聲不吭就把我給攆了出來，就能把你們也給攆了！」董貴知道自己再無回去的可能，也就不再說什麼軟話了，立刻慫恿著兩人道：「與其到時候像我一樣狼狽，還不如現在走人！」

董勇和董寧沒有被董貴鼓動，也沒有相信拾娘的話，只是猶豫地看著拾娘。董勇更苦笑著道：「如果我們能夠痛改前非，大少奶奶真的可以既往不咎，讓我們留下來嗎？」

「那就要看你們的表現了。」拾娘沒有給他們什麼承諾，她相信有的是人給他們承諾，自己沒有必要東施效顰了。

「你們可別信她。」董貴看得出來兩個人的猶豫，事實上，如果他處於兩個人的位置也一樣會猶豫，他叫囂著道：「與其相信她，看她的臉色，還不如去求求三老爺他們，他們有那麼多的鋪子，一定會有容納我們的地方的。」

「你們要去便去，我不會攔你們，我相信有人早就給過你們承諾。」看著彷彿一個跳梁小丑一般的董貴，拾娘笑了，道：「我只想問一句，他們現在有沒有位置給你們？就算有，已經習慣了出工不出力的你們還有沒有本事做好，能不能站穩腳跟？最重要的是，他們能放心用曾經背叛過主家的你們嗎？」

不得不說的是，拾娘的話說中了他們心裡最深的擔憂。董勇還有些猶豫，董寧卻苦笑著道：「小人願意留下來好好地做事，還請大少奶奶給小人一個機會。」

第一百零三章

「大哥，你看看她，完全不知道尊重娘，讓娘當著掌櫃們的面下不了臺，這事傳回族裡，還不知道人家會怎麼笑話呢！」董瑤琳嘰哩呱啦地就控訴了拾娘一籮筐的不是。雖然她不在場，不知道事情的原委，更不知道拾娘最後的處置，她只知道拾娘當著旁人的面違逆董夫人，對她來說這就夠了。

「瑤琳，別亂說話，妳根本什麼都不知道。」董禎誠搶先訓斥一聲，然後表達了自己的立場，道：「大哥，我倒覺得這件事情大嫂做得對。大嫂既然已經做了決定，就不能因為娘的一句話而改變。娘也是，心軟也要分清時候，分清對象，她怎麼就這麼糊塗呢？」

「你還覺得娘不對？」董瑤琳尖叫起來，她恨恨看著董禎誠，道：「你不知道她把娘氣得頭都疼了起來，躺在床上一個下午，到現在都還沒有起來嗎？」

「如果娘不摻和，拒絕見董貴他們，就不會有這些事情，更不會被氣到。」董禎誠看著董瑤琳。他認為董夫人就算真的是被氣到了，也是自找的，更別說她被氣到可能是裝出來的了，不過那樣的話他在嘴邊轉了轉，終究還是沒有說出口。

「你——」董瑤琳氣沖沖地看著董禎誠，確定他不會和自己站在同一陣線之後，狠狠地一甩頭，轉向董禎毅，道：「大哥，你怎麼看，你倒是說句話啊！」

「我和妳二哥一樣，都覺得這件事情妳大嫂沒有錯。」董禎毅眉頭緊鎖地看著學了一個月規矩卻沒有多少長進的妹妹，道：「家中很多事情妳都不清楚，別亂摻和。還有，妳的規矩是怎麼學的，愈發不成樣子了。」

「你們……你們一個、兩個的怎麼都說這樣的話？你們怎麼能眼睜睜地看著娘受氣卻連句公道話都不說？」董瑤琳只覺得眼前的兩個哥哥都是那麼陌生，她眼淚汪汪地看著董禎毅，道：「你們都忘了，娘怎麼含辛茹苦地把我們給帶大的了嗎？」

「瑤琳，妳知道娘受了不少的苦，那麼妳知道是什麼人讓娘受那麼多的苦嗎？」董禎誠看著滿眶眼淚的妹妹，終究還是心軟了，嘆了一口氣，道：「今天上門的那三個人也曾經讓娘受過委屈。娘現在心軟，想要為他們說話，可是當初他們可曾心軟，為我們說過一句公道話？我看娘是好了傷疤忘了疼，都不記得當初我們剛回望遠城的時候，族裡把我們家的田產收去，三房、七房把鋪子占去的時候，她找到鋪子裡，受的那些冷言冷語了。」

「董貴以前對娘有過不敬？」董瑤琳遲疑了一下，她總是聽董夫人說她為了他們三兄妹吃了不少苦，但具體的還真不大清楚。她略帶懷疑地看著董禎誠，道：「你沒有哄我吧？」

「妳問問娘便知道的事情，我至於哄妳嗎？」董禎誠翻了個白眼。他是那麼笨的人嗎？

「可是……或許他們那個時候也是迫不得已的啊！」董瑤琳忽然變得通情達理起來，很能理解人地道：「你不是說了嗎，那個時候鋪子已經被三房、七房占了去，他們自然不敢向著我們了。」

「那麼這些年呢？他們怎麼辦事的妳可知道？」董禎誠反問一句，不等她回答就道：「他們三個出工不出力，拿著月俸卻不好好經營鋪子，娘不知道和他們說了多少好話，都成了耳邊風。如果大嫂不用這樣的雷霆手段，而是像以前一樣，把他們叫過來，好聲好氣和他們說話，他們會放在心上嗎？」

「這個……」董瑤琳對那些事情一無所知，也不知道應該怎麼回答這一連串的問題，她惱羞地撒賴，道：「那些事我不管，我想說的是她對娘不尊敬，二哥你不要在這裡混淆視聽。」

「不知道事情的原委，只看到妳想看的，就朝著大嫂這般大吵大嚷，還叫嚷著別人錯了，這是誰教妳的？妳的規矩學到什麼地方去了？」董禎毅看著妹妹，臉上沒有一絲笑容，斥道：「還不向妳大嫂認錯。」

「我有什麼錯？要有錯也都是她的錯，是她把娘給氣倒了，我護著娘有錯嗎？」董瑤琳才不認為自己錯了，她恨恨地瞪著拾娘，道：「都是怪妳，沒有妳的時候我們一家人過得好好的，大哥、二哥知道孝順娘，知道心疼我，有了妳之後什麼都變了，妳真不該嫁到我們家來！」

「瑤琳，閉嘴！」董禎毅兄弟倆異口同聲地喝斥了一聲，董禎誠見董禎毅也發話，便住了嘴，而董禎毅則繼續訓斥道：「妳這是什麼話？向妳大嫂認錯。」

「我就是沒有錯！」兩個人的大聲喝斥讓董瑤琳眼眶中的淚水掉了下來。雖然董家這些年過得甚是清苦，但董夫人和兩個哥哥對她都是呵護備至的，別說像這般大聲喝斥，連重話都沒有被說過一句，心中的委屈自然是難以言喻。她胡亂擦了一把眼淚，恨恨地瞪著兩兄弟，滿是委屈地道：「你們都變了，都不心疼我了……」

董瑤琳的眼淚讓兩兄弟的態度軟化了些，董禎毅尚顧忌著拾娘的感受，沒有說什麼，董禎誠卻嘆了一口氣，安慰地拍了拍董瑤琳的後背，道：「別胡說，不心疼妳心疼誰啊？」

「那你們還都幫著那個女人，還這麼大聲地罵我。」董禎誠這麼一哄，董瑤琳愈發覺得委屈了，淚珠子簌簌地往下掉，一邊哭一邊道：「都是這個女人不好，我就是不喜歡她。」

「禎誠，你坐好。」董瑤琳的態度和話語讓董禎毅的臉色青黑起來。滿臉無奈的董禎誠坐好之後，董禎毅看著哭成個淚人兒的妹妹，嚴肅地道：「瑤琳，不要讓我再說一次，立刻向妳大嫂道歉。」

「就不！」董瑤琳也倔強起來，她恨恨地叫了一聲。這一回，她沒有再瞪拾娘了，改瞪著董禎毅了，一副深仇大恨的樣子。

「瑤琳，聽話，不要任性。」董禎誠知道董瑤琳這樣不對，但是看她哭得一塌糊塗的樣子又忍不住心軟，道：「大哥，等吃完飯再說吧。」

「不行，這件事情說不清楚誰也別吃飯。」董禎毅也一樣心疼妹妹，卻不想繼續放縱下去，他瞪了董禎誠一眼，道：「你也別護著她，她已經不小了，不能什麼事情都順著她。」

「不吃就不吃，我還不想吃呢！」董瑤琳的脾氣也上來了，騰地一聲站起來就往外走，一點都不管她這樣的舉動會不會讓董禎毅更加生氣惱火。

一直冷眼旁觀、沒有說話的拾娘輕輕一挑眉，淡淡對身後的綠盈道：「吩咐下去，姑娘今兒胃口不好，什麼都不想吃，宵夜、點心什麼的都不用給她準備了。」

董禎毅和董禎誠沒有想到拾娘會有這般的反應，而董瑤琳則猛地轉過身來，指著拾娘，罵道：「妳這個惡毒的女人，妳想要餓死我嗎？」

「是妳說不想吃，不是嗎？」拾娘無辜地看著火冒三丈的董瑤琳，淡淡反問一聲。

拾娘的話堵得董瑤琳心裡難受，她恨恨地瞪著拾娘，但是瞪了她半晌之後，她卻發現自己的舉動對拾娘來說不痛不癢，她跺跺腳，轉身走了。

「大嫂，瑤琳這麼胡鬧，對妳不敬，我在這裡代她對妳說聲對不起，還請妳見諒。」董禎誠心裡很是矛盾，妹妹不懂事地胡鬧，他自然是很生氣，但是拾娘這樣對董瑤琳卻又讓他心疼，他看著拾娘，道：「只是她年紀還小，有些事情可以慢慢教，還請大嫂有些耐心。」

「她今年已經十歲了，你還覺得她是年幼不懂事？」拾娘淡淡看著心疼妹妹的董禎誠，直接道：「那麼，我想問你，她要幾歲你才會覺得她已經大了，能夠為自己的行為和言語負責了？」

看著淡笑的拾娘，董禎誠不知道該怎麼回答這個問題。在他眼中，董瑤琳永遠都是那個需要呵護的妹妹，他一輩子都會護著這個妹妹的。

「你一會兒可以帶著點心什麼的去哄哄她，不過你要想清楚，這樣做的話，她可能永遠都長不大了。」拾娘沒有繼續讓他難堪，而是給了他一個選擇。
董禎誠還真的有那樣的想法，但是被拾娘這麼一說，卻又遲疑起來……

第一百零四章

「能陪我走走嗎？」食不知味地吃過飯，董禎毅沒有理睬正在糾結的弟弟，而是對拾娘做出了邀請。他覺得他真的很有必要好好和拾娘談上一談。

「到哪裡走？」拾娘沒有答應卻也沒有拒絕，只是淡淡問了一聲。她不覺得董府還有什麼地方可以好好逛一逛的，花園嗎？那裡的池塘已經很久沒有好好清理了，天氣漸熱之後，蚊蟲多得不得了，可不是個好去處。

董禎毅被拾娘問得一愣，苦笑起來，道：「是我說錯了，妳能陪我去書房坐坐，喝杯茶嗎？」

「樂意奉陪。」拾娘也有話想對董禎毅說，一邊說著一邊起身，還不忘吩咐身後的綠盈，道：「前些天不是從林家帶了些今年的春茶嗎？泡一壺過來，讓大少爺嚐嚐味道怎麼樣。」

「是，大少奶奶。」綠盈笑著去了，拾娘看了一眼猶自糾結要不要去看董瑤琳的董禎誠，搖搖頭，道：「要去就去，不想慣她的壞脾氣，就去看看夫人，她不是頭疼嗎？」

是啊，可以去看娘，然後順便看看瑤琳。董禎誠眼睛一亮，卻又有些不好意思，撓了撓頭，看著拾娘，道：「大嫂，妳放心，我一定不會縱容瑤琳胡來的。」

拾娘笑笑，沒有說他想怎麼做都無所謂，董禎誠是真心對自己的，不能說那種傷人心的話。她微笑著道：「我吩咐廚房燉了銀耳蓮子粥，你過去看看有沒有燉好了，要是好了的話順便送過去給夫人，她或許已經餓了。」

「是。」董禎誠點點頭，立刻起身出去了，比拾娘和董禎毅的速度還快，顯然他心裡一直在掛念著董夫人和董瑤琳。

面對這樣的情形，拾娘只是笑著搖搖頭，心中有淡淡的羨慕。如果自己有哥哥的話，他一定也會把自己疼到心坎上吧……

「有董貴的前車之鑑，董寧和董勇老實多了，都表示只要再給他們一個機會的話，他們一定痛改前非，老老實實做事，絕對不會像以前那樣當差了。」拾娘放鬆地靠進椅子裡，對董禎毅說了今天最後的結果。對於這樣的結果，她是比較滿意的。她笑著道：「他們這麼說了，我也就給了他們一個機會。一個月的時間內，鋪子沒有任何改變起色的話，那麼什麼都不用說，他們主動走人；但如果相反，我也會將鋪子盈利的一成拿出來當作獎勵發給他們。」

「妳相信他們？」董禎毅看著志得意滿的拾娘，很想表示一下讚賞，但是想到那兩人的劣跡，還是潑了一盆冷水，道：「我覺得妳還是別太樂觀了。」

「相信他們？不，我沒那麼天真，他們說了我就信了。」拾娘看著董禎毅，很直接地道：「但是，不信任他們，不給他們一個機會又能怎麼樣呢？難道馬上把這兩個鋪子給關了嗎？和點心鋪子不一樣，這兩個鋪子要怎麼整頓，我暫時沒有頭緒，要辦法沒辦法，要人沒人，除了死馬當活馬醫，姑且相信他們一次之外，我還有什麼更明智的決定嗎？」

原來是因為她也沒有什麼好辦法，所以姑且一試，還落個好名聲。董禎毅失笑。或許是因為林永星以前總說拾娘如何厲害，如何不得了，弄得他把拾娘當成了無所不能了。不過，這樣的拾娘卻讓他更覺親近。他笑著道：「我還以為妳接手這個爛攤子的時候，就已經成竹在胸了，沒想到妳也是走一步算一步啊！」

「對做生意，我只有臨嫁之前被太太塞了一腦子，到現在都還沒有理清楚的東西，知道做生意要有眼光、要有門路，但是眼光和門路可不是聽她那麼說說就能有的。」拾娘坦然承認自己的不足，她輕聲道：「不過，就現在看來，我這第一步走對了，就看點心鋪子能不能像我預想的那樣，有了不一樣的點心方子之後，在許進動的經營下改變現在的狀態。如果好了，那麼董寧和董勇就會有壓力，他們很有可能拿出渾身解數來，改善自己管的那個鋪子的狀況；如果沒有什麼起色，他們能一直觀望都是好的，更有可能的是像董貴說的那樣，在我為點心鋪子焦頭爛額的時候，撒手離開，丟另外的兩個爛攤子給我。」

「世間原本就是錦上添花者眾，雪中送炭者寡，而落井下石的人卻從來都不乏。」董禎毅輕輕地嘆氣，道：「如果真到了那麼一步的話，不妨把這三個鋪子賤賣出去吧，娘那裡有什麼意見的話，我會去和她說清楚的。」

「你放心好了，做生意我不懂，但是我懂得看人、用人。」拾娘搖搖頭，道：「姚嬤嬤的點心做得很不錯，極為用心，憑她的手藝和我拿出來的點心方子，只要許進動用心經營，鋪子的生意不敢說會一下子紅火起來，但一定能夠改善。如果真的到了經營不下去的時候，我也會想辦法將這三個鋪子用合適的價格頂出去，絕對不讓那些等著揀便宜的人得了好處。」

「那我就拭目以待了。」拾娘不懂經營，而董禎毅比她還不如，但是董禎毅卻相信拾娘一定能夠做好。

「嗯。」拾娘點點頭，然後又道：「還有件事情你需要心裡有個底，董貴今天離開之後去了幾位族老家，我猜他極有可能訴苦去了，只是不知道族老們會是什麼態度，又會不會為他說話。」

「這裡記載了我祖父、父親在世的時候對家族做的事情，妳可以看看。」董禎毅想了想，起身從書架上翻了一本小冊子遞給拾娘，然後冷笑道：「後面我也記錄了一些我們回到望遠城之後受到的待遇……」

「我會好好地看看的。」拾娘點點頭。董禎毅不用說，她就能從他的口氣中斷定，只有董氏家族對不起他們這一房的。她收下小冊子，直接道：「好了，我想和你說的事情說完了，該你了，你想要和我說什麼？」

「拾娘，娘和瑤琳的性格我很清楚，也知道妳是對的，只是，以後再遇上類似的情況，妳能不能委婉一些？」董禎毅看著拾娘，臉上帶著無奈。他相信拾娘想要解決董貴幾人帶來的麻煩不只一種方式，但是她選擇了他最不願看到那一種。

「你既然知道夫人的性格，那麼你就應該明白，如果我今天沒有直接擦她的面子，那麼她以後一定會一而再插手我做的決定。我不希望以後我每做一件事、每做一個決定，夫人都在一旁指手畫腳，影響我做事；更不希望等我整頓好了之後，她搶過去又弄出一個爛攤子，然後再丟給我。」拾娘輕輕一挑眉，就知道他是心疼母親和妹妹了，淡淡地道：「我只是想用最簡單直接的方式讓夫人明白，如果要我為這個家賣力，那麼就不要在一旁給我添亂，要不然的話她就自己來。」

「我知道今天是娘不對，但是妳的方式……」董禎毅看著不以為然的拾娘，把到嘴的話嚥了下去，想了想，道：「這麼說吧，我請求妳以後做事的話儘量用婉轉一點的方式，不要把矛盾擺到桌面上來，維持家中起碼的和樂平靜，可以嗎？」

董禎毅知道，拾娘之所以採取這樣的態度和方式，最主要的是因為她到現在還沒有將自己當成這個家的一分子，自然不願意為了討好董夫人和董瑤琳委屈自己。但是那樣的話他真的不想說出口，不管拾娘心裡怎麼想的，又是什麼打算，他從始至終都只有一個想法，那就是將拾娘留下來，然後和她好好過一輩子。

「好吧，我儘量。」董禎毅的無奈和苦惱讓拾娘心軟了一些。不管怎麼說，她嫁到董家這一個多月，董禎毅對她十分尊重，就算為了他睡了這一個多月的地鋪，她也該適當地想一下，不能讓他整天為自己和母親、妹妹之間的關係而苦惱。

「多謝了。」拾娘的鬆口讓董禎毅也鬆了一口氣，他看著拾娘道：「妳放心，我也不會讓妳受委屈的，我會和娘好好談談，讓她對妳寬容些，也對瑤琳嚴格些，不能因為溺愛而毀了她。」

「她是該好好學學規矩了。」拾娘點點頭。董瑤琳的規矩她還真的是看不上眼，不過比起規矩來，更重要的是讓她學會待人處事，本來人就不怎麼聰明了，又是那副性子，以後怎麼嫁人？嫁了人之後又怎麼和人相處？

「要不讓她跟著妳學學？」董禎毅試探地問了一句，瑤琳要是能在拾娘身邊待著，就算什麼都學不好，被拾娘多收拾幾次，多吃點兒苦頭，學乖一點也是好事。

「不要。」拾娘直接拒絕。就董瑤琳那個性子和脾氣，想要改過來不知道要費多少時間精力，才不想在她身上耗，她又沒有想當她大嫂的念頭。

「拒絕得這麼乾脆？」董禎毅能夠想到拾娘腦子裡的念頭，他苦笑起來。看來讓拾娘心甘情願留下來還真的是任重道遠啊……

不知道為什麼，董禎毅的苦笑讓拾娘有些心軟。她想了想，道：「這樣吧，等過些天她沒有那麼氣了之後，你和她說，要是她願意的話，我做事的時候她可以在一旁看著……我醜話說在前頭，我不會特意教她什麼，更不會縱容她挑釁我，她要做好吃苦頭的準備才行。」

拾娘的軟化讓董禎毅有些驚喜，他連忙點頭，道：「那就這樣說定了。」

第一百零五章

「怎麼一副沒精打采的樣子，昨晚沒有睡好嗎？」看著精神不佳的弟弟，董禎毅關心地問了一聲，問完便若有所思地道：「是不是昨晚娘和瑤琳讓你頭疼了？」

「娘還好，就是瑤琳……」董禎誠想到妹妹就是一陣頭疼，道：「她的脾性真不知道是像了誰，只要是她不想聽的話，誰說都聽不進去，又任性、又沒有規矩，娘對她那麼縱容，這樣下去該如何是好啊！」

「她是被我們寵壞了，必須趁著她的性子還沒有定型之前，好好糾正，要不然到最後吃虧的還是她。」一想到妹妹，董禎毅也是一陣頭疼，然後道：「我和你大嫂已經談過了，等過些天，瑤琳沒有這麼氣了之後，我好好和她談談，讓她跟在你大嫂身邊，學著管理庶務，也讓你大嫂好好地糾正一下她的性子。」

「你們說好了？」董禎誠輕輕挑起眉，看著董禎毅。他昨晚翻來覆去地在床上思來想去、怎麼都沒有睡好的原因有兩個，一個固然是董瑤琳的問題，他真的不希望被捧在手心裡的妹妹因為管教不嚴讓人嫌棄；另外一個更主要的原因則是董瑤琳和儷娘的一番話。董瑤琳確實對拾娘有成見，但拾娘半點不讓的態度也值得玩味，她完全就沒有為人長嫂的自覺，不只董夫人母女把她當成了外人，她自己其實也把自己當成了一個外人。那些話乍聽是胡說八道，但仔細一推敲，卻又覺得不無道理。

「當然。」董禎毅點點頭，笑著道：「娘和瑤琳不知道，難道你也不瞭解？你大嫂就是個面冷心熱的，她昨天讓娘沒臉是怒其不爭，對瑤琳那樣也是為了她好。娘的性格，不分是非場合的的事情也做了不少，如果拾娘不強硬些的話，半個多月的謀劃和準備很有可能被娘給攪黃了。從大局著眼，只能讓娘受點委屈了，至於瑤琳……唉，這個家疼著她、寵著她、依著她的人夠多了，也該有個人扮黑臉了。」

「其實我也覺得大嫂沒有做錯什麼。」董禎誠點點頭，表示自己對拾娘並沒有什麼不滿；不過，他立刻話音一轉，道：「但是，在某些事情上還是讓我覺得違和。這麼說吧，大嫂那麼聰穎，讀了那麼多的書，又屈身為奴在林家當了三年的丫鬟，飽嚐了世情冷暖，應該是十分圓滑，很有手腕的才對，她完全可以讓娘和瑤琳吃癟還不得不說她好的。可是……強硬是有強硬的好處，會更乾脆，也會讓娘和瑤琳心中忌諱，以後想再挑釁，也會多些顧忌，但是這樣真的不利於她們日後相處啊！大嫂那麼聰明的人，不會想不到這一點吧？」

她當然想得到，而她這樣做不過是為了以後離開董家少些阻力和眷戀。董禎毅嘆氣。他和董禎誠之間從未有過秘密，但是和拾娘之間的私密，他卻不能對任何人說起，哪怕是董禎誠也一樣；不過，他可以考慮透露其中的某些細節，說不定弟弟能給自己一些幫助。

「大哥為什麼嘆氣？」董禎誠敏感地看著董禎毅，心裡疑念頓起。難道真的被瑤琳說中了，拾娘還把自己當個外人嗎？

「唉，你大嫂嫁給我並不是心甘情願的。」董禎毅嘆氣，看著一臉詫異的董禎誠，道：「在我說服娘，讓娘選拾娘之前，我和她有過一些交流，也向她表示了我的仰慕之情，表達了願意娶她為妻的意願，而她直接告訴我，她不願意。」

「也就是說，大嫂是滿腹怨氣地嫁給你的了？」董禎誠很是驚訝。在他眼中，董禎毅是最優秀、最好的，拾娘能嫁給他不說是三生有幸，但起碼也是高攀了，她應該是滿心歡喜才對，怎麼情況卻反過來了呢？當然對他來說更不可思議的是，董禎毅居然明知道拾娘不願意，卻還是要娶她，這實在是不符合大哥的性格。

「對。」董禎毅點點頭，然後苦笑著道：「你應該很奇怪，為什麼我明知道拾娘不願意，還要說服娘，甚至還在爹的靈前說那些話，讓娘點了頭。」

「確實是想不通。」董禎誠點點頭，道：「娘一開始對大嫂就是不滿意的，覺得她的身分怎麼都配不上你，再加上她容貌有瑕……娘這一個月來對大嫂沒有什麼好臉色、好聲氣，不就是因為覺得大嫂讓她丟臉嗎？」

「但是除了身分和容貌之外，你還能挑出什麼不好的來嗎？娶妻當娶賢，拾娘能幹賢慧、知書達禮，待人處世極有章法，能夠娶到她是我的福氣，甚至還可能是董家的福氣。」和拾娘相處的時間越久，董禎毅愈發覺得自己的堅持沒有錯。

「可是，你不顧大嫂的意願非要娶她，不見得是件明智的事情啊。」董禎誠嘆氣，道：

「我原以為你那麼堅持，就算沒有和大嫂達成共識，起碼也該有了默契的，有了攜手同度、一起面對的默契；但是……怪不得大嫂會用那麼激烈的手段呢？她現在心頭對你一定還有氣。」

「能沒氣嗎？」董禎毅苦笑一聲，道：「你大嫂原本也是京城人士，也是因為五王之亂才流落到望遠城的，她原本打算隨上京趕考的林永星進京，尋找可能還在的親人，卻因為婚約不能成行。如果不是因為林家逼著她嫁給我的話，說不定她都已經和失散的親人團聚了……你說，她能不氣嗎？」

看著苦笑連連的兄長，董禎誠心裡有再多的想法也只能安慰道：「大哥，你們終歸是夫妻，大嫂再怎麼氣你，時間長了，慢慢也就消了，等你們有了孩子之後，更不會介懷了。」

「希望如此。」董禎毅嘆氣。孩子？到目前為止，拾娘都還沒有接受他的跡象，他到現在都還在打地鋪，別說是和拾娘有肌膚之親，就連拾娘的小手都還沒有碰到，談什麼孩子呢？

「不過，大哥，明知道大嫂不願意，你為什麼還非要娶她呢？這可不是你的性格啊。」

董禎誠很好奇董禎毅到底是怎麼想的，拾娘是很好，但是沒有好到非卿不娶的地步吧？

「就是有那麼一種感覺，覺得如果錯過了她，會讓我終生後悔。」董禎毅說一句心裡話敷衍著董禎誠，而話說到這裡，董禎毅覺得已經夠了，他換了一個話題，道：「你覺得我剛剛說的事情怎麼樣？讓瑤琳跟著你大嫂學學庶務，順便也讓你大嫂費點精力糾正一下她的性子。」

「主意是好的，我也有過這樣的念頭。」董禎誠覺得他們倆不愧是親兄弟，那麼有默契，想到一塊兒去了，但是想到董瑤琳的強烈反對，又只能嘆氣，道：「但是，這件事情恐怕是成不了的了。」

「為什麼？」董禎毅皺眉，但立刻明白怎麼一回事，道：「難道你昨晚就和娘、瑤琳提過這件事情了嗎？」

「是。」董禎誠點頭，他十分無奈道：「我不過是提了一個頭，瑤琳就激烈反對，連聽都不願意聽我說，而娘……就她搖擺不定的性格，最後就算同意了，也會因為瑤琳的哭鬧而作罷。」

「既然這樣的話，這件事情只能以後有機會再慢慢談了。」董禎毅嘆氣。他們是可以逼著董瑤琳去拾娘身邊，但那樣的話，滿心怨懟的瑤琳不但會找到機會就和拾娘作對，還會整天在董夫人面前哭訴、告狀，到最後不但不能讓她學到什麼，改變對拾娘的態度，還會愈發不可收拾，只能再做謀算了。

「我也是這麼認為的。」董禎誠苦笑著點頭，卻又忍不住嘆氣，道：「不過，大哥，瑤琳的脾氣真的是……如果她不是我的親妹妹的話，我一定不會容忍她的。我看娘也狠不下心來管教她，你看是不是該找個合適的教養嬤嬤回來好好地教養她了？」

「這話你和娘說過沒有？」董禎毅微微一皺眉。這似乎也是一個不錯的主意，但望遠城能找到合適的教養嬤嬤嗎？就算有，人家願意到董家來嗎？

「提過，瑤琳一樣反對，娘也反對。她說望遠城壓根兒找不出一個有見識的教養嬤嬤，與其讓那些沒見識的影響了瑤琳，還不如讓她多費點心思。」董禎誠苦笑連連。董夫人或許對自己還有幾分自信，但是他卻真的是不看好啊！

「這件事情等鋪子的事情平穩之後，我和你大嫂談談，看看她有沒有什麼好的建議吧。」董禎毅也是頭疼，但也沒有什麼辦法，只能把希望寄託在拾娘身上，希望她能夠給自己一個有用的建議。

「不知道大嫂什麼時候可以把鋪子的事情處理妥當……」董禎誠搖搖頭。那一定會是一個漫長的時間，那幾個鋪子實在是……以他說，還不如將它們賣了乾脆。

第一百零六章

這生意還真是不好做啊……看著許進動遞上來的明細帳單，拾娘心裡輕輕地嘆氣。原以為做點心的師傅有了，點心師傅的幫手有了，夥計有了，掌櫃的也有了，這鋪子就該可以正常運行，自己也可以看到這段時間籌劃的成果了，哪想成果還沒有看到，先看到又一筆需要花的銀子。

「大少奶奶，這鋪子裡的陳設和常用的東西實在是老得不成樣子了，昨兒小人帶著夥計和丫鬟們裡裡外外清理了一遍，把所有的東西都清洗了出來，能夠將就著用的，小人和姚嬤嬤也說了，先將就著用著，等鋪子有了盈利之後，再慢慢更換，這些是實在無法再用，必須得更換的。」看著拾娘沒有表情的臉，許進動解釋道。欽伯找他談的時候，他就知道這差事不容易，但是去了那鋪子他才知道，那豈止是個爛攤子了。

「這些大概需要七、八兩銀子，如果全部整治一新的話又需要多少銀子呢？」揚揚手上的明細單，拾娘問道。

「如果全部整治一新的話，大概需要三十兩銀子，這是具體的明細。」許進動連思索都沒有，就回答了拾娘的問題，同時用從懷裡掏出另外一張明細單子來遞給拾娘，顯然他做了完全的準備。

拾娘看著手上一項一項寫得十分清楚的單子，忍不住笑了起來，道：「看來你準備得很充分啊。」

「小人只是盡了一個掌櫃的該盡的本分，把能夠想到的事情做好而已。」許進動知道自己的做法得到了拾娘的讚許，卻一點自得的神色都沒有。

「好一個本分。」拾娘點點頭，看來眼前的這個掌櫃的沒有選錯，別的姑且不說，但做事很細心，也很有眼色，這對她來說很重要，至於其他的可以慢慢看。她將手上的明細單子放到一邊，問道：「那麼，你還有沒有做好另外的準備呢？」

「大少奶奶指的可是將鋪子整治一新之後，重新開張的準備？」許進動既然是有備而來的，自然不會讓拾娘失望，他又拿出了一張單子，道：「如果需要重新開張的話，那麼可能還需要再多花三兩銀子左右。」

「看來欽伯沒有選錯人，你確實是個不錯的掌櫃人選。」拾娘拿著單子，滿意地點點頭，道：「將這些都弄好的話需要多少時間？」

「三天。」許進動十分肯定地道：「只要給小人三天的時間，小人便能夠帶著夥計和姚嬤嬤等人將整個鋪子裡裡外外整治一新，然後重新開張。」

雖然和大少奶奶只見過一次面，說不到幾句話，但是許進動卻有理由相信，董家的這位大少奶奶是位既然做了，就爭取做到最好的那種人；所以來之前還真的是做足了功課，從最簡單、最省錢的方案到最花錢，最麻煩的方案都做了準備，只等拾娘自己做選擇了。

「很好。」拾娘點點頭，道：「既然所有的一切你都已經想好了，該怎麼做心裡也有了譜，那麼這件事情就交給你全權辦理。至於什麼時候重新開張，我和大少爺商量一聲，看過日子再通知你。」

「是。」許進勳點點頭，然後又看著拾娘道：「那麼，需要小的做一下開張的一些準備嗎？譬如說開張當天，要不要準備一些點心給上門的顧客品嚐？要不要做一些優惠？」

「你覺得有這樣的必要嗎？」拾娘看著許進勳。這些事情林太太還真的沒有教過她，她心裡並不是很清楚，但是聽起來好像很不錯。

「大少奶奶，小人昨兒和附近店鋪的掌櫃、夥計，甚至附近住的人家都打聽過我們這鋪子的一些情況，對鋪子的印象都不是很好，缺斤少兩，點心不夠新鮮，和顧客起爭執……這些不該有的事情都曾經發生過；說實話，小人真心覺得這鋪子能夠維持這麼些年沒有關張（注），還真是件稀罕事情。」

許進勳苦笑一聲，道：「雖然現在換了掌櫃，換了夥計，換了點心師傅，連點心的品種也都不一樣了。但是只要做的還是點心生意，主家也沒有變，就難免會受到不好的影響，想要讓大家改變看法，是一個長期的過程。小人知道，大少奶奶不想耗時間，有一個重新的、良好的開始能夠節省很多時間。」

「你是想透過那些準備改變別人對這鋪子的不好印象？」拾娘聽明白了他的意思，看他

注：關張，意指商店歇業。

點頭，便道：「這幾天你抽空把你的想法，想做些什麼事情，都寫下來，我仔細看過之後，給你答覆吧！」

「是，大少奶奶。」拾娘的反應沒有出乎許進動的猜測，他立刻點點頭，表示自己明白了，拾娘也側頭吩咐了一聲，在一旁伺候的綠盈立刻取了銀子過來。

「這裡是四十兩銀子，你且拿過去用，既然有心要把這鋪子做好，那麼就儘量做到最好，而錢也是一樣的，該節省的固然要節省，但是需要花的卻也不要摳門，明白了嗎？」拾娘沒有說什麼不夠再來支的話，因為她真心不希望超支。

「小人明白，小人一定會盡心盡力的。」許進動點頭，看著四十兩銀子心裡盤算著，看看是不是還可以在原來的設計上做得更完美一些。

「嗯。你去辦事吧。」拾娘點點頭，許進動便杵著枴杖，一瘸一拐地出去了，他的時間真的不是很充裕，還是抓緊一些，不要耽擱了時間可就不好了。

「大少奶奶，這許進動雖然行動不便，但做事卻十分認真，老奴相信，這鋪子一定能夠做好，說不定投進去的這些銀子一個月就能賺回來了。」等到許進動出去，確認他聽不見自己說話了，欽伯才開口道。昨天一整天他都不辭辛勞跟著去了點心鋪子忙進忙出的，自然知道他們做了些什麼事情，對許進動也更滿意、更欣賞了。

「希望是這樣。」拾娘苦笑一聲，道：「如果費了這麼多的功夫，花了這麼多的錢，當了回惡人，這鋪子還沒有什麼起色的話，我看也只能將這鋪子賤賣出去了。」

「就算這鋪子一時半刻不能好轉過來，也不至於到將它賤賣的地步吧？」欽伯知道這鋪子能否做好十分重要，卻沒有拾娘想的那麼嚴重。

「欽伯知道董貴等人昨日過來求見夫人，並在夫人面前哭訴的事情了吧？」拾娘笑笑。這件事情她並沒有刻意封口，想必欽伯昨晚就已經知道了這件事情，他甚至還有可能找馮嬤嬤詢問了事情的經過，把一切都問得清清楚楚的了。

「老奴知道，還知道董貴來之前去過三房，出去之後又去了族中幾位有威望、能夠作主的族老家中哭訴，說大少奶奶不用自己的族人，卻用一個瘸了腿的奴才當掌櫃。」欽伯點點頭。這些事情他並不是聽馮嬤嬤說的，他自有自己的門道，不管怎麼說，他在董家待了一輩子，他的門路比董夫人多得多，只是身分所限，讓他只能看著這個家沒落下去卻無能為力。

「那麼，欽伯應該明白，要是這鋪子不能有起色的話，那董貴一定會再鬧出些事情，而剩下的那兩個鋪子的掌櫃董勇、董寧也極有可能跟著落井下石，到了那個時候三房、七房也不會再有耐心……」拾娘臉上帶了冷笑，道：「我想，他們等著接手這三個鋪子已經等得不耐煩了。」

「這個大少奶奶儘管放心，族長曾經說過，不管這三個鋪子經營成什麼樣子，都是六房的，除非是六房自己不想要了，否則的話，不管是哪一房都不得用任何的手段和理由將這三個鋪子據為己有。所以，這些年三房、七房雖然暗地裡打了不少主意，但卻始終不敢把事情搬到明面上來。」

欽伯的話很讓拾娘意外，沒想到董氏族人居然還有站在六房立場上說話的。

「還真難得，族長居然會為六房說話。我現在比較奇怪的是，族長能夠為六房說話，為什麼還會變成現在這個樣子呢？」拾娘輕輕挑眉看著欽伯。一族之長都站出來撐腰了，六房還混成現在這個樣子，也真的是奇跡啊！

「現任的族長是五年前換上來的，而前任族長不但沒有關照過六房，當年還第一個跳出來對六房落井下石。」欽伯知道拾娘定然不瞭解董氏宗族內的事情，只能解釋一聲，然後苦笑著道：「如果沒有他們落井下石，那些跟著夫人從京城來的奴才也不一定敢背主，這個家也不會變成現在這樣子。」

「背主？」拾娘疑惑地看著欽伯，這又是怎麼一回事？

「是。」欽伯點點頭，道：「當年跟著夫人從京城回來的奴才雖然不多，但也有二十多人，一些是老爺從望遠城帶過去的，還有一些是夫人的陪房。他們都想法設法脫離了六房，有的脫了奴籍，成了普通的百姓，有的投到了其他房，還有些是無法讓自己脫籍的，則是私自逃走，甚至還有人把夫人從京城帶來的家財給捲走了……原本應該同氣連枝的董氏族人，不是縱容包庇著那些背主的奴才，就是在一旁冷眼旁觀，沒有人施予援手。」

還有這樣的事情？拾娘嘆氣，也難怪董家會變成現在的這個樣子了……

第一百零七章

「不用我說，你們應該明白，今兒把你們都叫過來是為什麼了吧？」等丫鬟們上了茶，拾娘便悠悠開口。今天是她給董寧、董勇一個月期限到期的日子，也是點心鋪子換掌櫃，重新開張後的第二十四天，她昨天下午派人到三個鋪子裡知會了一聲，讓三個掌櫃一早就過來回話。

說起點心鋪子，拾娘心裡就滿心歡喜，那鋪子沒有讓她費了那麼多的精力、心血和銀子，總算是起死回生，並且朝著越來越好的趨勢發展。

點心鋪子的再次開張還在了許進勳找她要銀子的第五天，那是拾娘和董禎毅商議過後，很慎重地選了適宜開市的好日子。而在那之前，許進勳草擬出來的開業當日的一些活動要則也到了他們手中，拾娘和董禎毅都被許進勳支使了一次。

開業的當日，拾娘不用說，自然是帶著一食盒的點心親自送到林家，請林太太等人品嚐一下董記點心鋪的新品點心，董禎毅兄弟也帶了不少的點心到學堂，送先生的、邀請同窗品嚐的……

同樣，鋪子裡也做了很多免費提供給那些前來看熱鬧的人品嚐的小點心，不少嘴饞的孩子還巴巴地排隊去領，拿到一塊一邊往嘴裡塞，一邊又去排隊；而許進勳恍若未見一般，由著那些孩子騙吃，甚至還擔心孩子被噎著，讓人準備了涼開水。

這一天光是白送出去的點心就有不少，粗略算一下，光是食材費就得三、四兩銀子，不過，那天賣出去的點心也不少。當天晚上一清帳，光是整的就有十二兩銀子，加上那些零零散散的銅板，居然有十七、八兩。以前董貴當掌櫃的時候，一個月也未必能賣這麼多的銀子。

開業的頭三天，許進動都有準備品嚐的點心，三天之後，就不再隨意讓人品嚐了，只有那種想買的人才會讓人嚐個味，而這三天的生意也是一天比一天更好，除去花費，這三天居然有了將近三十兩銀子的盈利，讓拾娘大感意外的同時也滿心歡喜，知道這個鋪子算是活了起來。

三天之後，鋪子裡沒有了開業時候的熙攘場面，但也沒有恢復之前門可羅雀的淒涼，而是平平穩穩做起了生意，每天不說多，但林林總總還是有十多兩銀子的營業額，這讓拾娘又是開心又是放心的同時，也給一旁觀望的董勇、董寧很大的壓力。他們終於認真起來，努力想辦法把自己手上的鋪子好好經營了起來，雖然暫時沒有看到成效，但是鋪子中的氣氛有了不一樣的變化，夥計們也不再那麼懶懶散散、不願意做事情了。

「小人知道。」說話的是許進動。在三個掌櫃中，他自然是最輕鬆的那個，點心鋪子已經盤活，生意不敢說越來越好，但是維持現在的狀況是一點問題都沒有的。他恭敬道：「今天是小人從董貴手中接收點心鋪子滿一個月的日子，也是大少奶奶給兩位董掌櫃一個月期滿的日子，小人已經將這一個月來，點心鋪子的所有帳冊帶了過來，還請大少奶奶過目。」

拾娘微微點頭，她身後的綠盈立刻上前從許進動手裡接過帳冊，再把它遞給拾娘。拾娘隨意翻看了一下。點心鋪子的生意她很關心，但是除了最初的幾天以外，並沒有鉅細靡遺地問個清楚明白。既然把鋪子交給了許進動打理，那麼她就該給他足夠的權力和空間，而不是在一旁指手畫腳的。

「剛開張的這個月，因為我們鋪子的點心很是新穎，有幾樣點心更是整個望遠城獨一無二的，所以生意十分好，這一個月下來，除去開業的花費、食材的費用以及其他的開銷之外，還剩一百五十三兩七錢。」拾娘翻著帳本，許進動則在一旁說著，他的話讓心裡原本就惶惶不安的董寧、董貴更加惶恐起來——他們兩個這半個多月來倒真的是很盡力地管鋪子了，但是鋪子的生意並不是他們用心就能改變的，和以前一樣，這一個月除去七七八八的支出，他們這一個月也不過二、三兩銀子的盈利罷了。

「很好。」拾娘滿意地點點頭。她之前所希望的不過是這一個月有個幾十兩銀子的盈利，現在的情況比她所希望的好上幾倍。

「不過……」許進動臉上不但沒有帶什麼自得的神色，卻帶了些擔憂，看著拾娘道：「大少奶奶，姚嬤嬤做的點心味道確實是很不錯，點心也很新穎，但是就那麼幾個品種……不是小人要給您潑冷水，但是如果不能及時增加新的品種，將點心的品種增加到十多二十個種類的話，那麼一旦大多數人嚐過了這些點心，也對這些點心沒有了新鮮好奇的感覺，我們的生意就會冷清下來。」

「這個我心裡清楚，你不用擔心。點心方子我這裡還有一些，不算多，但是撐起一個點心鋪子卻綽綽有餘。」

對於許進動說的情況，拾娘早就已經想到了，對於她來說，只要許進動能夠將鋪子打理好，其他的還真不是大問題。她淡淡笑著道：「我也不特意找姚嬤嬤過來說話了，你回去之後和她說，就說是我的意思，讓她儘量在最短的時間內將六種點心方子分別交給她身邊的綠琴、綠萍和綠蕪，她們三個什麼時候能夠獨立做點心，不需要姚嬤嬤在一旁指導了，那麼她什麼時候到我這裡來回話，我自然會給她新的點心方子。」

對於那三個小丫鬟的性情，拾娘並不是很清楚，但是她們三個簽的是死契，賣身契又捏在自己手中，拾娘也不是很擔心她們會鬧出什麼么蛾子。最主要的是，她手裡的點心方子還有不少，就算真的出了什麼問題，也只會讓她心疼一下子，並不會給點心鋪子造成太大的損失。

「是，小人回去之後立刻和姚嬤嬤說這件事情。」

許進動歡喜地點頭。他最擔心的便是點心的品種太少，之後的生意會慢慢差了，這個心頭大患解決了，整個人也就輕鬆了起來，甚至還笑著道：「那麼，大少奶奶，您可能考慮又得買人了。綠琴她們三個現在主要是給姚嬤嬤打下手，她們要是當了點心師傅的話，這廚房裡的的人手可就有些不夠了。」

「我會考慮的。」拾娘點點頭。要是因為人手不夠，忙不過來需要買人的話，那麼她心裡也只會歡喜，不會心疼又要花銀子的。

和許進動說完了，拾娘轉向臉色愈發不好看的兩人，淡淡問道：「你們兩個有什麼話想對我說的嗎？」

「小人無能，這半個月來雖然已經盡力去做了，但是鋪子的生意卻沒有多少起色。」董寧老老實實認錯，他以前總覺得鋪子經營不善那是因為自己出工不出力所致，只要自己振作起來，那麼鋪子的生意很快就能好起來。

但是，事實卻並不是他想像的那麼簡單，這半個月他也算是使出了渾身解數，但除了鋪子裡的夥計賣力了一些，鋪子裡打掃得乾淨整潔了一些，這生意還是一如既往地差，而他怎麼想，也都想不到什麼好的招數來讓鋪子的生意好起來。

「小人也一樣。」和董寧相比起來，董勇也沒有好到哪裡去，他苦笑著道：「大少奶奶，不是小人不賣力，而是這些年小人已經懶散慣了，就算真的很想做好，也有些力不從心了。」

「當慣了甩手掌櫃，習慣了混日子，想振作起來也不是容易的事情，對吧？」拾娘冷笑一聲。對於這樣的情況，她也不覺得意外，就算這兩個人以前是優秀的掌櫃，這麼五年下來，也成了庸才一個。她冷笑著道：「再優秀的獵手，五年不打獵，也會成為餓狼的腹中餐，就是這個道理。」

「如果大少奶奶還願意給小人機會的話，小人一定會更盡全力為大少奶奶做事，竭盡全力把鋪子打理好，但如果大少奶奶已經對小人失望透了，想另找賢能的話，小人也會心甘情願地離開。」董勇苦笑著道。比起一個月前，他對自己的認識真的不一樣了，也知道自己真的沒有和拾娘講價的餘地了；他心裡現在想的是離開了茶葉鋪子之後，他該找什麼樣的差事維持一家老小的生活。

「這一個月鋪子的生意是沒有多少起色，這一點，你們讓我很失望。」拾娘看著董寧兩人，說了一句讓他們心底一涼的話，然後端起杯子，喝了一口茶，道：「不過，這並不代表你們兩個沒有努力做事。我派人去鋪子看過了，說兩個鋪子和以前有了很大的不一樣，你們兩個還是用了心去做的，只是有的時候，事情並非你努力了，就能夠得到收穫。」

「大少奶奶能夠體諒小人們的不易，是小人們的幸運。」董寧苦笑。他現在最恨的除了自己以外，還有給他畫了大餅，讓他把自己給養廢了的七房。他已經做好準備了，要是拾娘不留人的話，就覥著臉去找那種生意好的店鋪裡當夥計去，學學人家掌櫃是怎麼做生意、怎麼做事做人的，千萬不能像董貴那樣，跑到三房去討飯吃。

「董勇和茶葉鋪子暫時不作任何變動，而脂粉鋪子明天歇業。」拾娘看著臉上露出喜色的董勇和一臉灰色的董寧，道：「董寧，我給你半個月的時間，這半個月你需要將鋪子裡裡外外整治一新，就像點心鋪子那樣，換一個全新的樣子，重新開業，這一點，你能做到嗎？」

「小的可以做到，只是，小的真的沒有信心敢保證重新開業之後，能夠讓鋪子的生意像點心鋪子一樣。」拾娘的話對董寧而言無疑是意外之喜，但是他也開始斟酌自己能不能把生意做好了。

「這個你不用擔心，你只需要把我吩咐的事情做好就行。」拾娘微微一笑，然後看著一臉期待的董勇，道：「你也不要著急，你現在需要做的是把自己分內的事情做好，把鋪子裡的貨物清點清楚，等脂粉鋪子整頓好了之後，就輪到你了。我希望你到時候精神比現在更好，而鋪子也比這個月經營得更好。」

「小人一定全力以赴！」

第一百零八章

「照妳這麼說，這個許進動還真是一個人才。」董禎毅看著臉上彷彿有一層瑩瑩光芒的拾娘，笑著道：「這會兒點心鋪子在他手上起死回生了，以後只要好生經營的話，每個月就能有一筆不少的收入，妳不用擔心坐吃山空，也能過幾天安心的日子了。」

拾娘從未說過，但是董禎毅也知道，拾娘對點心鋪子寄予了怎樣的厚望，要是點心鋪子沒有盤活，拾娘又將面對怎樣的壓力──好吧，那些壓力對拾娘而言不算什麼，她更著緊的或許是她所付出的心血，但是她遠沒有看上去那麼不在意。面對這樣的情況，董禎毅卻不能幫什麼忙，他唯一能做的只是給她言語上的安慰，每日陪著她說些無關緊要的話，讓她不要太緊張。

而現在，許進動能夠讓點心鋪子一個月內賺這麼多的錢，就算以後稍差一點，也比以前好得太多，拾娘的負擔自然少了不說，對自己也更多了些自信。

「還早著呢！」拾娘心情大好，說話間也帶了難得一見的俏皮，她皺皺鼻子，道：「你以為我就能清閒下來了，還有另外兩個鋪子要好生整頓呢！」

「另外兩個鋪子？妳想到整頓的方法了？」董禎毅挑起眉。他可沒有忘記，就在這裡，拾娘親口對他說自己不懂經營的，怎麼沒過多久，她就有了主意？

「說實話，我還真的是什麼主意都沒有想出來，好的、壞的都沒有。」拾娘搖搖頭，但是臉上卻帶了慧黠的笑容，道：「不過，有人給我出了主意，而我覺得還不錯，便照著那個方法去試試了，反正還是那句老話，死馬當活馬醫。」

「什麼人給妳出主意了？是許進勳嗎？」董禎毅能夠想到的只有那麼一個人，畢竟拾娘所能接觸到的人也不多，而懂得經營的也就更少了，許進勳恰好是其中的一個。

「不，不是他，是林太太。」拾娘搖搖頭，道：「點心鋪子開張的那天，我不是帶了點心回林家看太太去了嗎？我陪著太太說了一個下午的話，然後和太太提起了脂粉鋪子的事情。我告訴她我手上倒也有幾種香方，照著方子據說可以做出宮內的脂粉，卻不知道憑這些個方子能不能改善鋪子的生意，太太說既然有那樣的好東西，那麼就應該拿出來試試，還給我出了幾個主意。」

「什麼主意？」董禎毅並不好奇，他對做生意的事情真的是一點興趣都沒有，但是他還是裝出一副興味盎然的樣子。不知道是什麼時候開始，他們每天晚上用過晚飯之後，都會慢慢踱著步子到書房來，泡一壺茶，兩個人說說話，這樣的時光讓他覺得很愜意，也很享受。這樣一段時間之後，雖然他和拾娘還是涇渭分明的兩個人，他還是連拾娘的小手都沒有碰到過，但是兩人之間又有了一種淡淡的親密感覺，說話做事更有默契不說，偶爾也會相互打趣了。

「太太告訴我，買胭脂香粉的都是些大姑娘、小媳婦，她們面皮都很薄，如果面對夥計難免會有些不自在，要是把店裡的夥計換成丫鬟的話，一定可以讓她們更加自在一些。另外，丫鬟們還可以用店裡的脂粉，讓人不用試，看她們就知道店裡的東西大致的效果是怎麼樣的了，要是效果真的很好的話，那麼愛美的女人一定會不惜一切把中意的東西買回去的。」拾娘微微地笑著，道：「所以啊，我準備過幾天再買些機靈的丫鬟進來，讓她們之中手腳麻利的，學會照著方子調配新的脂粉，而那些嘴巴甜的，則去鋪子裡充當夥計。」

「這個方法聽起來不錯，不過做脂粉是隨便教授一段時間就能做的嗎？」董禎毅覺得應該沒有那麼簡單，但是他畢竟什麼都不懂，也不敢就此下什麼定論。

「當然不是，做胭脂香粉不但費時費工，還有很多講究。」拾娘搖搖頭，道：「從林家回來之後，我就讓欽伯找了人，前些天總算找到了一個合適的人，那人夫家姓黃，是個寡婦，夫家以前就是做胭脂香粉的。兩年前，她丈夫得了癆病去了，她就生了一個女兒，沒有兒子，婆家嫌棄她，把她們母女給攆了出來。她帶著女兒在城南租了一間小房子住著，為了生計，自己製些常見的脂粉，然後讓貨郎幫著賣；我見過她做的那些脂粉，還不錯，比我們現在鋪子裡的貨都還略好一些。欽伯和她談過，她自己是願意簽賣身契的，卻不願意讓女兒也成為奴婢。她女兒今年才五歲，欽伯和她談好了，她自己簽死契，她女兒只簽五年的活契，而她也同意了。」

「妳是想讓她帶著丫鬟們做脂粉，然後擺在店裡出售？」董禎毅沈吟了一下，道：「聽起來不錯，但是這胭脂香粉沒有個牌子，會不會沒有人買呢？」

「這是我們董家特製的，自然就打上董記的牌子。以後脂粉鋪子裡面只賣董記自製的胭脂香粉，品種可能少了些，但是卻和其他家完全不一樣，也算是一個特色和賣點了。」拾娘輕輕地白了他一眼，道：「黃二江家的做東西很細緻，也很有一套，昨兒欽伯已經把她和她女兒的身契簽好拿回來了。我想的是讓欽伯買一個合適的小院，最好就在脂粉鋪子的附近，讓她帶著丫鬟們在那裡做胭脂。現在，我最擔心的是她能不能照著方子把東西給做出來，做出來的效果又會不會和想像中一樣好。」

「如果有那樣的擔心的話，妳還是讓欽伯再找找看，或許還能找到更合適的人，不要把所有的希望寄託在一個人的身上。」董禎毅雖然不懂生意，但是雞蛋不能放在一個籃子的道理卻還是明白的。他出主意道：「至於先找到的這一個，既然身契都已經簽了，那麼就先用著，妳覺得怎麼樣？」

「聽你的。」拾娘點點頭。她也是這個意思，也和欽伯這麼說了，卻沒有說董禎毅這是馬後炮。她笑盈盈道：「我的要求不高，只要這脂粉鋪子打理好了之後，每個月能夠賺個四、五十兩銀子我就滿意了，還有茶葉鋪子，那個才是讓我最頭疼的呢！爹爹以前倒是教過我品茗，也教過我怎麼分辨各種不同的茶葉，但是那個對把一個茶葉鋪子經營好卻是一點兒用處都沒有，有的時候想得頭疼，真是恨不得把它關了算了。」

「要真的是覺得心煩的話，關了也就關了。」董禎毅理解地道。他自己光是聽拾娘說說就覺得挺頭疼的了，而拾娘整天為這些煩心，一定更是頭疼。他道：「點心鋪子的情況現在很不錯，它的盈利能夠維持家用，其他的兩個鋪子就沒有那麼重要了。」

「心煩是心煩，不過弄好了也挺有成就感的，我還是願意為這個費心費力的。」拾娘搖搖頭，卻又笑了起來，道：「我現在比較不理解的是，爹爹給我留下的書裡為什麼會夾了那麼多奇奇怪怪的方子？食譜我能理解，小藥方我也能夠理解，但是這些胭脂香粉的方子……真的很讓我好奇。」

「或許是岳父大人當年為了討佳人歡喜，親手製作了一些胭脂香粉，然後就留下了這些方子。」董禎毅猜測著，拾娘卻笑得前俯後仰。莫夫子的眼光可不是一般的，又有一種刻在骨子裡的傲氣，他會為了追求佳人，博佳人一粲，做那種事情？拾娘對此表示懷疑。

「妳不信？」董禎毅很喜歡看拾娘笑，尤其是這種自然的笑，讓她整個人都顯得燦爛，每每讓他看得心都暖了起來。他故作嚴肅道：「窈窕淑女、君子好逑，為了博佳人一粲，親手做個胭脂香粉算什麼啊？」

「那麼，如果你有了心儀的佳人的話，也會做那樣的事情了？」拾娘斜睨著董禎毅，帶著一種說不出的風情，讓董禎毅心跳驟然加速，看愣了眼。

「怎麼不說——」拾娘斜睨他一眼之後，很自然地收回了視線，自然不知道董禎毅的反應。好一會兒沒聽見他回話，才又看了過去，卻被他略顯得有些熾熱的眼神嚇了一跳，話都沒有說完就改了口風，道：「咳咳，我整天和你說這些雞毛蒜皮的事情你一定很煩吧，我以後還是少來這裡，免得影響你夜讀。」

「沒有，我喜歡聽妳說這些。」董禎毅真不覺得有什麼好煩的，他對這些事情不感興趣是實，但是他也真不覺得有什麼好煩的，對他來說，能夠和拾娘窩在書房裡說說話、聊聊天就是一件很快樂的事情，聊什麼都無所謂。他笑著道：「齊家治國都有相似、相同之處，聽妳說說這些對我來說也很有啟發；再說，整天看書也會煩，和妳聊聊這些也正好放鬆一下。」

「真的不煩這些事？」拾娘眼中閃爍著促狹的光芒，道：「我還想著你要是煩了的話，我就陪你下盤棋或者談談策論。唔，我前幾天無聊的時候，看過你寫的幾篇策論，不能說好或者不好，但是和爹爹以前一股腦兒教給我的卻還是有不小的差異，還想和你好好討論一下，看看能不能相互印證，讓你有些感悟和收穫呢？不過，看來你整日讀書，寫策論什麼的也煩了，那我們還是說些家裡的雜事吧！」

「大少奶奶，小人知錯了，您大人有大量，就原諒小人一次吧！」董禎毅一聽，連忙討饒，只是那話聽著怎麼都像是在調侃拾娘，把拾娘氣得直跺腳……

第一百零九章

「董掌櫃，你看看這些胭脂和花粉。」

拾娘淡淡指著案几上擺著的七、八個精緻的瓷缽，那瓷缽是拾娘讓人到專門的瓷窯買的，很小，用來裝胭脂香粉正好。

「這些胭脂和香粉是哪一家的？」看著沒有任何標識的瓷缽，董寧小心地問了一聲。脂粉鋪子倒是從裡到外重新清理粉刷了一遍，還照著拾娘的吩咐，將二樓也整理出來，設了三間雅室，用來招待那些想買東西卻又不好意思在大庭廣眾之下挑選的客人，現在他最關心的是拾娘準備進哪一家的貨。

「是我讓人做的，用的是從京城帶回來的方子，有幾個據說還是宮廷秘方。」拾娘簡單地解釋了一聲，道：「你看看和之前鋪子裡的貨相比起來這些東西怎麼樣，要是覺得還不錯的話，我就會讓人大批製作，然後裝進特製的瓷缽，打上董記的字樣出售。」

自製的脂粉？董寧微微一怔。說實話，自己動手做胭脂香粉真不是什麼稀罕事，但凡愛美的大姑娘、小媳婦都有自己動手做胭脂香粉的經歷；但是人多數人都很清楚，自己動手不過是圖個便宜好玩，但是效果還真的比不上那些老字號的東西，眼前的這些東西又能好嗎？

「你管脂粉鋪子這麼多年，我相信你對脂粉的瞭解定然很深，你先看看東西再說吧！」

拾娘知道董寧在發什麼呆，但是她對眼前的東西卻很有信心。

不只是因為黃二江家的傳話說，這些東西做起來工藝考究、工序繁複、配方講究，是真正的好東西，也不是因為她讓鈴蘭、艾草等人試過，比從鋪子裡拿來的那些效果好了不止一星半點兒，還有拾娘心頭升起一種莫名的熟稔感覺，她總覺得這些東西自己似乎見過。

甚至見到這些東西的當晚，她還作了一個夢，在她的夢中有一個女子，儘管看不清她的面容，但是拾娘清楚知道，那是一個絕代風華的女子。

她一邊用和這些很相似的脂粉上妝，一邊輕聲細語和自己說話，說的就是這些脂粉是用什麼做的，又是怎麼個用法……她會是自己的母親嗎？

拾娘不知道，她努力想把那張似乎藏在迷霧之後的面孔看清楚，卻怎麼都無法撥開那層迷霧……

夢醒之後，她有些頹然，心裡卻又起了些疑心——為什麼義父留下來的方子，做出來的東西會讓自己做了這樣的夢，難道他和自己的父母有什麼關係不成？

她不知道，但是她作了這個夢的第二天都沒有給董禎毅好臉色看——要不是因為他的話，自己或許現在已經去了京城，根據莫夫子說的那些話，查清楚了自己的身世，甚至還找到了自己的親人，而不是像現在這樣，困守在董家。

聽了拾娘的話，董寧並不抱希望地打開了其中的一個瓷缽，那瓷缽上貼了一個小小的紙條，上面寫著「玉女桃花粉」，打開一看，是一個微微有些泛粉色的粉餅，上面壓了一枝桃花的紋樣，做得倒是很精緻。

董寧用手指輕輕地捏起一小點，然後干指輕輕搓動，感受著香粉的細膩程度，好一會兒之後，他又弄了一點搽在自己的手背上，迎著光線觀察著那香粉的顏色，之後再用指甲輕輕地刮了刮，看看這香粉的黏性，是否容易脫落……又過了好一會兒，他才面帶喜色地將手上的香粉放下，滿心歡喜地道：「大少奶奶，這個玉女桃花粉是小人這麼多年來見到過最好的香粉，這顏色、質地還有這淡淡的香味，望遠城絕對找不出比這更好的香粉了！」

「也就是說，這東西可以大量製作，然後出售了？」拾娘笑了，然後指著其他的瓷缽道：「你還是再看看另外的香粉和胭脂吧，這個玉女桃花粉真不是最好的，我更欣賞那個玉簪粉，面脂和口脂也都很不錯。」

「小的這就看。」

董寧戀戀不捨地放下手中的玉女桃花粉，先去看了拾娘說的玉簪粉，然後又看了另外的迎蝶粉，以及四個顏色不同的面脂和兩種口脂，越看臉上的驚訝就越深，放下最後一個瓷缽之後，滿心歡喜地道：「大少奶奶，有了這些好東西，小人有信心將我們董記的脂粉鋪子做成望遠城最好的脂粉鋪子。」

「你先不要太高興，這些東西好是好，但是造價也高得離譜了些。」拾娘搖搖頭，又忍不住嘆氣起來，道：「一般來說，像這麼大的一缽香粉，能賣多少錢？」

「回大少奶奶，如果是最好的香粉，這麼一缽大概能賣一兩五錢上下，一般的只要三百文，如果是從貨郎手裡買的話，大概只要七、八十文。」

董寧雖然這些年散漫得不成樣子，但對於行情還是很清楚的——就算之前不清楚，已經振作起來的他也會去瞭解清楚的。

「但是你知道這麼一缽香粉做出來，需要大概多少銀子嗎？」拾娘嘆氣，這東西真的是好東西，但是這成本……她真的有些擔心賣不出去啊。

「小人不知，還請大少奶奶明示。」董寧還真的猜不出來，但是看拾娘的樣子也知道絕對不少，要不然的話也不會這個樣子了。

「這裡香粉三種、面脂四種、口脂兩種，都是一個手很巧的媳婦帶著六個丫鬟花了十二天做成的，這速度可以忽略，她也是第一次用這些方子做脂粉的。這其中林林總總光是材料就花了整整三十多兩銀子，除去浪費的，每一種的造價不低於一兩銀子。」拾娘看著董寧，問道：「你自己算算，這要賣多少錢一缽才能賺錢？而那樣的高價又能不能賣出去？」

拾娘給了黃二江家的自然不只這九種方子，而是給了她整整三十個方子，黃二江家的仔細看過之後，選擇了其中的九種，然後費了不少的功夫才做了出來，其他的暫時還做不出來。拾娘將這些拿給董寧看，則是想看看他對這些東西的看法以及反應。

雖然已經猜到了造價不菲，但是董寧還是被嚇了一跳，再仔細一核算，也苦笑起來，道：「加上人工，和裝著胭脂香粉的瓷缽，還有店鋪七七八八的費用，這麼一小缽起碼得賣到一兩五錢以上才有得賺……這東西雖好，但是這價格……與其買這沒有用過，不知道效果到底怎樣的胭脂香粉，還不如去賣那些老字號的東西來得划算。」

「我也是這麼想的。」拾娘點點頭，卻又道：「但是費了這麼多的心思和功夫，花了不少銀子，要是不讓這些東西派上用場的話，我又心有不甘。」

想到為了做這些東西，好不容易才找到的黃二江家的、那些精挑細選出來的丫鬟，還有做這些東西買的材料，拾娘就有些心疼，這裡面花了將近一百兩銀子，要不是因為點心鋪子的生意紅火，又因為有了新的點心品種之後，每天賣出的點心更多、盈利更好的話，她還會更心疼。但縱使是這樣，拾娘也有了花錢比掙錢來得快的感嘆。

「小人也不甘心。」董寧很能理解拾娘的心情，鋪子整治一新，又有難得一見的好東西，他自己也已經做好了準備，要是因為價格原因不得不放棄的話，對他來說也是一個很大的打擊。

「那麼，你覺得我該做什麼決定？」拾娘很猶豫。東西再好，也得看是在什麼人手裡，如果董寧有那個本事，她相信價格就算再貴，也能賣得很好；但如果董寧經營不善的話，那麼這所有的一切努力和付出都只能付諸流水。

「小人希望大少奶奶給小人一個博一博的機會。」思索再三，董寧還是願意賭一賭，如果成功了，他相信董記胭脂鋪會成為望遠城最好的胭脂鋪子，要是失敗了……

「能夠成功自然什麼都不用說，但如果這麼好的東西真的賣不出去的話……只要大少奶奶捨得，小人保證這些東西的方子也能賣出大價錢來。做胭脂香粉的，望遠城的老字號有三家，小人相信他們一定捨得花大價錢，買這麼一些足以當成傳家寶、聚寶盆的秘方。」

「賣方子的話不要再提，我寧願讓這些方子爛在我的手裡，也不會將它們賣給任何人的。」拾娘臉色一冷。她急需銀錢沒錯，但是也沒有迫切到需要將莫夫子留給她的東西賣給別人的地步，而且她有預感，那會給她、給董家帶來麻煩。她搖搖頭，道：「但是，我願意給你一個機會，你回去好好想想，有可行的方案之後再過來回話。」

「是。」董寧點點頭，他也想回去仔細思考一下，怎麼樣才能把這好東西賣出去，還要賣出大價錢來——忽然，他想到一個人。他看著拾娘道：「許掌櫃主意多，又極有見地，小人想去找許掌櫃談談，討個主意，還請大少奶奶允許。」

「一人計短，兩人計長，你和他商量一下也好，說不定他還真的能給你一個好主意。」拾娘點點頭。她也有這個打算，不過董寧既然主動提出來了，那麼她就不再去找許進動了。

「謝大少奶奶。」董寧謝過之後，看著那些瓷缽，眼中滿是熱切和不捨地道：「這些東西還請大少奶奶好生收好，等小人有了主意，鋪子重新開張的時候，小人自會來向大少奶奶討要。」

「這個你放心，我會把它們收好的。」拾娘點點頭。這些可都是銀子，能不好生收好嗎？

「小人還有一個建議。」董寧的眼珠子就沒有離開那些瓷缽，似乎能夠透過那些瓷缽看到裡面的東西一樣，他輕聲道：「夫人出身極好，又在京城那麼多年，用過不少的好東西，大少奶奶或許找夫人討個主意，就算沒有討到什麼主意，讓夫人看看，問問她這樣的東西在京城是否常見，作價幾許也是好的，說不定會有意外之喜。」

「我會考慮的。」拾娘微微有些意外。她還真的沒有想到這個，卻虛心聽取了董寧的建議。董夫人沒有什麼主意是可以預料的，但是她的見識在那裡，至少可以掌掌眼啊……

第一百一十章

「這是什麼？」董夫人看著拾娘親手放到自己面前的瓷缽，隨口問了一句。上次的事情除了讓她感到丟臉的同時，也明白了拾娘不是自己可以隨便擺布的，點心鋪子被盤活了，她心裡既覺得高興又覺得失了幾分顏面；所以，這一個多月來，她還真沒有再插手，專心一意教導著董瑤琳，想要把女兒教導成真正的大家閨秀。

「這是兒媳讓人照著秘方做出來的胭脂和香粉，特意請夫人看一看。」拾娘沒有拐彎抹角地直言，道：「您是個見慣好東西的，想請您掌掌眼，看看能不能比得上京城那些有名的老字號的東西？」

「妳當娘閒著沒事啊，雜七雜八的小事情也麻煩娘。」董夫人還沒有表態，一旁的董瑤琳就不滿地開口。那天過後，她和拾娘沒有再起什麼爭執，甚至連話都沒有怎麼說過，但是她是越看拾娘越不順眼了。

拾娘沒有理會明顯找碴的董瑤琳，而是看著董夫人，等著她說話表態。董瑤琳氣得想要跳起來，是她身後的儷娘輕輕地拽了一下她的衣襟，等她轉過頭去的時候輕輕地搖頭，董瑤琳這才沒有失態，但臉色依舊很難看，眼神也不善起來。

「我看看。」董夫人不置可否地拿起一個瓷缽。她也聽說拾娘拿出了些脂粉方子讓人照著去做的事情，但是對此不抱什麼希望，脂粉方子和點心方子不一樣，稀罕多了，她才不相信拾娘能夠有什麼好的脂粉方子。

「咦？」只看了一眼，董夫人就發出驚訝的聲音來，而後更在董瑤琳不解的注視下，用手沾了一點脂粉出來，輕輕地敷到了自己的手背上，感受著脂粉的細膩，並仔細觀察著脂粉顏色，然後帶了些懷念地道：「可是玉女桃花粉？」

「夫人目光如炬，一眼就看出來了。」董夫人能夠一口說出這香粉的名字，拾娘頗有些意外，很快便又釋然，這種香粉是少女最愛的粉色，抹在臉上有一種瑩瑩光澤，看起來甜美可人，董夫人年少的時候想必也是愛用這一款香粉的。

「東西不錯、質地細膩、顏色粉嫩，還有股特別的酸甜香氣，比起當年傾城坊的玉女桃花粉也不差多少……」董夫人輕輕地嘆了一口氣，滿是懷念地道：「這款香粉曾經是京城少女最喜愛的一款，我當年也很喜歡，故而對這款香粉最是熟悉。」

董夫人的話讓拾娘的心裡放心了不少，看來這款香粉還真的沒有選錯，她直接問道：「不知道夫人可還記得這款香粉當年在京城售價幾許？」

「妳能不能不要這麼庸俗，什麼都談錢？」董瑤琳眼中帶著不屑地看著拾娘。錢錢錢，她眼中除了錢以外還能看到什麼？真不知道哥哥看中她哪一點了，不但把她娶了回來，還恩愛得讓人看了刺眼。

或許是兩人掩飾得太好，在所有的人眼中，拾娘和董禎毅還真的是對恩愛無比的夫妻；

董禎毅每日從學堂回來之後，先是到董夫人面前問安，而後一家人坐在一起用晚飯，等用過晚飯之後，這對夫妻就會一道慢慢踱著步子去書房，泡一壺好茶，或者說說話、聊聊天，或者下下棋，或者一個執筆、一個寫寫畫畫，再或者各自抱一本書坐在椅子裡看書……不管是哪一種，都讓人覺得這是一對默契十足、恩愛十分的小夫妻，外人根本都插不進去。

當然，這個外人也包括董瑤琳，她見不得兩人那麼悠閒，特意跑過去打擾，但是到最後卻只能悻悻地帶著儷娘離開了，心裡對拾娘除了各種不滿意外，更加了一頂狐狸精的帽子——都長成了這副德行，還能把大哥迷得神魂顛倒，不是狐狸精是什麼？

「衣食住行，無疑不需要銀錢支撐，談錢庸俗了些，但總比食不果腹，衣不蔽體好吧。」拾娘輕輕地瞟了一眼董瑤琳身後的儷娘一眼，她的眼中還有來不及掩飾的鄙夷，淡淡地道：「像我們這樣的官宦人家，男子最要緊的是學業，是仕途，談吐之間說的是國家大事，是君心民意，是詩詞歌賦……不能張口閉口談論銀錢，讓人覺得一身銅臭，但也沒有必要避而不談。但是，女子卻不一樣，女子最要緊的是管好內宅，管理好家中營生，打理好交際往來，讓男人後顧無憂，至於詩詞歌賦、風花雪月，只有在生活安逸的情況下才有資格去談。」

「俗，庸俗。」董瑤琳撇撇嘴，心裡對拾娘除了看不起還是看不起。真不明白，為什麼都是讀過書的人，儷娘屈身為奴都不失清高傲氣，她怎麼連半點傲氣都沒有——當然，她現在還不明白，清高傲氣和一身傲骨是兩回事。

「瑤琳。」董夫人帶著淡淡警告叫了一聲，董瑤琳只好心不甘情不願地輕哼了一聲，沒再言語，她這些日子多少有了些長進，起碼不會再任性地呼喊亂叫了。

「妳大嫂這些話說得沒錯，身為女子，最要緊的是學會持家，而那些詩詞歌賦、琴棋書畫，那都是些錦上添花的事，能懂得自然更好，不懂也無礙。」董夫人這番話算是發自肺腑的，她以前就只懂那些不實用的東西，嫁到董家之後，不知道因為這個吃了多少虧。如果她持家有方的話，也不會讓兒女跟著自己吃苦受罪。像拾娘一樣，她也輕輕地瞟了一眼儷娘，略帶警告地道：「真正好人家姑娘，可不會一門心思地學琴棋書畫，專注風花雪月，妳別聽那些胡言亂語，把心思花在不該花的地方。」

董夫人的話讓儷娘的臉色一白。董夫人明顯是在警告她，她低下頭，小心翼翼地站在董瑤琳身後，頭一次恨不得所有的人都看不見她。

拾娘心裡冷笑。她真沒有想到董夫人能說出這麼一番頗有見地的話，想必是切膚之痛讓她有了這樣的感悟，卻沒有因此高看董夫人一眼——明知道儷娘在董瑤琳耳朵邊上說些不該說的，有教壞董瑤琳的嫌疑，卻只不疼不癢地警告一句，而不是將這個隱患處理了，就不擔心她真的把董瑤琳帶壞了嗎？

不過，董瑤琳的事情她能不插手就不插手，她可不想被罵多管閒事。她把說遠了的話題拉回來，關心地問道：「夫人，您可還記得這樣的脂粉京城售價幾許？」

「當然記得。」董夫人也不想再談。她清楚女兒和自己一樣，都還沒有把拾娘當成自家人，自然要為女兒留面子。她十分肯定地道：「傾城坊的玉女桃花粉裝的是桃花形狀的木盒，裡面的粉餅也是桃花形狀的，比這瓷缽裡多了一倍有餘，作價二十六兩。」

二十六兩？拾娘吃驚地看著董夫人，就算比這裡多了兩倍，那成本最多也就是四兩銀子，這錢有這麼好賺嗎？

「是不是覺得很貴？」難得見到拾娘吃驚的樣子，董夫人帶了些傲然地道：「京城貴人如雲，這個價格真不貴。而且，傾城坊每個月只售一百盒玉女桃花粉，不但要預定，還要排隊。排隊講究先來後到，還講究出身地位。沒有門路、沒有身分的，花再多的銀子也買不到。」

限售？預定？還要排號？拾娘知道董夫人說這席話帶了顯擺的意味，說她曾經是京城名媛，這麼不容易到手的脂粉她都是用慣了的，不過拾娘關心的只有其中透露出來的關鍵資訊，或許自己可以借用這一招。

「多謝夫人解惑。」拾娘沒有吹捧董夫人，她帶了十二分的恭敬和期盼將其他的幾樣胭脂香粉遞到董夫人面前，道：「這裡還有另外的幾種香粉和面脂、口脂，夫人也都看看，要是知道它們的售價的話，還請夫人不吝賜教。」

拾娘的態度讓董夫人的虛榮心得到了一定的滿足，理所當然地認為拾娘被她給鎮住了，帶著志得意滿將剩下的幾樣東西一一看過。這九樣東西中她認出了其中的六樣，還有三種她也沒有見過，只能肯定是好東西。

看完這些東西之後，董夫人臉上的得意消失殆盡，難得用一種沈思的眼光看著拾娘，道：「這些方子從哪裡來的？」

這些方子是夾在一本書裡的，上面的字跡是莫夫子的字跡，顯然是他從什麼地方撰抄來的。但是，拾娘只是微微一笑，道：「是從幾本孤本中找出來的，上面說這些都是最好的方子，甚至還說其中的一些是宮廷秘方，所以媳婦就找人照著方子做了這些。」

「這些就夠了。」董夫人難得睿智地看著拾娘，道：「這些都不是一般的東西，如果太多了，不見得是件好事。」

「只要東西好，應該也可以撐起一個小小的脂粉鋪子了。」拾娘點點頭。她知道懷璧其罪的道理，看來剩下的那些方子有必要封存起來，免得遭人覬覦，惹來禍患。

第一百一十一章

「這麼高的價？」董寧咋舌地看著拾娘，第一個反應就是拾娘想錢想瘋了，這香粉的本錢不過一兩多銀子，好吧，她又加了些分量，比以前多了不少，但是本錢最多不會超過三兩銀子，就賣十六兩，未免也太誇張了些吧？當別人的錢是大風颳來的不成？

「嗯。」拾娘冷靜點點頭，淡淡地道：「夫人都看過了，有幾樣夫人用過，說是京城最大的胭脂坊傾城坊裡相似的，但有三樣夫人卻沒有見過。這些東西中，本錢最少、工序最簡單的是玉女桃花粉，傾城坊八年前賣二十六兩銀子一罐，每月只售一百罐，要買需要預定，身分地位稍差一點的，傾城坊卻不對其出售。」

「大少奶奶是想效仿傾城坊，將這些胭脂香粉的身價檔次提高，讓真正有錢的人家才能買得起？」被董寧拉過來的許進動一聽拾娘的話，便知道了拾娘想要表達的意思。

「不錯。」拾娘點點頭，道：「我打算這樣，九種胭脂香粉，每樣每個月只做十罐，價格從十六兩到二十兩不等，東西少，生意清淡，但其中的利潤絕對驚人。」

「只做十罐？會不會太少了？」董寧皺起眉頭來，要是他的話，他寧願多做一些出來，每樣賣上個三、四兩，做生意要講究薄利多銷，不能一口吃個胖子，更何況，就算賣便宜些，其中的利潤也很可觀了。

拾娘一聽就知道董寧還沒有轉過彎來，輕輕地搖搖頭，看著許進動，道：「你覺得這樣做怎麼樣？」

「是個好主意。」許進動眼睛灼灼發亮，道：「不過，小人還想添一條，那就是不管是什麼人，每次只能買三罐，需要更多，那麼抱歉，只能多跑兩趟了。」

還限購？這兩個人是不想賺錢了嗎？董寧眼睛瞪得大大的。做生意的人都恨不得來一個有錢的主顧，把所有的東西一股腦兒都買光了，他們這是在玩什麼花樣？

「好主意。」拾娘撫掌而笑，看看還是一頭霧水的董寧，心裡微微嘆了一聲。這人啊，還真的禁不起比，這麼一比，董寧就成了榆木腦袋。她半是開玩笑半是試探地道：「可惜胭脂香粉這些東西你不大懂，要不然的話，我還真想把這鋪子也一併交給你來打理了呢。」

許進動心裡微微一動。說實話，雖然他腿腳不便，但點心鋪子那麼一點點小事，他管起來還真的是很輕鬆，就算把這個鋪子攬過來對他來說也不是什麼大問題；只是……他已經取代了一個董姓掌櫃，要是再取代另一個，對自己、對眼前的大少奶奶恐怕都不是什麼好事。何況，董寧這一、兩天總是往點心鋪子跑，兩人也熟稔起來，要是搶了他的差事未免不夠厚道。

想到這裡，許進動就笑了起來，道：「小人明白大少奶奶的意思，小人有空閒的時候一定會多去脂粉鋪子轉悠轉悠，和董掌櫃多交流，多向他討教，等到大少奶奶有了足夠的精力和財力再開一家脂粉鋪子的時候，小人說不定就已經懂行（注一）了，到時候一定毛遂自薦，求大少奶奶再給一個機會。」

拾娘知道，許進動這是婉拒也是表態，他或許有足夠的能力將兩個鋪子都管好，但是出於多方面的考慮，還是不做那種貪多嚼不爛的事情，先把能夠守好的守住了。董寧缺了不止一根弦的事他看出來了，也願意為自己分憂，多和董寧交流，指導他照著自己大概的意思去經營鋪子。

董寧也聽出來拾娘話裡的試探意味了，也知道拾娘並不滿意自己，許進動沒有說話之前，他的心也懸了起來，等他說完才落回原地。他識趣笑道：「要是許掌櫃能從百忙之中撥冗指點一二的話，我一定準備香茶點心好生招待……也不怕露怯（注二），你們說的那些話我聽清楚了，卻還真是理解不了。不過，大少奶奶，小人保證，小人一定完全遵照著大少奶奶的指示做事，絕對不自作主張，許掌櫃也是一樣。」

人雖然笨了些，態度卻還不錯。拾娘不是很滿意董寧，但很欣賞他的態度，尤其是被許進動拒絕之後，她也意識到自己有些急進，這是大忌。董寧表態之後，她順勢道：「只準備香茶點心未免小氣了些？你可還記得我當初是怎麼承諾你們的，我說過，要是鋪子經營有方，盈利好的話，我會拿出盈利的一成包成紅包獎勵。這些胭脂香粉除去材料費、配製的人工費、夥計的工錢等七七八八的費用，一罐也能有十兩銀子的盈利，就算一個月只賣一罐你

注一：懂行，意指內行、在行。
注二：露怯，意指因缺乏知識，使舉止謬誤可笑，而面露畏縮之色。

都有一兩銀子可拿，你就請他喝杯茶？」

董寧心中大定，知道可以留下來了，哈哈一笑，道：「大少奶奶說的是，要不這樣，要是小人得了大少奶奶的賞，逢年過節的給許掌櫃家的閨女、小子發紅包，當小人的一分心意？」

「那是你們之間的事，我不干涉。」拾娘笑笑，然後臉色一正，道：「這樣一來，鋪子就需要再次好好裝修一番了，至於怎麼改動，董寧拿主意，許進勳給點建議和意見。」

「是，大少奶奶。」兩人異口同聲應諾。董寧這一、兩天找許進勳討教了不少問題，對他不但心生敬佩，也親近了不少，自然不會對這樣的安排有什麼意見。

「還有就是夥計……我之前已經買了三個嘴巴很巧的丫鬟，跟著做脂粉的師傅帶了一段時間，她們不知道這些脂粉胭脂具體配製方法，卻清楚每一樣東西的特點，鋪子重新開業之後，就讓她們負責招待女賓。」拾娘又吩咐了一句。

「小人明白。」董寧點點頭，道：「小人也想過了，小人那口子做事也算麻利，等到鋪子開業之後，就讓她和小人一起到鋪子裡幫忙，有她在，這些小丫鬟也好管理。」

「那你們就去忙吧，有什麼事情的話可以隨時來找我。」拾娘點點頭，今天特意叫董寧過來就是為了讓他心中有個底，順便也看一看他的反應。總的來說還過得去，至於開張以後，生意會不會好，那麼就要看經營的方法和運氣了。

一輛馬車停在剛剛開業兩天的董記胭脂坊門前，趕車的車伕先下車把條凳放好，一個穿著深綠色褙子的丫鬟俐落地下了車，伸手扶下了一個看起來纖纖弱質的少女，她一身粉紅色撒花長裙，外罩玫紅色褙子，頭上戴著的帷帽遮住了她的面容。

「這門面看起來不大啊……」

略帶懷疑的聲音從帷帽後面傳出來，聽聲音應該是年紀尚幼的姑娘家。她微微側頭，對身邊的丫鬟道：「欣兒，妳確定這裡有上好的胭脂香粉？」

「姑娘，人不可貌相，這裡門面雖小，但不見得就沒好東西啊。」丫鬟欣兒心裡打鼓，卻只能硬著頭皮道。

「來都來了，就進去看一眼吧。」那姑娘雖然懷疑自己，但來都來了，不妨進去看一眼，免得白跑一趟。

姑娘的話讓欣兒大鬆一口氣——姑娘之所以會到這名不見經傳的董記胭脂鋪是她慫恿的，而她這般費心，則是因為得了小道消息，說凡是陪姑娘進店一看的，掌櫃就能給三錢銀角子（注）的酬勞。

欣兒歡喜地扶著姑娘的手就移步進了胭脂坊，一進去，兩人都是微微一怔。從外面看，胭脂坊門面並不大，門口擺了幾盆開得正豔的芍藥，裡面倒不算小，卻一點都不像是賣胭脂香粉的地方，不見擺放著裝胭脂香粉的瓶瓶罐罐，倒擺滿了鮮花和盆景，兩人有一種錯覺，

注：銀角子，銀質輔幣的俗稱。

懷疑自己不小心走錯了，到了花坊之中。

「歡迎光臨。」一個店夥計臉上帶著殷勤的笑容迎了上來，不等兩人開口便笑著問道：「不知兩位是想看胭脂香粉還是走錯了地方，以為這裡是賣花的，想來買花？」

這話說得真好玩。那姑娘噗哧一聲笑了起來，道：「難不成有不少人誤以為這裡是花坊特意跑進來買花嗎？」

「可不是。」店夥計笑呵呵道：「雖然有招牌，可不少貴客看到小店門裡門外都是花，就以為小店是賣花的，專門進來買花呢！不知兩位是看了招牌進來的，還是看了花兒進來的？」

「我是聽說你們這裡有上好的胭脂香粉，特意過來看一看的。」店夥計的風趣讓姑娘心情大好，說話也帶了笑意。

「兩位請上二樓雅室，那裡有專門的人接待。」店夥計殷勤地引著兩人到了樓梯口，自己卻不上樓，而是帶了三分歉意地道：「二樓雅室只招待女眷，是不允許像我這般的臭男人上去的，只能請兩位自行上去了。」

只招待女眷不稀奇，姑娘沒覺得奇怪，帶著丫鬟上了樓，還沒有到二樓，一個十三、四歲，看起來乾淨俐落的女夥計便已經站在樓梯口迎接了。

「姑娘請坐。」將兩人讓進雅室，女夥計卻不忙著向姑娘推銷，而是笑意盈盈地問道：「不知道姑娘是喝綠茶呢？還是喝花茶？小的先給姑娘沏茶。」

「茶就不用了，把你們這裡上好的胭脂香粉拿過來給我看看。」確定沒有外人，姑娘順手將帷帽取下，遞給一旁的欣兒，直接道，但也因此覺得眼前的女夥計順眼了。

「小店只賣上好的胭脂香粉，不知道姑娘是買來自己用還是送人？」女夥計一點都不著急給顧客拿東西，笑盈盈地又問了一句。

「自己要。」姑娘心裡暗自點頭，女夥計挺懂事的，知道先問清楚了再拿東西，而不是像有的人，一股腦兒拿一堆東西上來，卻沒有幾樣是適合自己的。

「那麼，姑娘可以看看這幾樣。」這姑娘拿下帷帽之後，女夥計就十分認真地打量了這姑娘的臉色和年紀，心裡已經大致有了些底氣，聞言立刻取了三個小小的瓷缽過來，介紹道：「香粉名為迎蝶粉，顏色微黃，抹在臉上，能夠讓膚色呈現自然的光彩，姑娘的氣色極好，用這個最合適不過。面脂名為橙霞，顧名思義是橙色胭脂，姑娘的兩頰紅潤，用粉色、紅色都不能相得益彰，用橙色的話，既能讓姑娘看起來光彩照人，也不會掩蓋住姑娘原本粉嫩的肌膚。口脂是粉色的，既能讓姑娘雙唇的顏色更漂亮，又能和姑娘的膚色相互映襯，最是合適不過了。」

「聽起來倒還真是有幾分道理。」女夥計的話讓這姑娘心裡聽著舒服，她輕輕打開其中一個小瓷缽，裡面只有淺淺的一點，大概夠用一、兩次的香粉，正如女夥計說的，微微泛黃。她伸出一個手指，輕輕地沾了一點，先是抹在自己的手背上，覺得質地不錯，很舒服，不比自己平日裡用的差之後，才伸手召來欣兒，讓她抹在一邊臉上。

東西是好東西，效果自然也是立竿見影的，欣兒那半邊臉頓時有了淡淡的光澤，看起來明亮了很多，姑娘心中歡喜，將面脂、口脂仔細看過之後，也遞了過去，欣兒照著銅鏡上了半邊臉的妝，兩邊臉色頓時完全不一樣起來，神采都不一樣了。

「確實是好東西。」姑娘歡喜地讚了一聲，一旁的女夥計卻只是微笑，並不插話，姑娘倒也不在意，笑著問道：「還有別的嗎？一併拿來給我看看。」

「自然是有的，不過，小店的規矩和別的地方不大一樣。」女夥計盈盈指著那三個小小的瓷缽道：「小店專門為貴客準備了這種試用的胭脂香粉，本月內，只要進了小店的貴客，不管買不買東西，都會拿出三個小樣品給貴客試用。但是，每位貴客只能試三種東西，姑娘要看別的可以，卻不能試用了。」

第一百一十二章

不能再試了？姑娘心裡微微有些不悅，哪家脂粉店不是恨不得顧客把所有的東西試個遍，希望顧客多看中幾樣，多買些回去的？怎麼這家店這麼不一樣呢？

「你們會不會做生意啊！」姑娘的不悅，欣兒自然是看得出來的，她立刻不滿地道：「妳快點去多拿幾樣來給我們姑娘試試，要是我們姑娘高興了，說不定會多買些呢！」

「姑娘見諒，小店的規矩就是這樣，誰來也都不能破例。」女夥計搖搖頭，然後又笑著道：「小店還有另外一個規矩，那就是每位貴客每次只能買三件東西，如果想買更多的，那麼只能麻煩貴客改日再來了。」

這……這……簡直是豈有此理！欣兒真的惱怒起來了，正想發怒，姑娘也氣了，起了小性子，騰地站起來，道：「既然這樣的話，那就把這些寶貝疙瘩都留在你們店裡算了，我們走。」

女夥計也不著急，還是笑著道：「姑娘見諒，小店的規矩是這樣的，小人除了照規矩辦事，也沒有別的辦法。」然後又將桌子上試用過後所剩不多的胭脂香粉蓋上，遞到欣兒面前，道：「這些已經試用過了，不能再給他人試用，就這麼丟了實在是太可惜，姑娘不嫌棄的話可以把它們帶走。」

具體效果怎麼樣，欣兒並不是很清楚，卻相信自己姑娘的眼光，輕輕地看了一下姑娘的臉色，見她沒有反對，便收了下來。

「照規矩，小人還得耽擱姑娘一點時間，為姑娘報個價。」看著那姑娘雖然起了身，臉上也帶著薄怒，卻沒有立馬轉身走人的意思，女夥計不失時機地拿出售賣的瓷盒，道：「這是小店售賣的迎蝶粉，這麼一盒售價十八兩，面脂橙霞每盒二十兩，口脂也是每盒二十兩。」

這麼貴？雖然用慣了好東西，但姑娘吃了一驚，不是覺得這價錢高得離譜，而是沒想到望遠城居然也會有這種價位的胭脂香粉。

忽然間，她理解了這家店只讓顧客試用三種東西的規矩了——照他們的賣價，那三個小瓷缽裡的東西少說也要一錢銀子了，要是每個上門的顧客把所有的東西都試一遍的話，可是一筆不小的開支。

但她都已經說了不要的話，還是戴上帷帽，轉身往外走。女夥計也不阻攔，上前一步為她開門，嘴裡說著慢走，手上卻不著痕跡地往欣兒手上遞了一塊銀角子過去……

「怎麼樣？」

一直老神在在，端坐在鋪子裡的董寧看到夥計進來，就緊張地問了一聲，連不熟悉他的人都知道，他的沈著冷靜是裝出來的。

「人走了。」夥計也是懨懨的。這鋪子重新開張已經五、六天了，但是除了開業當天來看熱鬧的閒漢以外，只有以前在這裡買過東西的幾個媳婦、婆子上門，看看新開張有沒有什麼便宜可揀的，聽說鋪子裡賣的都是十多兩銀子的胭脂香粉，那些媳婦、婆子一邊咋舌一邊取笑，說董記胭脂坊開不過一個月又得關門大吉。好不容易今天來了第一個看起來有能力買東西的貴客，卻偏偏讓那些奇怪的規矩給氣跑了，這真是……唉！

「走了？」這個答案董寧不意外，卻還是難免有些喪氣，他將面前已經涼了的茶水一口喝下，那苦苦澀澀的滋味就如同他現在的心情一般。他嘆了一聲氣，道：「既然已經走了，你也坐下來歇歇吧！」

「掌櫃的，我坐不住。」夥計發了一聲牢騷，然後又道：「掌櫃的，不是我多言，我覺得店裡的這些個規矩真的是要不得，這不是明擺著把財神爺往外推嗎？大少奶奶終究是個婦道人家，頭髮長、見識短，不懂做生意還瞎指揮，您可不能什麼都聽她的啊，萬一到時候生意不好，她賴在您身上，說您不好生經營，那可就糟了。」

「大少奶奶或許不懂經營，但她訂的這些規矩連許掌櫃都直說好，應該不會錯的。」董寧也覺得這些規矩不大妥當，但連許進勳都說了好，那麼應該是好的。再說，他之前也和自己一再說，這些規矩雖然極好，不但把生意做了，錢賺了，還能把董記胭脂坊做成望遠城最好的胭脂坊，擁有獨一無二的地位，卻得有足夠的耐心，不能急躁，一定要沈住氣才行。現在，才開業五、六天，還不到急的時候。

「許掌櫃說好，那為什麼他的鋪子沒有這些破規矩？」夥計不以為然地冷嗤一聲，道：「掌櫃的，姓許的話您可不能相信，他能夠把董貴掌櫃給頂替了，說不定他還打著頂替了您的主意呢！您可得留個心眼。」

「別胡說。」

董寧斥了一聲，夥計這些帶了挑撥的話沒聽進心裡，許進動要真的是存了那個心，那麼一早在大少奶奶說話試探的時候，他就能把自己給擠下來了。可他不但婉拒了大少奶奶，還忙前忙後地幫著自己布置鋪子，幫著自己調教二樓的三個女夥計，幫著自己出謀劃策拉客人上門，懷疑誰都不能懷疑他。

「我哪有胡說，這——」夥計可不覺得自己是胡說，他雖然不姓董，但是本能地排斥那個不姓董的掌櫃，那是個什麼玩意兒嘛，一個賣了身、當了奴才的痞子，還神氣活現地指揮著別人做這、做那的，虧得掌櫃的還那麼維護他。

「好了，你要是沒事情做的話，去門外面吹吹風，別讓我心煩。」董寧一點都不想聽夥計在耳根邊上說些不中聽的話，他雖然沒有什麼大智慧，但也知道有些話聽多了，對一個人會產生一定的影響，而那影響他現在是一點都不需要的。

夥計悻悻閉了嘴，然後無聊地開始數著靠他最近的那盆景上的葉子，左邊的那棵花他已經數過了，一共有三千五百六十三片葉子，這棵看起來更加枝繁葉茂一些，葉子應該更多，足夠自己打發無聊的時間了。

二千四百一十五、二千四百一十六、二千四百一十七……咦，哪來的手？夥計正數得起勁的時候，眼前出現的一隻細皮嫩肉的小手打斷了他的無聊之舉。他抬起頭，卻見之前來過的小丫鬟扶著那姑娘站在面前，他心裡一喜，臉上卻不敢顯露出來，而是笑嘻嘻地問道：「原來是兩位姑娘？不知兩位是不是有什麼東西不小心落下來了？春妮那丫頭也真是粗心，居然沒有發現姑娘丟了東西，我一準和掌櫃的說，讓掌櫃的狠狠地罵她。」

看著自說自話的夥計，姑娘折返回來的那一絲尷尬頓時飛走了，她捂著嘴笑了起來，而欣兒則瞪了一眼眼前這個饒舌的夥計，道：「我們沒有丟東西，是我家姑娘想再看看你們的胭脂。」

「沒問題，兩位樓上請。」夥計心頭喜悅更甚。他做了好幾年的店夥計，知道這般負氣離開又回來的客人準會買東西，這可是小店的開張生意啊，可不能再把財神爺往外推了。他引著兩人走到樓梯口，喚道：「春妮，接客了！」

這會兒，不光那姑娘被逗得噗哧笑了起來，就連欣兒也忍不住笑開了，而出現在樓梯口的女夥計春妮則狠狠地剜了他一眼，算是記了這個仇。

「怎麼樣？怎麼樣？」確定那姑娘的馬車已經走遠，董寧忙不迭地跑上二樓，都等不得春妮下樓找他交錢。

「周姑娘買了迎蝶粉、橙霞和粉唇，一共是五十八兩銀子，都在這裡了。」春妮也是滿心歡喜，要知道每買一樣東西，她有五十文的賞錢，而她一個月也才兩百文的月錢，這麼一小會兒就已經快有她一個月的月錢多了。

太好了！董寧手裡捧著沈甸甸的銀錠子，心中的歡喜真的是難以用言語來表達。他知道，既然有人捨得花錢買，那麼就證明這價格雖然離譜了些，但也是有市場的，就看接下來會不會像許進勳和他說的那樣，生意會大好起來了。

「周姑娘雖然沒有買別的，但是我還是給她看過兩樣，她也十分歡喜，要不是因為只能買三樣的話，她可能還會多買幾樣呢。我覺得啊。她要是用了好的話，一定會再來的。」春妮想到那自稱姓周的姑娘的豪爽就是一陣羨慕，這小小的一罐胭脂已經可以買像她這樣的丫鬟好幾個了，她卻眼睛都不眨地就買下來，真有錢啊！

「那就好、那就好……咦，她姓周？她可說是哪個周家？可是那個丁憂回鄉翰林院典薄周大人家？」

董寧遲鈍地問了一聲，他這才想起來，許進勳和他說過，已經想辦法買通了好幾家的婆子，讓她們宣傳的事情。

想到這裡，董寧關心地問了一句，道：「妳有沒有給那丫鬟一點好處？」

「給了一個三錢的銀角子。」春妮笑盈盈地道：「是許掌櫃開業的那天就給了我的，他說但凡是第一個上門的貴客，只要有買東西的意圖的，那麼就給她身邊丫鬟好處。剛剛周姑娘負氣離開的時候，我就給了那丫鬟好處了。」

「機靈丫頭。」董寧誇了一聲，然後道：「那丫鬟一定看在銀子的分上說了些好話，要不然的話這周姑娘也不一定會折回來買東西，妳做得不錯。」

「許掌櫃還說了，要是給了銀角子卻沒有賣出東西去，那麼這個銀角子算是他給的；但如果相反地，顧客又回過頭來買東西的話，那麼讓我跟您報這個帳。」春妮俏皮地伸出手，道：「掌櫃的，給錢吧！」

第一百一十三章

「後天休沐，你有什麼安排嗎？」手裡捧著書卻很久沒有翻頁的拾娘忽然開口問道，讓正在書桌前收拾臨帖的董禎毅先是微微一愣，而後便會心笑了。她終於還是開口了。

點心鋪子穩定營業，胭脂鋪子的胭脂成為追捧的對象之後，董勇也主動拿出了一套整改鋪子的方案——三個姓董的掌櫃中，當數他最滑頭，他這些年大批買進的茶葉只有普洱。和旁的茶不一樣，普洱越陳越香，放在鋪子裡幾年，雖然沒有給鋪子帶來盈利，其價值卻在逐年上升，只要用心經營，很快就能扭虧為盈。

為此，拾娘高看了他幾分，但心裡對他也多了幾分戒心——他這手著實漂亮，如果六房撐不下去，那麼這一批上了年分的普洱便會成為他的投名狀（注），換了主家之後不但能夠保住自己的位置，也能得到更好的待遇；但如果六房崛起，旁人不敢再打主意，那麼他也能藉此將鋪子盤活。

而那之後，拾娘不用為三個鋪子能夠經營存活下去而操心，日子便也悠閒起來了，白天打理一下闔府上下的雜事，用過晚膳之後，使和董禎毅到書房，悠閒地看看書，對弈兩局，日子過得很是愜意。今天也是這樣，和董禎毅慢慢踱著步子到了書房，拾娘從書架上取了一

注：投名狀，意指新入夥的強盜，須殺一人並將人頭交給首領，用以表示真誠。

本書便窩進了椅子。

但不一樣的是，許久都沒有聽到翻書的聲音，董禎毅微感詫異，抬頭一看，卻見到拾娘眉頭微皺，顯然在思索著什麼。他很想問，但是張了張嘴，終究還是什麼都沒有說。他知道，如果拾娘想說的話，自然會和他說，如果不想說的話，那麼任他怎麼問也是不會有結果的，就乾脆不去打擾她思考了。而現在，拾娘顯然已經想通了並願意和他說了，這似乎也算是兩人關係的一點小進步吧！

「後天休沐原本是打算好好在家中歇息，妳有什麼事情需要我幫妳嗎？」董禎毅放下手中的臨帖，看著拾娘暖聲問道。

「我後天要去莊子上一趟，你若是能抽出時間來的話，陪我一起去吧。」拾娘稍微遲疑了一下，還是把自己想要說的話說了出來，然後略帶了幾分在意地看著董禎毅。

「去莊子上？」董禎毅微微一皺眉，然後關切問道：「怎麼忽然想要去莊子上，是不是莊子上出了什麼事情？」

雖然拾娘從來沒有刻意說過，但是董禎毅很清楚她對林家給自己的陪嫁莊子、鋪子並不是很在意。經營文房四寶的鋪子，她有的時候還會過問一下，關心一下那些從莫家小院搬過去的書籍有沒有物盡其用、有沒有妥善保管，至於鋪子的盈利卻很少過問，掌櫃的過來將盈利交給她，她也不會多問、多說什麼。

拾娘這樣的態度，董禎毅是能夠理解的——她對董家沒有什麼歸屬感，但她對林家更沒有什麼歸屬感。林家給她的嫁妝對她來說，是林家補償給他的，不過是假借了她嫁妝的名義補償過來的罷了。也正是因為這樣，她才會毫不吝惜，毫不猶豫將自己的嫁妝、銀子和鋪子裡的收益拿出來補貼董家，那不是因為她大方，而是她從來沒把那些東西當成自己的。

因此，拾娘會為董家的鋪子操心，卻不會對她名下的兩個鋪子和莊子上的事情指手畫腳，用著之前的人和之前的規矩，什麼變動都沒有，甚至還用專門的帳本記了掌櫃們交給她的每月盈利。

「沒有出什麼事情，只是到了夏收的季節，於情於理我都該過去一趟。」拾娘搖搖頭，道：「今兒上午，米糧鋪子的林掌櫃過來了一趟，說這幾日莊子上夏收，而我在這莊子撥到我名下，做了我的嫁妝之後卻連面都沒有露過，那些知道換了東家的佃戶心裡多少有些忐忑，我去一下，露個面，能起個安定人心的作用。」

「既然是這樣，那麼後日我陪妳走一趟吧。」董禎毅想都沒細想就道。他可不希望拾娘自己帶著人去莊子上，而他不問也知道，拾娘也不想一個人去，要不然的話她就不會和自己說了。

「好。」拾娘點點頭，這才留意起時辰來，驚呼一聲道：「怎麼都這麼晚了？」

清晨，拾娘在董禎毅的陪同下，帶著鈴蘭和綠盈兩個丫鬟，分別上了馬車，跟著一早就到董府等候的米糧鋪子的林掌櫃一起出了城，往南郊的莊子上去。

在拾娘的記憶中，她從來沒有像現在這般閒適地坐在馬車上出門的經歷。沒有遇上莫夫子之前，她和那群同齡的小丫頭到什麼地方都是憑一雙腳，現在都還記得，第一年的冬天，她手上、腳上、耳朵上都生滿了凍瘡，又疼又癢不說，還腫得厲害，一個不小心破了，就會流出膿血來……不過，可能是因為那一年生的凍瘡實在是太多了些，從那以後，再冷的天她也都沒有生過凍瘡。和莫夫子相遇之後，他們一直在趕路，拾娘不知道走過多少地方，唯一的記憶便是匆匆忙忙……再然後，她卻連這望遠城的城門都沒有再出過了。

「喝口水吧。」董禎毅遞了一杯茶過來，微笑著道：「那莊子並不算遠，但也得半個時辰才能到，妳今早沒有怎麼吃東西，還是吃點點心、喝點茶吧！」

「嗯。」拾娘點點頭，接過茶杯，喝了一口，悠悠地道：「這南門似乎沒有什麼變化，我記得當年和爹爹剛到望遠城的時候，正好是從這裡進城，而後我就再也沒有出過城了。」

「妳和岳父路上一定受了不少苦。」

董禎毅十分肯定地道。他現在都還記得，當年董夫人帶著他們兄妹離開京城回來的路上受的那些苦，而他們身邊那個時候還有不少下人，手上也很寬裕，甚至是闊綽的；但是因為是扶靈回鄉，又不知道回到陌生的故鄉之後會是怎樣的處境，愁雲圍繞著他們，就連兩歲的瑤琳那段時間都變得十分乖巧，不給任何人添麻煩。

「不，跟著爹爹我還真沒有受過什麼苦。」拾娘輕輕地搖頭，緩緩道：「爹爹是個書生，卻並非四體不勤、五穀不分，除了書本以外什麼都不懂的書生，他懂的東西很多，一路走，他一路上就教了我很多的東西，彌補了很多的空白。」

「空白？」董禎毅詫異地看著拾娘。這是什麼意思？

「我曾經得過一場大病，發高燒好幾天都沒有消退，而後就把腦子燒糊塗了，忘記了以前的一切。」拾娘半真半假地道：「爹爹說，忘記過去未必是件壞事，讓我不要強求；但是他也說了，我需要比一般人花費更多的功夫和時間來學習和適應這個世界，所以趕路的時間也不能浪費，一路上都在教我各種他所能教的知識。」

「岳父定然是個知識淵博之人。」董禎毅想到莫夫子留下的那屋子書，由衷地道：「要不然的話，怎麼能夠教導出像妳這般優秀的女兒來？」

拾娘精明能幹，能夠將董家裡裡外外管理得好好的，讓董夫人挑不了什麼錯，讓欽伯對她言聽計從的同時也心生敬佩，都不出董禎毅的意料。在娶拾娘之前，他就已經肯定她能做好這一切，但拾娘居然看得懂策論，評點他寫的策論，甚至挑錯，就實在是太出乎他的意料了——就算拾娘說她不過是照葫蘆畫瓢，說的都是莫夫子一股腦兒教給她的，並沒有多少是自己的言論，董禎毅也意外十分；要知道，就算望遠學堂最好的夫子都沒有這麼厲害，可以一針見血點出他的不足之處。

「爹爹是挺厲害的。」拾娘微微一笑，笑著道：「爹爹似乎什麼都懂一些，我記得他有一次說漏了嘴，說他經史子集精通，吃喝嫖賭也精通，唯一不懂的就是女兒家的針線活，還說要是早知道會和我相依為命的話，一定也會學一手不錯的女紅出來。」

「岳父真的算是疼女如命，要不然的話，怎麼會說這樣的話？」董禎毅失笑。男人進廚房尚且會被笑話，要真的是拿起針線做起了繡活，豈不是要笑死人；而能夠說出這番話的男人，顯然是疼煞了自己的寶貝女兒。

「爹爹確實是很疼我。」拾娘點點頭。雖然莫夫子至死都瞞著她很多的事情，給她留了滿腦子的疑惑，但她從未懷疑過莫夫子對她的疼愛，親生父親也不一定能做到的，他都做到了。

「拾娘有沒有兄弟姊妹？妳說的要到京城尋找的親人，是些什麼親人？」董禎毅對這個一直都好奇，很想知道拾娘還有什麼樣的親人，卻一直沒有機會問起，現在立刻抓緊機會。

「我不知道。」拾娘搖搖頭，迎上董禎毅略帶詫異的眼神，咬咬牙，道：「爹爹也不清楚，他只是給了我一個線索而已。」

「岳父也不清楚？」董禎毅愣住。這又是怎麼一回事？拾娘不記得那是因為發了燒，把過往的一切都忘記了，但是總不至於父女兩個都失憶，忘記了過去了吧！

「我不是爹爹的親生女兒，是他撿回來的。」拾娘淡淡地道：「我不記得我的親生父母是什麼樣子，也不記得我自己到底是誰，我不過是爹爹拾回去的女兒罷了。」

拾來的？拾娘？董禎毅怎麼都沒有想到其中還有這般緣故，一直以為拾娘或許是在兄弟姊妹中排行第十，所以才有了這麼一個名字的。

「我是一個沒有過去的人，我一直都很想知道自己的出身，更想知道我的父母親為什麼會和我失散，是不小心失散的，還是故意將我拋棄的……」拾娘把目光轉到車窗外，讓自己的語調平緩一些，道：「我當初賣身到林家，一是為了籌一筆錢安葬爹爹，二是想找一個棲身之所，畢竟我一個舉目無親的女兒家獨居始終是不大妥當的，三是想看一看爹爹口中的內宅是怎麼一回事，看看能不能學點自己完全不知道的東西，為自己以後安身立命做準備。但最要緊的是，林家有林永星這個大少爺。他是個讀書人，我想只要他不是榆木疙瘩，我全力幫他，他努力上進，再加上林家的權勢，就有機會進京參加會試。我一直等待這一天到來，我甚至都已經和他說好了，他上京城趕考的時候帶上我，豈料……唉，人算不如天算啊。」

看著臉色平靜、語氣平緩的拾娘，董禎毅頭一次因為自己非她不娶的舉動起了深深的愧疚……

第一百一十四章

「姑娘，日頭漸漸大了，您還是進屋休息一下吧！」林掌櫃恭敬地道，他和拾娘接觸得極少，對拾娘的印象一般，覺得她不過是個運氣好了些，手段高了些，飛上了枝頭的麻雀而已。他在拾娘手底下認真做事，只是因為他是林老爺、林太太派過去的，不敢給他們丟臉。

但是，這一趟下來卻對拾娘有了不一樣的觀感，別的不說，她到了莊子上，沒有叫著要休息，而是依從了自己的安排，先和莊頭、佃戶們見了面，也照著自己的意思，好好安撫了他們更換主子的不安之心，這一點實在是難得——能夠吃苦這一點難得，知道聽取有經驗的人的話這一點更難得，給人做事，最擔心的還是遇上一個什麼都不懂，卻喜歡指手畫腳的主家。

「也好。」拾娘點點頭，她對莊稼活兒原本一竅不通，來這裡不過是做一個姿態罷了，現在她該做的做了，就沒有必要再待下去給人添亂了。

「姑娘，這邊請。」莊頭媳婦王七斤家的立刻笑呵呵地引路，帶著拾娘等人去莊子的後院，她一邊走一邊道：「姑娘，這莊子上除了奴婢一家子之外，還有兩個婆子和一個犯了事被攆過來的丫鬟。奴婢一大早就吩咐她們把莊子裡最好的房間收拾好了，換上了全新的鋪蓋，姑娘若是累了的話，可以躺著小睡一會兒。莊子上沒有什麼好東西，奴婢讓他們殺了雞，我家那小子昨兒還去河裡摸了幾條魚，加上莊子上種的新鮮蔬菜，中午就委屈姑娘隨便吃一點了。」

「莊子上的菜蔬定然新鮮得緊，隨便做一點也就是了。」拾娘笑笑，知道他們雖然很希望自己過來，好安撫一下佃農們，但也很擔心招待不周會讓自己不滿，導致他們以後的生活艱難起來。

「是、是。」王七斤家的連連應聲，引著幾人進了後院。

剛一進後院，就有一個人影撲了上來，看都沒有看清眼前的人就噗通一聲跪了下去，叫著：「姑娘，求求您，帶奴婢回府吧！」

拾娘的腳步一頓，眼前穿了一身粗布衣裳的丫鬟雖然垂著頭，看不清長相，但是拾娘知道她是誰。她的聲音，拾娘就算想要忘也忘不了啊！

「這是什麼人？」董禎毅不悅地看著這個忽然撲出來的丫鬟。其實不用問也知道，這人定然是剛剛莊頭媳婦才說的，那個犯了錯的丫鬟，原來是這麼一個沒有規矩的，難怪被攆了出來。

「奴婢花瓊，見過姑娘、姑爺。」花瓊抬起頭，看了一眼戴著帷帽的拾娘。她在莊子上並不知道拾娘被林太太認成了義女的事情，也不知道莊子已經易主的事情，唯一知道的是，這個莊子已經成了林家姑娘的嫁妝，這還是昨天才聽說的。

莊子上吃的是粗茶淡飯，穿的是粗布衣裳，和以前根本無法相比，花瓊被攆到莊子上之後，心心念念的就是想辦法回去。聽到主子要來的消息，她想的就是一定要求了姑娘帶她離開，哪怕是回林二爺家，回到青鸞身邊也好。

王七斤家的瞪了跪在地上的花瓊一眼，心裡雖然厭惡，卻還是笑著道：「回姑爺的話，這丫頭便是那個犯了錯被攆到莊子上的丫鬟。聽說以前是在大少爺身邊伺候的，不小心犯了錯被攆過來的，到莊子之後倒也老實，做事也算麻利，沒有做錯什麼事情，想來那次也是一時疏忽。」

「奴婢沒有犯錯，是被人陷害的！」花瓊看著拾娘，道：「姑娘，奴婢是二老爺送給大少爺的。因大少爺器重奴婢，清熙院的清溪和拾娘就陷害奴婢，讓奴婢被攆到這裡來了，還請姑娘、姑爺發發慈悲，帶奴婢回府伺候，奴婢一定會小心伺候的。」

「陷害？拾娘，有這回事情？」董禎毅微微皺眉，不是因為花瓊的話，而是不喜花瓊居然直呼拾娘的名字。

拾娘？花瓊連忙到處掃了一眼，卻只見拾娘身後只有兩個不相識的丫鬟，只以為是自己聽錯了。

「好像是有這麼一回事。」拾娘點點頭，道：「她原是大哥被逼無奈才收下的，大哥十分不喜，直接趕走不好，就讓我們想辦法，我把握住了機會。」

「妳是拾娘？」就如同拾娘忘不了花瓊的聲音一樣，花瓊同樣對拾娘的聲音無法忘記。她看著拾娘，不明白為什麼同為奴婢的拾娘忽然成了主子，那個粗鄙不堪的王七斤家的還那麼諂媚地跟在她身邊。

「妳叫什麼呢？還不叫姑娘！」王七斤家的看起來粗鄙了些，卻不是個粗心的人，短短的幾句話就弄明白了一件事情——主子和花瓊這個死丫頭不對盤，以前還有過嫌隙，甚至花瓊變成現在這樣子還是主子給弄的。

「姑娘，我知道錯了，求求您，求您讓我回去吧！」花瓊到了莊子之上，每次吃了苦、受了累都會詛咒拾娘和清溪，恨不得把她們咬了、吃了；但現在，卻毫不猶豫放下了恩怨，哀求起來，道：「姑娘，看在奴婢和您也算是姊妹一場的分上，求您帶我回府吧！奴婢知道您看奴婢不順眼，您可以把奴婢丟回二老爺家，奴婢以後一定不會出現在您的面前的。」

「回二老爺家？」花瓊居然在自己的莊子上，拾娘十分意外。她對莊子並沒有上過心，當初林太太連莊子的地契、房契和幾個人的身契一併給她的時候，她看都沒有看就收了起來，只當是自己保管幾年而已，卻沒有想到還有這麼一個驚喜。

「是。」花瓊小心翼翼地看著拾娘，希望拾娘能夠鬆口。

「二老爺家這一年半載的過得可不怎麼好，家中的丫鬟、婆子打發了不少，我怎麼能把妳送過去給人添麻煩呢？妳還是安安心心地待在這裡吧！」拾娘搖搖頭，然後轉頭對一旁的王七斤家的道：「我隱約記得她年紀也不小了，妳看看這附近有沒有合適的人家，給她尋摸一門親事，免得耽誤了，以後嫁不出去。」

「是，姑娘。」王七斤家的立刻應聲，心裡盤算起來……唔，她還有個堂兄弟，正好家裡沒錢討不上老婆，或許可以照顧一下他？

「那妳費心吧。」拾娘沈吟了一下，道：「找個老實本分的，別找些那種拐瓜劣棗，更不要那種遊手好閒的，我們怎麼說也在一起當過差，可不能眼睜睜看著她過苦日子。」

「姑娘放心，奴婢找到合適的人家之後，一定請姑娘過目的。」王七斤家的連連拍胸脯。她覺得她那堂兄弟更合適了，除了家裡兄弟姊妹多了些，窮了些以外，還真的沒有什麼壞毛病。

拾娘不但不願搭救，還想她把嫁給窮莊稼漢的話，讓花瓊愣住了。她尖叫一聲，看著拾娘，道：「莫拾娘，妳為什麼要這樣對我？我可沒有做什麼對不起妳的事情，是妳害了我啊！」

「我這也是為了妳好啊！」拾娘冷冷斜睨著花瓊，道：「妳年紀不小了，也該找個好人家踏踏實實地過日子了，不是嗎？或者妳寧願一輩子不嫁？要是那樣也由得妳。」

也是為了妳好……這話……花瓊的心突地一跳，曾經有過的懷疑又上心頭，她試探著道：「小喜？妳是小喜對不對？妳臉上的胎記是假的對不對？我就說，這世界上怎麼可能有長得那麼像的人，連聲音都像。小喜，我們相依為命那麼些年，妳可不能這樣對我啊！」

拾娘輕輕地垂下眼瞼，遮住了眼中的情緒，不想再和她多說什麼——否認的話已經說過了，再說反倒顯得自己心虛，而她也沒有必要和她解釋。放她離開那是絕對不可能的，她現在是自己身邊唯一一個能夠說出來，自己是在什麼地方被棄的人，如果她沒有落到自己手中倒也罷了，落到了自己手中的話，就絕對不會放她走。

「拾娘，累了吧？我們先進去休息一會兒，這裡還是讓王七斤家的處理吧。」董禎毅皺皺眉，總覺得這裡面有故事，卻也沒有多問。他想知道拾娘所有的秘密，但他更願意等拾娘卸下心防之後親口說給他聽，而不是冒失地問這、問那，讓拾娘離他越來越遠。

「是有些累了。」拾娘點點頭，沒有再理會花瓊，而是慢慢地往裡走。花瓊跳起來，想要阻攔，卻被王七斤家的一把拽住，然後順手捂住她的嘴，道：「姑娘，您去休息，奴婢保證不會有人再煩您的！」

第一百一十五章

進了房間，簡單洗漱，洗去一身塵埃和淺淺的倦意，讓鈴蘭和綠盈出去後，拾娘坐下，斜靠在迎枕上，看著眼中滿是深思的董禎毅，淡淡地道：「我知道你心裡一定有很多的疑惑，有什麼想問的就問吧，我不會什麼都說，但也不會什麼都不說。」

「我心裡確實有很多疑問，不過，我不著急，我可以等，妳什麼時候想說了，我會是一個最好的聆聽者。」董禎毅輕輕地搖搖頭。他耐性一向都很好，他不著急，他們是夫妻，要相處一輩子的，他有的是時間等待。

「你可以等？如果你有耐心的話，那就慢慢等吧。」拾娘眉頭輕輕一挑，看著董禎毅道：「不過，我可不敢保證，你沒了耐心，想知道的時候，我會和你說。」

「妳若是一輩子都不想說的話也無妨。人都會有自己的小秘密，我會尊重妳的秘密的。」和拾娘成親也有兩個多月了，日日相處，他對拾娘的性情也有了一定的瞭解，拾娘與人相處的時候，總是保持著一定的距離和淡淡的疏遠。他不認為這是拾娘的天性，相反，他覺得拾娘其實渴望擁有親密無間，可以相互依靠的親人的，只是不知道為什麼，她卻又十分地害怕一般。而現在，他想，他可能知道了一點——在她被莫夫子揀回去之前，她一定嚐遍了世間的冷暖酸辛，說不定還被原本很親密的同伴背叛過，所以她在渴望親情的同時，卻又擔心被背叛、被傷害，這才讓她變成了現在這個樣子。

「一輩子都能尊重嗎？」拾娘的笑容中帶著淡淡的嘲諷。她可不認為她能夠和什麼人同度一生，八歲時和自己的血緣親人失散，別說是再聚，就連對方是什麼人，還有沒有活著都不知道；和花瓊等年紀相仿，同樣無家可歸的女童相依為命了三年，剛以為要脫離那衣不蔽體、食不果腹、居無定所的日子，卻遭受背叛；好不容易遇上疼愛自己的莫夫子，卻沒有幾年舒心平順的日子，他便撒手人寰……她真的不認為自己還能和什麼人同度一生，哪怕是眼前這個非要把自己娶進門的男人也一樣。

「那是當然。」董禎毅不知道拾娘臉上的嘲諷背後藏著怎樣的酸楚和隱傷，只是將自己的心意表達出來，道：「妳是我的妻子，我不管妳是怎麼想的，心裡又是在怎麼打算的，但從決定娶妳的時候，我所想的就只有一件事，那就是和妳相濡以沫過一輩子，哪怕我看走了眼，妳並非我心中所希望的也一樣。」

「那麼現在呢？在我都已經說明了我不可能留在董家一輩子之後，你還這麼想嗎？」拾娘看著董禎毅，眼中帶了一抹深究。在董家這兩個多月，董夫人對她還是不冷不熱，看她的眼神還是帶著挑剔，董瑤琳對她連比外人都不如，起碼她對外人還有一個和氣的笑容，對自己卻總是帶著各種的不滿和怨恨。

但是董禎毅兄弟卻不一樣。

她還是保持著距離，董禎毅卻已經把她當妻子看待，同食同宿，做什麼事情從來都不會避諱，還喜歡拉著她一起；而董禎誠對她尊敬中帶著親近，讓她真正感受到了什麼叫做長嫂為母。還有欽伯和馮嬤嬤，對自己很是尊敬，自己想要做什麼，他們兩個都會盡心盡力配合和幫助，但是另一方面卻又有些倚老賣老，彷彿把她當成了他們看著長大的小主子一般。

這樣的感覺讓她很陌生，又忍不住有些迷戀——她真的是孤單太久了，她的心都是冰冷的，她的生命中最需要的就是陽光和溫暖。

「不管妳是怎麼想的，我的心意都沒有變過。」董禎毅微微搖頭，他的臉上、眼中帶著最真摯的神色，道：「拾娘，我知道我破壞了妳的計劃，要不然，說不定妳現在已經和親人團聚了。但是，拾娘，妳也要十五歲了，就算年初的時候和永星去了京城，找到了妳的親人，妳也不能和他們在一起生活多久，一樣是要嫁人的。」

「那不一樣，起碼我能夠和我一直想要見的親人在一個屋簷下生活，而那是我一直夢寐以求的事情。」拾娘說謊了。她最想的不是和那些在腦子裡完全沒有印象的家人一起生活，而是想要找到他們，弄清楚自己到底為什麼會和他們失散，她最想知道自己是不是被遺棄的，那是她心裡最深的傷。

「如果將來有一天，我們找到了妳的親人，只要妳想，我一定不會阻攔妳回娘家小住的。」董禎毅看著拾娘，說著日後讓自己後悔不迭的話。

「你不明白。」拾娘搖搖頭，卻沒有把自己的真心話說出來。

「我是不明白，更不明白妳這麼聰穎的人，為什麼在這件事情上偏偏鑽了牛角尖。我知道，我可能並不是妳心目中的良人，妳也沒有認同我的身分，但是我們拜過堂、成了親卻是無法忽視的事實。」董禎毅看著拾娘，道：「拾娘，不管怎麼樣，妳都是要嫁人的，與其將來嫁一個完全不知根底的人，為什麼不給我一個機會呢？我想我應該沒有不堪到妳連考慮一下都不肯的地步吧？」

這樣的話，董禎毅很早就想和拾娘說了，之所以一直沒有開口，是因為他和拾娘需要一段時間相處、磨合，然後增進彼此的瞭解，現在說這個話似乎也稍微早了一些，但既然有機會，那便說吧！

拾娘微微一愣。她不是鑽了牛角尖，不是還在懷恨，而是她目前為止都還沒有考慮過這個問題。

「我知道，我雖然在一些人眼中算是搶手的香餑餑，都覺得只要不出意外，我憑著自己的學識，高中是沒有問題的；但人生不如意的事情十有八九，沒有什麼事情是十拿九穩，不會出意外的，我科考的事情是如此，而妳想要進京尋親的事情也是如此的。」董禎毅說到這裡忍不住苦笑起來，要是凡事都能夠如人所願的話，那麼拾娘固然可能已經找到了自己的親人，而自己也不會還留在望遠城繼續寒窗苦讀，而是順順利利過了鄉試、過了會試，甚至已經過了殿試。

「但是，人生在世，不能因為事不如人意就氣餒、放棄，就抵觸不接受，我們需要的是接受現實，然後讓自己過得更好，不是嗎？」董禎毅看著她的眼，道：「拾娘，妳有沒有想過，與其在離開我、找到親人之後重擇夫婿良人，不如嘗試著在這兩年內接受我、認同我，和我做一對真正的夫妻，兩人相濡以沫，白首偕老呢？我或許不夠好，但也沒有差到連機會都沒有吧？」

「這個不是你好不好的問題，而是你出現在我身邊的時間不對。」

拾娘輕輕搖頭。平心而論，她嫁給董禎毅真不算委屈，董家現在是落魄了，但再怎麼落魄也還是官宦人家，也還有棲身之所，還有田地和鋪子。之前過成那般，也是因為董夫人人既不精明，又不圓滑更不強硬，要是她稍微爭氣一點，或者乾脆放手，直接交給欽伯打理，也會更好一些。

而董禎毅更是如此，他是有學識的，肯定比不上莫夫子，但是在同齡人中絕對是一等一的好了。她看過他的策論也做過點評，但那些點評與其說是她的還不如說是莫夫子的，不過是借她的嘴說出來罷了。而她雖然說了出來，卻還有幾分似懂非懂，但是董禎毅卻不一樣，自己說完，他基本上就能通悟。他不一定比自己聰明，但也絕對不比自己笨，只不過兩個人聰明的地方不一樣，擅長的更不同罷了。

而她自己呢？一無過人的容貌，二無相當的出身，三無娘家的支撐，她嫁給董禎毅只能說是高攀，在世人眼中，她應該惜福才對。

「時間不對？妳覺得什麼時間才是對的？等妳找到家人後？等我金榜題名後？」董禎毅搖搖頭，道：「我們相識之時男未娶、女未嫁，這個時間對了就好。我們應該珍惜現在，別讓自己將來回想起來後悔不迭。」

「我需要時間好好想想。」拾娘被董禎毅說得有些心亂。不可否認的，這兩個月的相處，尤其是這兩個月來，他們晚飯後在書房共度的那段時光，讓拾娘對董禎毅真的不一樣了，不能說就此對他傾心，卻也不會像之前那般對他的話完全聽不進去了。

「不著急，我們有一輩子的時間呢。」董禎毅點點頭。他的要求真不高，只要拾娘願意正視他們之間的問題就好。

一輩子，聽起來似乎沒有那麼刺耳了。拾娘搖搖頭，將這個想法甩了出去，然後看著董禎毅，道：「我還真的有些乏了，你呢？」

「妳累了就稍微休息一會兒，我在一旁看書。」董禎毅從懷裡掏出一本書來，笑著道：「等飯菜好了，我會叫妳的。」

第一百一十六章

「禎毅，你也別著急，這不一定就是壞事。」拾娘看滿臉焦急的董禎毅，輕聲安慰道。

他們才到家，還沒進門，便聽說董氏宗族的人將董夫人母子三人硬請走了，便立刻掉頭往董氏族長家趕。

「肯定沒好事，每次去都沒好事。」董禎毅的臉色有些陰沈。他和那些族人打交道的次數並不多，每一次都沒好事，這次想必也不會例外。

沒好事？那麼……拾娘的腦子飛快轉著，嘴上也沒有閒著，問道：「為什麼說每次去都沒好事？」

「我和他們打交道，讓我印象深刻的有三次。」董禎毅的臉色陰沈，冷冷地道：「娘帶著我們服喪回望遠城的時候，族人第一時間就把我們叫去宗族了，目的有兩個，一個是和我們這一房劃清界線，免得惹麻煩上身；第二個則是將當年爹爹留在望遠城的產業，以各種理由瓜分或者充公。爹爹生前在望遠城置了不少產業，鋪子有七、八處，良田也有五、六百畝，但是到最後給我們孤兒寡母的，除了娘現在手裡的那六十畝良田之外，只剩下我們現在住的這處祖宅，別的都被占去了。」

當年的事情對他的衝擊很大，回來的一路上，董夫人一直安慰他們，說董志清生前十分照應族人，為宗族做了不少的事情，於情於理，宗族都會關照他們孤兒寡母，只要回到望遠城，一切都會好起來的。可是，他們沒有想到的是，他們前腳回到望遠城，後腳宗族的人就把他們叫了過去，給了他們迎頭一擊……

「我第二次去宗族是想將爹爹的屍骨入土為安，讓爹爹的靈位進宗祠享受供奉，可是他們卻說爹爹是罪臣，不能進董家祖墳，靈位更不能進宗祠，那會影響董家祖墳的風水，更會給董家帶來災難。」董禎毅冷笑，道：「我們無奈，只能給爹爹另買墳地，並將爹爹的靈位供奉在家中。族人的態度影響了那些生了二心的奴才，他們有的使了手段，讓娘放他們自由身。這倒也罷了，那個時候家裡也養不起那麼多的下人了，但是最可惡的是爹爹有兩個妾室，不願留在家中受苦，又擔心娘不會放她們自由，居然與家中管事私通，捲了家中的細軟跑了。發現他們逃走的時候，欽伯求當時的族長幫忙尋人，他卻置之不理。那一次，家中所剩的財物十之七八都被他們捲走，而剩下的丫鬟、婆子和管事，有樣學樣……這個家就此破落下來。」

還有這樣的事情？拾娘第一次聽說這些事情，輕輕地嘆了一口氣，卻覺得那兩個姨娘跑了是好事，她們要是留在董家的話，以董夫人的本事，說不定早就被啃得骨頭都不剩了。

「第三次則是今上為爹爹平反之後，族人一改以前的可憎面目，主動請我們過去，說是要把爹爹的墳遷回祖墳，讓爹爹的靈位進宗祠，又說要還一些產業給六房……」董禎毅的臉上帶著嘲諷，道：「可惜的是，他們說得好聽，做得卻不地道，到最後也只還了那三個鋪子，還做了這樣、那樣的手腳。」

鋪子？拾娘靈光一閃，莫不是因為點心鋪子和胭脂坊的生意紅火，讓某些人眼紅了，所以才有了今天的這麼一齣？

說話間，馬車已經到了董氏族長家，兩人下了馬車，立刻有下人迎了上來，把兩人迎進了正在議事的正廳，裡面除了臉上帶了些惶惶之色的董夫人，正在安撫她的董禎誠和忽然變得膽小的董瑤琳之外，還有十多個人，其中除了四、五個可能是族老的老人之外，還有四、五對看似夫妻的中年人，董寧三人也在。

「娘，您還好吧？」董禎毅進門之後，沒有理睬任何人，徑直走到董夫人面前，關心地問道，他最擔心的就是董夫人有沒有受氣。

「我還好。」董夫人輕輕地搖搖頭，然後道：「你們來了就好，幾位長輩說族中想要湊份子開一家大的胭脂坊，讓我們六房也參 股，提攜我們一把。」

參股？還是胭脂坊？拾娘心裡立刻明白是怎麼一回事情了，她在一旁冷冷一笑，一句話都沒有說。

「原來是這種事情啊。」董禎毅冷冷看了看廳中神色不一的眾人，道：「我還以為是出了什麼大不了的事情，要把我們六房一家老小都叫過來三堂會審呢。」

董禎毅的話讓不少人臉上都有些訕訕的。他們心裡明白，今天的事情做得不地道，但想到要是算計成了，那其中的巨大利潤，便又將些微的不好意思收了起來，而其中一個中年男子還直接不滿地道：「禎毅，有你這麼跟長輩說話的嗎？」

拾娘輕輕地上前一步，拉了董禎毅一把，打斷了他到嘴邊的話，淡笑著道：「難得有機會見族中的長輩，夫君為何不為妾身引見呢？」

拾娘的冷靜影響了董禎毅，他將滿腔怒氣壓了下去，道：「是該引見一下，妳進門這麼長時間，這還是頭一次見到族中的長輩呢。」

等董禎毅簡單地將廳中的人一一引見之後，拾娘微笑著對族長道：「族中湊分子開胭脂坊，願意提攜六房一把，不知道具體怎麼提攜，六房又要付出什麼，請族伯為姪媳解惑。」

「這個……」族長老臉微微一紅，很有幾分難以啟齒。

「還是我來說吧！」董三爺知道族長心裡是偏向六房的，總說六房的子弟爭氣，董禎毅兄弟有一天會像他們的父親一樣踏上仕途，董家未來就看他們了；幾年前還力排眾議，讓他和七房不得不將吃到嘴裡的東西吐了出來。這次也是，若非族中僅剩的幾位族老倚老賣老威逼的話，他估計也不會將董夫人母子叫過來了。

「三伯父請講，姪媳洗耳恭聽。」拾娘輕輕捏了捏董禎毅的手，示意他冷靜。

董三爺看了看兩人十指相扣的手，對他們人前還這般親昵很是不悅，但為了不節外生枝也沒有多說，直接道：「是這樣的，族中準備開一家望遠城最大、最好的胭脂坊，每一房都可以視自己的財力湊一分子，六房也不例外。當然，我們也都知道，六房不是很寬裕，讓你們出錢有些難為你們。不過，六房不是有做胭脂香粉的秘方嗎？拿出十七、八個方子出來，要是做出來的東西確實不錯，可用的話，那麼就算六房一股。」

要是做出來的東西不合意的話，那麼秘方就什麼都不算了？拾娘冷笑，原來不只是想算計，還想空手套白狼（注）啊！

「原來如此。聽起來好像挺不錯，不過……」拾娘了悟地點點頭，話音一轉，道：「六房的底子薄，做胭脂香粉的方子也就那麼幾個，還都已經自用了，實在是拿不出什麼來，眾位長輩的心意也只能心領了。」

拾娘的話讓一直緊張地聽著他們說話的董夫人和董寧都大鬆了一口氣，而董三爺的臉色卻有些難看起來，道：「怎麼？姪媳是不願意接受宗族的提攜和照顧了？」

拾娘看著一點耐心都沒有的董三爺，微笑道：「多大的本事做多大的事情，力有未逮的事情，六房還是不參與為好，免得誤了宗族的大事，成了宗族的罪人。」

「別說那些虛的。我問妳，六房那個胭脂鋪子裡所賣的胭脂香粉是不是你們照自己的方子做的？」董三爺的父親是上一任族長，他自幼在宗族中就蠻橫慣了，哪裡有心思講究什麼策略。

「是。」拾娘點點頭。董氏胭脂坊打的就是白製胭脂的牌子，這件事情自然不能否認。她看著臉色一喜的董三爺，道：「那些秘方是先父留給姪媳的嫁妝，胭脂坊生意不景氣，入不敷出，姪媳便將家傳的胭脂香粉秘方拿出來，希望能夠借此改善胭脂坊的生意，現在看

注：套白狼，意指盜匪趁行人不備，以繩套其頸而勒斃之，掠奪所攜的財物。

來，還是有效果的。」

拾娘的話讓一旁的董夫人再鬆一口氣，董禎毅和拾娘未到之前，董三爺和那些紅了眼的族老想著法子逼著自己把秘方交出來，她知道這秘方對胭脂坊的重要性，也知道現在董記胭脂坊一個月的盈利足夠養活董家所有的人還有剩餘，再加上身邊有董禎誠鼓勁，便一口咬死了那是拾娘的嫁妝，自己不能作主——當然，若非方子確實是拾娘的，也確實不在她手裡的話，她也不一定能撐到現在。

董三爺微微一頓，根本不理會拾娘所指，直接道：「有方子就好。這樣，妳把方子交出來，我讓人看過，覺得可用的話，那麼只要族中開胭脂坊，就算你們六房一股分子。」

「這樣啊？」拾娘心裡冷笑，卻故意沈吟了一下，道：「聽起來似乎不錯，六房只要出方子，別的什麼都不用操心，就能有分紅，省心省力，還真是難得的好事啊。」

「當然是好事。」董三爺心頭微微一鬆，看來六房的女人都是些傻的，眼前這個被董貴說得似乎很精明、很厲害的也一樣，他誘惑道：「只要拿出方子，就能等在家裡數錢，這可是別人求不來的好事呢！」

「是啊。」拾娘點點頭，卻又好奇地問道：「那每個月能分到多少銀子呢？」

董三爺微微一噎，他只想將那些方子騙過來，撰抄一份，然後再做計議，可沒有真想過開胭脂坊，更沒有想過盈利幾何，分紅又是多少。

「胭脂坊開起來之後，要是生意好的話，一個月起碼有個兩、三千兩銀子的盈利，妳拿出來的方子要是有用的話，那麼一個月起碼也能分到兩、三百兩銀子。」董三爺沈吟的時候，堂上一個老人開口了。董禎毅剛剛介紹過他，他是董三爺的親生父親董五太老爺，也是上任族長。

「三百兩銀子？」拾娘一副難以置信的樣子，似乎不敢相信有這麼多的分紅一般。

「不錯。六房就那麼幾個人，每個月三百兩銀子，足夠舒舒服服地過日子了。」董五太爺都發話了，董三爺自然要配合他，點頭道：「這樣的好機會可不能錯過了。」

「姪媳也覺得這樣的機會還真不多。」拾娘的話中帶著熟悉她的人都聽得出來的嘲諷，她偏了偏頭，看著一直悶不吭聲的董寧，道：「董寧，這個月店裡的盈利有多少？有這麼多嗎？」

鋪子裡有多少盈利還有比您更清楚的嗎？董寧腹誹著，臉上卻恭恭敬敬地道：「回大少奶奶，這個月鋪子裡所有的胭脂香粉都已經賣完了，所得銀錢一千五百四十八兩，鋪子裡的花銷不連粉刷整修的費用的話，花了十三兩七錢，還剩一千五百三十四兩三錢；至於盈利……小人不知道這些胭脂香粉需要多少成本，無法算出。」

雖然之前已經算過了這一筆帳，知道其中的利潤十分可觀，才起了搶方子的心思，董寧的話還是成功地讓某些人的眼睛都紅了，直勾勾地看著拾娘。

「這些胭脂香粉的成本不算太高，昨兒欽伯才給了我帳日，這個月各種材料全買了不過九百六十多兩銀子，扣除成本、人工等費用，這月也有五百兩的盈利。」拾娘隨口道。她問董寧的話，不過是擔心唯一知道胭脂香粉成本的董寧背叛透了底，給自己增添難度。心裡大安的她微笑著看著董三爺，道：「三伯父，您看這件事情還有必要商量嗎？」

第一百一十七章

「妳想反悔？」董三爺看著拾娘的眼神帶了凶光。五百兩銀子啊，這還是因為他們沒有本事做大，一個月只能做出九十罐胭脂香粉；要是換了自己，一個月少說也要多個九百罐出來，那一個月就是五千兩銀子，這樣下來一年就是六萬，不用幾年，他就能躋身望遠城最有錢的那一群人——至於說做出能不能賣完，他卻沒有想。

「反悔？」拾娘話裡的詫異任誰都聽得出來，她看著董三爺道：「不知道姪媳答應了三伯父什麼？現在又要反悔什麼？」

「妳——」董三爺終於意識到自己被拾娘耍了，他眼睛一瞪就想來橫的。

董五太爺瞪了董三爺一眼，等他住嘴之後，道：「沒想到這鋪子有這麼高的盈利，這樣吧，姪孫媳婦，這件事情要是成了的話，　成的分子不變，但是我老頭子向妳保證，每個月最少有五百兩銀子的分紅，妳看怎麼樣？」

「爹，您……」董三爺著急了。怎麼能答應給她那麼多呢？但是話沒有說完，便被身旁的董三太太拽了一下，他才反應過來住了嘴。

成了的話？要是不成呢？那又怎麼說？拾娘怎麼可能被這種小伎倆給騙了，她也不含糊，直接問道：「成了固然好，但若是我把方子拿出來，最後這件事情卻成不了的話，又該怎麼辦？」

「姪孫媳婦這是不信任我這個老頭子了？」董五太爺立刻擺出長輩的譜。

「說實話，真信不過。」拾娘坦然點點頭，一直握著她的手的董禎毅被這話逗得莞爾一笑，心頭的憤怒也消失了大半。

董三爺的暴躁脾氣很大程度也是遺傳自董五太爺的，他被拾娘這句話氣得暴跳起來，手指顫巍巍地指著拾娘，卻什麼話都說不出來——他不知道多少年沒被人這麼當面打臉了。

「五老太爺這是怎麼了？」拾娘卻不肯就這麼輕易放過。

「妳……妳……」董五太爺看著拾娘，總算能夠說得出話來了，卻語不成句。

「那妳想怎樣？」董三太爺開口了，他是董七爺的親生父親，也是董五太爺的親哥哥，和六房血緣最近，當年董志清將家中的產業交付給他們兩房，也是因為與他們最親近。

「我可以把方子拿出來，但需要以每個月五百兩的分紅一次性付足一年，就當我把方子賣給你們，至於方子能不能用得上，我都不管了。」拾娘淡定地看著他們。她已經想好了，要是他們有那個膽識，她就敢收錢給方子；不過，她也會再拿出幾個更好的方子來，讓黃二江家的做更好的東西出來，擋死他們的財路。

「我不信任妳。」董三太爺直接道：「萬一妳給的方子有問題，我們豈不是用六千兩銀子換幾張廢紙？」

「同樣的，我也不信任你們，萬一我給了方子，你們卻說方子沒用，那我豈不是什麼都沒有得到，還要把好不容易經營好的胭脂鋪子給搭上？」拾娘冷笑一聲，道：「比起我來，你們好像更不可信一些，畢竟有前例可循啊。」

「妳這個賤人！」董三爺總算明白了，拾娘這一直都在逗他們玩，當下就忍不住罵了出來，而他侮辱的話語讓董禎毅立刻黑了臉，董禎誠更是跳了起來，按住他的董夫人臉色同樣很難看，只有董瑤琳臉上閃過一絲幸災樂禍。

「三伯父，你這句話姪媳記住了。」拾娘冷冷看著董三爺，然後撇頭，看著一直沒怎麼出聲氣的族長道：「二伯父，這場鬧劇是不是該結束了？您身為族長，不能眼睜睜看著六房被人這般算計卻什麼都不說，什麼都不做吧？」

董二爺略帶難堪地笑了笑，知道拾娘看穿了董三爺等人的謀算——今天的事情他是極不贊同的，只是拗不過這些眼紅的，尤其是這裡面還有好幾個長輩。

「算計？要妳幾個方子算什麼算計？要不是因為有董家族人護著，他們這一家子孤兒寡母的，早就死絕了，還能活著讓人算計嗎？」董五太爺總算是緩過氣來了，他惱羞成怒地瞪著拾娘。

董五太爺的話讓董禎毅和董禎誠怒目而視。護著？虧他有臉說這樣的話，要說個欺負他們孤兒寡母最多的，他董五太爺一家不是第一也是第二。

拾娘緊緊地握著董禎毅的手，不讓他失態發怒，臉上卻還是帶著笑，道：「我不知道那些年董氏族人是怎麼護著六房這一家子孤兒寡母，但是我相信如果沒有董氏族人的維護，五王之亂那三年，夫人帶著年幼的夫君和小叔、小姑一定會過得萬分艱難，甚至熬不到現在。」

「妳知道好歹就好。」董五太爺微微舒了一口氣，微微有些彎曲的腰也挺直了，似乎拾娘的這麼一句話就把他侵占六房財產的罪過給消除了。

「大嫂！」董禎誠沒有想到拾娘會說這樣的話，他臉上帶了忿色，但他對拾娘最是尊重不過的，只叫了一聲，沒說更多話。

拾娘給了他一個微笑，示意他稍安勿躁，又看著董五太爺，道：「但是我很懷疑，當年對六房落井下石的您會是暗中照拂、維護六房的族人之一。」

「妳……妳……」董五太爺還沒順過氣來又被氣得噎住，手指又顫悠悠地指向拾娘，腦子裡就一個念頭：誰養出來的丫頭？這般氣人！

心裡正抱怨的董禎誠一個忍不住，噗哧笑了出來，及時收住，卻也讓眾人聽了個真確，董五太爺、董三太爺的臉更陰沈了幾分。

「當然，我沒有親身經歷，說這些未免有些片面，或許您還真地在暗中維護過六房，畢竟您當年是一族之長，董氏族人中沒有人比您更有威望，也更能維護這一家子孤兒寡母了。」拾娘話音再一轉，但一再被她氣得想吐血的董五太爺這一次沒有輕易地上她的當，依舊臉色黑黑地瞪著她，只是將手指收了回去。

怎麼這麼快就學乖了，她可還沒有玩夠呢！拾娘心裡暗自想著，臉上的笑容卻依舊保持著，施施然開口，道：「這是您身為一族之長應該做的事情，不是嗎？」

這丫頭果然還有但是。董五太爺心裡忽然有些慶幸，而後冷冷地道：「身為族長就應該照拂六房，這是哪門子的道理？」

「五老太爺，六房和一般的族人是一樣的嗎？」拾娘反問了一句。董禎毅拿給她的那本冊子，她可是認認真真看了一遍又一遍，把董志清在世的時候為宗族做的事情記得清清楚楚的。她環視一圈，道：「聽說，先公公董公志清在世的時候，曾經將良田兩百畝先給宗族作為祭田，也曾經為了給宗祠翻新出資五千兩，更曾經為了族學出資千兩，可確有其事？」

董五太爺似乎明白了拾娘說這個的意圖，他想否認，但根本否認不了，只能悻悻道：「那又怎樣？他身為董氏族人，為宗族做點貢獻是理所當然的事情。」

「是啊，身為董氏族人為宗族做貢獻是理所當然的，那麼接受宗族的庇護也是情理之中的，不是嗎？」拾娘的話讓董五太爺再一次在心裡罵了一聲嘴尖舌巧，而拾娘卻不放鬆，道：「至於您……先公公在世的時候，逢年過節總有年禮、節禮送回來，其中最豐厚的那一份定然是送給您的。」

董五太爺臉色陰沈。這件事情也不假，董志清還在的時候，過年、過節的禮物可從來就沒有少過，但是他能承認這件事情嗎？要是承認了，豈不是承認了他的無情無義、落井下石？他只能含糊地道：「好像是有的，我年紀大了，記性不大好了。」

拾娘既然提了這件事情，自然不會讓他隨意含糊過去，笑著道：「先公公是個細心的人，所有的禮單均有記錄，我有幸看過，可以把禮單的明細一一唸給您聽，說不定聽了之後您能想起些什麼來。唔，從哪一年唸起比較好呢？」

「不用唸了，我都想起來了。」董五太爺臉色難看地阻止，而拾娘還真沒有見過什麼禮單，也見好就收，沒有繼續說下去。

「好了，今天的事情到此為止。」看著董五太爺的窘況，董三太爺知道今天是什麼都算計不到了，想要那生財的方子，只能再想別的辦法。他冷冷看了拾娘一眼，就不信這麼一個黃毛丫頭能夠保住那些方子一輩子。

到此為止？他們可以說開始，卻不意味著他們就能說結束。拾娘的臉色一冷，看著董二老爺道：「二伯父，姪媳有些話想乘著今天這個機會，乘著有這麼多的長輩在場，好好地說道說道，不知可否？」

第一百一十八章

「妳說吧。」董二老爺一貫對董家六房都是和善的，自然不會駁回拾娘的請求，其他人雖然臉色不大好看，但也沒有不給面子地拂袖離開，包括董五太爺都坐回了原位。

「各位太爺，各位叔伯、嬸娘。」拾娘朝著眾人施了一禮，而後站直了身子，道：「在拿出點心方子整頓點心鋪子的時候，拾娘就曾經想過，會有人眼熱，會招來算計，但六房的窘境不容拾娘顧忌太多，最後還是把方子都拿出來了。為了讓鋪子扭虧為盈，為了讓六房維持生計，更是為了夫君不用為身外之物犯愁，可以專心一意地讀書……只要能夠讓夫君不再有後顧之憂，能夠將所有的精力放在學業上，幾個方子被人覬覦算得了什麼。但是，拾娘萬萬沒有想到的是，董家的長輩也會覬覦這些方子，更沒有想到為了得到這些方子，這麼多的長輩會不顧臉面——」

「放肆！」惱怒異常的董三爺立刻大聲喝斥。

「放肆也就放肆了。」拾娘半步不讓地對上董三爺，冷冷道：「難道容得你們這樣做，卻容不得我說句實話嗎？三伯父，我問您，所謂的提攜，所謂的湊分子，所謂的分紅其目的是為了什麼？您們是不是已經打算好了，只要方子到手，撰抄一份之後，便說方子沒用，然後把六房撇到一邊？」

拾娘敢咄咄逼人地質問，讓董三爺心頭生畏。看著無言以對的董三爺，拾娘臉上帶著不屑，道：「我知道，有人將那些方子看成了會下金蛋的金雞，也知道這樣的謀算還會再有。今日，我就當著所有長輩的面把醜話說在前面，要是再有這樣的事情，我就把方子貼到大街上去，讓望遠城的人都知道，董氏族人這般無恥，算計別房媳婦的嫁妝，威逼本族的孤兒寡母，我倒要看看，到時候會不會有人說句公道話！」

「姪媳婦，妳放心，這件事情到此為止，以後不會再出現這樣的事情了。」董二爺安撫了一句，拾娘忽然迸發出來的怒氣將他也嚇了一跳。

拾娘閉上眼，似乎在努力平息自己的怒氣一般，再睜開眼時，眼中已經是一片清明。她看著董二爺，道：「二伯父，一直以來我都以為您是清醒而真正顧全大局，為整個宗族考慮的人。您成為族長之後，敦促著三伯父、七叔父交還六房的產業，除了憐惜六房之外，更多的應該是看重六房子弟的學業和前途。六房多一些收入，他們兄弟也能安心學業。我想，您一定盼著董氏再出一個仕途上有所斬獲的族人，哪怕是那個族人對宗族帶了淡淡的敵視。」

拾娘的這句話算是說到了董二爺的心坎上，他苦笑著點點頭，然後看著不以為然的眾人，道：「我知道你們有些想不通這孩子的話，都不明白我為什麼非要護著六房，有的可能還以為我是不是得了六房的好處……既然這孩子把話說出來了，我也不藏著、掖著了。我沒有得六房任何好處，我之所以這般護著六房，就是這孩子說的那句話，我是希望董家再出一個能夠入朝為官的族人，哪怕是一個對宗族沒有多少歸屬感，還帶著淡淡敵意的族人也一樣，畢竟他總不至於不認宗族吧？」

說著，董二爺起身，朝著董五太爺微微一鞠，道「五叔，您是上一任族長，我想您肯定記得六弟還在時的風光，也應該記得沒了六弟之後，董氏的處境。三哥，你有好幾處鋪子，你說說，你一個月要被那些潑皮無賴敲詐多少去？還有每年夏收之後放水浸田，以前都是緊著我們董家，但是現在，我們董家被擠到了後面不說，到我們放水的時候還有人堵我們的水……你們都有怨言，甚至還有人背後議論，說都是我這當族長的沒有本事，才會讓董氏族人受欺負；可是五叔，您自己說說，這事情是我接任之後才有的事情嗎？」

「確實是我卸任之前便這樣了，但那不是受老六牽連嗎？人家都說他是罪臣，自然是尋著法子找我們董家的不是。」董五太爺不自在地說。他當過族長，自然明白族中有人為官的好處，但是他現在已經不是族長了，考慮更多的自然是他們這一房的利益。

「那麼五王之亂後呢？今上都已經為六弟下詔平冤了，說六弟忠勇可嘉，是為忠臣，為什麼那些人只是稍微收斂了一些而已呢？」董五太爺的心思，董二爺很清楚，而董氏落到不得不忍氣吞聲的境地，除了無人為官之外，更主要的還是各房都在打自己的小算盤，只會窩裡反卻不知道團結起來一致對外。

「那是因為你沒本事！要是當初接任族長的是我的話，哪會這樣？」董三爺哼了一聲，他以前一直把族長之位當成自己的囊中之物，沒有想到在老爹卸任的時候，族中除了他老爹和三老太爺之外，居然沒有幾個願意支持自己，只能將族長之位拱手讓人了。

「你當族長？就你那德行，誰敢讓你當族長啊！」董三爺的話立刻引起了別人的回應，不過那人顯然和董三爺不對盤，他冷嘲道：「你眼睛總盯著兄弟們，只要誰手裡有個什麼好東西，就恨不得往自己懷裡扒拉，你當了族長，還有得我們的好？」

「老九，你胡說什麼！」董三爺被這話氣得眼睛都紅了，不過這董九爺的話還真的是說準了，董三爺就是得了窩裡反的紅眼病。

「好了，都別說了。」董二爺喝斥一聲。說實話，他這個族長當得也挺憋屈的，上頭是倚老賣老、不講道理的叔伯，中間是一群只知道為自己謀算的兄弟，下面的子姪也沒有幾個成器的——六房的兩個孩子看起來倒是有前途的，但是他們對宗族是一點歸屬感都沒有，唉，難啊。

他轉頭看著董禎毅，道：「我們這一輩是不指望了，一群姪兒中也就禎毅兄弟倆愛讀書，尤其是禎毅，望遠城誰不知道董氏又出了一個大才子。」

「你指望他？」董三爺冷冷一哼，道：「還是別指望了。等他飛黃騰達了，可不見得會護著宗族，不找我們的麻煩就該謝天謝地了。」

董二爺長長嘆了一口氣。他也擔心六房一朝得志會找麻煩，但除了他們以外還能指望誰呢？董氏也有自己的族學，可除了六房以外，只出過幾個舉人，現在更只是起個讀書識字的作用。唉，難啊！

「三伯父何出此言？為何他們會找您們麻煩呢？您們做了什麼對不起六房的事情了

嗎？」拾娘再次攔了董禎毅一把，笑盈盈地反問著。

「沒有，從來沒有。」董三爺心虛地大聲否認。

「那為什麼說這些話呢？」拾娘不放鬆地追問了一句，見無人回答，笑笑，正色道：「既然知道了諸位的擔憂，那麼不妨也將六房的態度說清楚。我知道以前六房和宗族及各房都發生過一些不愉快的事情，但事情過去了便讓它過去。我向諸位保證，如果將來有一天，六房子弟在仕途上有所成就的話，絕對不會以此為依仗，找哪位叔伯的不自在。同時，不管六房和各位有過怎樣的嫌隙，但一家人打斷骨頭連著筋，如果將來的某一天，六房能夠為宗族做什麼，六房也不會推卸自己的責任。」

「說的還真是好聽，要是這樣的話，妳怎麼不願意把方子拿出來大家一起發財？」董三爺有些悻悻的。他知道拾娘的這番話一出，以後想要再糾集一群人算計六房可就沒有那麼容易了。

「願意為宗族出力是一回事，平白無故讓人算計又是另外一回事。」拾娘成功堵住了董三爺的嘴，然後又看著董二爺道：「二伯父，以禎毅的文采，我敢向您誇口，兩年後的鄉試，只要沒有人從中作梗，他平平安安、順順利利進了考場，那麼必然能夠金榜題名。等到那一天，等到他一舉成名天下知的時候，董氏族人便不用像現在這樣忍氣吞聲了。」

「好，我等著那一天。」董二爺的心安定了，他一直以來都很關注六房，人人都說董禎毅有狀元之才，他是一點都不懷疑，董志清當年不也是被人這般誇獎，然後成為狀元的嗎？

等到那一天，董家一定不會像現在這樣受人欺負了。

「二哥，你覺得她一個剛進門的小媳婦能做六房兩兄弟的主？她說了會為宗族出力，他們就真的能為宗族出力？」一旁的董七爺開口了，他習慣躲在董三爺身後指揮著他辦事，現在卻不得不出面了。

拾娘淡淡地看了董七爺一眼，道：「為官者如果連自己的親眷、親族都不能照顧的話，那會被人詬病，甚至可能被彈劾，禎毅不會為了心頭的那怨氣，做那種讓人抓把柄的事情。」

還有這樣的事情？那就太好了。這是所有人的心聲，他們一直都覺得六房的兩個姪子出息了，對宗族不但沒有什麼好處，反而會讓他們有能力找自己等人的不自在；要是真的像拾娘說的那樣，董禎毅不管有多麼厭惡宗族，也不能棄宗族不顧了。

「所以，各位叔伯不用擔心六房以後翻臉不認人，但是……」拾娘環視了一圈，道：「如果再有什麼人打六房的主意，逼得我們連安穩日子都過不下去的話，那麼就是逼著六房破族而出，另立宗祠了。要是真走到那一步，那就是兩敗俱傷的事情，還請各位打算盤的時候自己斟酌。」

真是個厲害丫頭。董二爺看著拾娘，直接道：「姪媳放心，如果再有算計六房的事情，不用六房破族而出，我一定會把那害群之馬攆出宗族！」

「大嫂，妳真厲害，舌戰群儒也不過如此了。」回到家，董禎誠就滿口地誇了起來。看到囂張跋扈的董五太爺等人被氣成那個樣子，他對拾娘的敬仰之心更升了一個等級。

「有什麼厲害的。」董瑤琳立刻不服氣地插話，道：「你又不是不知道那些人的脾性，今天她倒是暢快了，把人家氣得倒仰，等他們回過神來，還不知道又會打什麼主意呢！」

拾娘輕輕地瞟了董瑤琳一眼，沒有理會她。董禎毅兄弟和董家那些族人明顯就很不一樣，而董瑤琳這個姑娘家反倒很有那些人一樣的脾性，那就是窩裡反，在外面受什麼氣都不敢出聲，回到家就不可一世。

「有大嫂的那些話，那些人就算想再算計我們什麼，也都會慎重考慮一番了，而二伯父會立場堅定地維護我們，不再是搖擺不定了。」董禎誠可是把拾娘的話都聽進去了，雖然覺得拾娘答應以後不找那些人的麻煩有些可惜，但是相比起讓他們可以安寧地生活，那些也就不是十分重要了。他笑著道：「他們還指望著大哥和我爭氣，給董家面上增光，讓董氏一族不再受氣呢，又怎麼會再來找麻煩，影響大哥和我的學業呢？」

董瑤琳哪裡聽得進去，就算拾娘做得再完美，她也能挑出刺來。她恨恨道：「她憑什麼將過去的事情一筆勾銷了，她不知道我們以前受過多少氣、吃過多少苦頭嗎？大哥這般苦讀，不就是為了有朝一日能夠揚眉吐氣，能夠把本該屬於我們的東西給搶回來嗎？結果現在，被她這麼輕描淡寫的幾句話就給放過了。」

「這麼說來，瑤琳很不滿意我的處理方法嘍？」看著不知高低進退的董瑤琳，拾娘淡淡地道：「既然這樣，那我這就回去和他們重新說，就說我的話不算數，我當不了家做不了主，說董姑娘說了，等到六房兩個少爺出仕的時候，就是有冤報冤、有仇報仇的時候，妳看可好？」

「妳——」董瑤琳對著拾娘怒目而視。再不知道高低輕重，她也清楚要敢說那樣的話，董五太爺等人說不定為了避免以後生禍患，把六房逼到絕境上去。

「好了，瑤琳，妳不懂就不要亂說話，乖乖地聽著就是。」董夫人輕輕地斥了董瑤琳一聲，然後看著拾娘道：「瑤琳年幼，說話做事難免任性了些，妳比她年長，也不要和她計較了。」

「我知道她年紀小，也知道她任性，還知道她和三伯父一個樣，只知道在自家人面前耍橫，真的遇事了，只會躲在背後哆嗦。」拾娘冷冷道：「但是知道歸知道，並不意味著我為這個家出了頭、辦了事，還要容忍她指著我的鼻子責罵。夫人，您說可是？」

或許是拾娘剛剛面對董家族人的氣勢給董夫人帶來的震撼還沒有消除，她只是點點頭，然後拉著董瑤琳，道：「我累了，妳陪我回去休息。」

第一百一十九章

「娘，您別著急，我還有話要說。」看董夫人想要像以前一樣，輕描淡寫就把董瑤琳的無禮給掩蓋過去，董禎毅攔了一把，半點不退讓地對上董夫人滿是責備的眼神，道：「娘，有些事我看在眼裡，有些話我忍在心中已經有一段時間了，一直想找個機會好好和您，以及禎誠、瑤琳談一談，今天正是時候。」

看著臉色鄭重的兒子，董夫人臉上不自在，心裡也有些恚怒，但還是鬆開董瑤琳的手，坐了回去，語氣淡淡道：「要說什麼說吧，我聽著呢。」

董夫人的態度讓董禎毅心裡暗自嘆了一口氣。他看了看神色如常的拾娘，道：「我知道您不滿意拾娘，不滿意她的出身，不滿意她的相貌，甚至連我執意要娶她都是不滿意的。現在，我想您對拾娘的意見也更多了，對您沒有言聽計從，對瑤琳沒有百般忍讓，都讓您越來越不滿，而您的態度也影響了瑤琳，她對拾娘沒有認同，沒有將拾娘當嫂子，甚至連最起碼的尊敬都沒有。」

董夫人和董瑤琳都沒有言語。董禎毅的話說得一點都沒有錯，就算不得已地同意了他們的婚事，拾娘也進了門，董夫人依舊不認同拾娘。在幾次交手和磨擦之後，對拾娘的意見也更多了，董瑤琳也從一開始純粹地因為董夫人不喜而不喜，到現在對拾娘十分地憤恨，恨不得拾娘從來就沒有存在過。

「娘，您總說為了我們兄妹您什麼都能做，那麼您能不能為了我，該收起成見，接受拾娘呢？」董禎毅深深嘆氣。拾娘對自己無意，對董家沒有什麼歸屬感，但是和自己達成協定之後，她也盡心盡力地為董家謀劃，而董夫人呢？一邊坦然享受著拾娘改變家中境況帶來的好處，一邊卻又不願意放下架子接受拾娘，她這算什麼？

董夫人不語，她願意為了兒女做任何事情，但不包括接受拾娘。

「娘，大哥說得沒錯。」遇到和拾娘有關的問題時，董禎誠一般都是站在董禎毅這一邊的。他上前握住董夫人的手，道：「娘，不管怎樣，現在我們已經是一家人了，您應該拋開成見，接受大嫂。再說了，大嫂進門這兩個月來，為了這個家操勞，將家中裡裡外外打理得妥妥當當的，這樣的兒媳婦您還有什麼不滿意的呢？」

「毅兒不是已經說了嗎，我對她的出身、她的相貌都很不滿意，現在對她的脾性也不滿意。」董禎誠都問了出來了，董夫人也不再沈默。她看了看臉色還是沒有多少變化的拾娘，道：「我就沒有看得出來她那裡配得上你大哥，又哪裡配當我們董家的兒媳婦。」

「娘，拾娘容貌有瑕不假，但君子重才不重色，拾娘的才華能幹足以彌補容貌上的任何缺陷，至於說出身……」董禎毅苦笑一聲，道：「今天拾娘在二伯父等人面前的表現很讓我意外，她直言算計毫不相讓我不意外，她的風骨、她的傲氣是我最欣賞的，有這樣的一個妻子，我真的很踏實，不用擔心自己的妻兒被人欺負了去……我比較意外的是拾娘對二伯父他們那番看似妥協，但細想來卻不見得是妥協的言語。娘，爹去得早，這些年來的經歷讓我對宗族充滿了厭恨，五太爺說什麼曾經護著我們母子的話的時候，我的心裡充滿了憤怒。但拾娘卻點醒了我，讓我看到了從未看到的另外一面。他們確實欺負了我們孤兒寡母，確實是霸占了本該屬於我們的產業，但如果沒有宗族的維護，別說被他們占去的那些東西我們無法保全，連我們安身立命的那六十畝良田和這棟宅子，恐怕也早就易主了。」

「你居然說他們好！」董夫人眼睛都紅了。她最恨的就是董氏族人，她不止一次和兒女訴說，說等到六房翻身，一定要狠狠報復回來，一定要讓他們悔不當初。

「我沒有說他們好，我只是明白了宗族的重要性。」董禎毅搖搖頭，看著氣苦的董夫人，問道：「娘，當年您為什麼要帶著我們千里跋涉，回到對於您而言完全陌生的望遠城，而不是留在京城？」

「這是你爹最後一次上朝之前和我交代的，他說他那一去極有可能回不來了，說如果他真的有什麼不測的話，讓我帶著你們回鄉，還說宗族一定會護著我們孤兒寡母，讓你們順利安康地長大的。」董夫人說到這裡就是滿腹的恨，丈夫對董氏族人那般信任，但是他們卻辜負了丈夫的信任和託付。她恨恨道：「你爹一定沒有想到，這些人都是些忘恩負義、見風使舵的，不但沒有護著我們，反倒比外人還要狠。」

「您有沒有想過，爹爹或許已經料到了，而他之所以知其害卻還這般交代，是因為他知道比起我們能夠平安長大，其他的都不重要……如果留在京城，我們說不定連活下去都不可能。」董禎毅清醒地道。

董夫人抿了抿嘴，沒有駁回董禎毅的話。她知道五王之亂後期，戾王瘋狂地清洗京城，有權勢、有底蘊的他不敢動也動不了，但是那些底蘊不足又信不過的，慘遭滅門的可是不少，她娘家也受到了清洗，好在只是抄了家，人卻活了下來。相比之下，他們在望遠城過得雖然艱難，卻沒有生死之憂。

「這些和她的出身有什麼關係？」董瑤琳插話。她知道董夫人不想聽這些話，而她也一樣。

「拾娘能夠清楚地看到這些，一語擊中二伯父等人腦子裡的念頭，這說明什麼？說明拾娘接受到這方面的教導比我們更多，她的出身真有妳們想的那麼差的話，怎麼可能接受那樣的教導？」董禎毅想的還更多，董夫人一直自持身分，以出身自傲，但是她卻不明白宗族的重要性，也沒有言傳身教讓他們明白宗族到底有什麼重要的；而拾娘，她不但明白宗族和族人之間的關係，還能夠拿捏身為一族之長的二伯父的想法，這讓他有一種懷疑，懷疑莫夫子是用宗婦的標準來教導拾娘的。拾娘的出身不好說，畢竟她是被莫夫子揀回去的，但是莫夫子的身分絕對不是一個博學的酸秀才那麼簡單。

董夫人眼色暗了暗，給了董瑤琳一個眼色，讓她不要亂說話，但自己也不知道該說什麼。她其實還真不知道和宗族有關的事情，也從未有人與她說過。

「有道理，我也覺得大嫂的出身不錯。」董禎誠倒是在一旁連連點頭。他的判斷很簡單，拾娘家中有那麼多的藏書，還不乏孤本、珍本，能有那麼多藏書的出身能差嗎？

「好吧，我以後不拿她的出身說事便是。」董夫人不情不願地開口。她知道董禎毅說這些歸根結柢還是為了護著拾娘，她也看出來了，自己越是看不上拾娘，兒子就越是護著拾娘；那麼如果自己放鬆對拾娘的挑剔呢？兒子是不是也會慢慢不那麼著緊她了？

「謝謝娘。」董禎毅心裡微微鬆了一口氣，他今天說這些話是希望董夫人改變態度。他知道，如果董夫人總是這麼排斥拾娘的話，拾娘就算對自己不那麼排斥，也不會順利接受自己，他這是在為自己和拾娘的未來打算，讓拾娘能夠接受他、接受這個家，留下來清除障礙。

「我可以回去休息了吧？」董夫人的臉色不是很好地問道。換了哪個當娘的遇上這樣的事情，都高興不起來。

「娘，不著急，還有瑤琳的事情沒說呢。她剛剛對拾娘那般無禮，讓她立刻向拾娘道歉。」董禎毅搖搖頭，不等董夫人為董瑤琳說話，便道：「娘，不管是為了什麼事情，她都不該用那樣的態度對長嫂說話，要是傳了出去，別人只會說瑤琳沒有教養、目無尊卑。娘，您不希望瑤琳背上那樣的名聲吧？」

董夫人沈吟一會，看了看認真的董禎毅，再看了看一臉不服氣的女兒，在董瑤琳詫異的眼神中點點頭，道：「你說的沒錯。瑤琳，向妳大嫂道歉認錯。」

「娘——」董瑤琳沒有想到董夫人這一次居然會讓自己服軟，她不敢相信地看著董夫人，希望是自己聽錯了或者她說錯了。

「向妳大嫂道歉。」董夫人鐵了心地道。

董瑤琳的眼淚立刻湧了上來，她看看這個，看看那個，卻發現這一次沒有一個人護著自己，她只能低下頭，用不仔細聽根本就聽不清楚的聲音道：「大嫂，我錯了，對不起……」

話一說完，她便淚如雨下，轉身就哭著跑了出去……

「你滿意了吧？」董夫人丟下一句，追著女兒出去了。

董禎毅兄弟對視一眼，嘆口氣。董夫人定然是去安慰瑤琳了，她一哄，瑤琳還能記取教訓嗎？

第一百二十章

「太太，這些胭脂香粉是我讓人專門給您做的，您試試看喜歡不？要是用得還習慣的話，我讓人給您專門做了送來。」

拾娘笑盈盈地遞給林太太幾罐胭脂，這裡面除了董記胭脂坊在賣的那九種以外，還多了一種做工更加考究複雜的珍珠粉，有一股淡淡的茉莉香。林太太素來喜歡茉莉花，這是拾娘專門為她挑的。

「妳還真大方，一出手就是二百兩銀子。」

林太太看著眼前整整齊齊的十個罐子，笑謔了一句。董記胭脂坊剛剛開業不久之後，林太太讓身邊的丫鬟去買了一罐香粉回來，原本是為了給董記胭脂坊添點人氣，沒想到買回來試用了一次，居然比她慣用的那些妝粉好得太多，林太太便讓人又跑了兩趟，為自己和林舒雅都買了幾樣。

「太太去過董記胭脂坊？」拾娘略帶驚訝地看著林太太。她可沒有聽董寧提起過，是他沒有上心還是林太太沒有親自去呢？

「我哪有時間出門，是讓楊柳去的。」林太太搖搖頭。楊柳是她身邊的大丫鬟，一年前，她作主配了一個鋪子的小管事，成了親之後又以媳婦子的身分回林太太身邊伺候，當了個管事嬤嬤，比以前更得林太太看重。

「我還說呢，董掌櫃怎麼都沒和我說您去過呢！」拾娘恍然，然後嗔道：「您也真是的，您要是用著覺得還行，讓人和我說一聲便是，我定然歡歡喜喜地給您送過來。都是自家做的東西，哪裡還要專門去買呢？」

「以後要用的話一定和妳說。」林太太呵呵一笑，卻又好奇地拿起珍珠粉，道：「這個可不曾見過，且不說好用不好用，這味道卻是我最喜歡的。」

「這是珍珠粉，用白色的茉莉花做出來的，我知道您喜歡茉莉，所以特意讓人照著方子給您做的，這可是獨一份的。」拾娘笑著解釋了一聲。供鋪子出售的胭脂香粉，黃二江家的帶著那些丫鬟們，只要二十天的時間就已經足夠了，拾娘便又挑了幾個方子，讓她看看能不能把東西做出來，給林太太特意挑選的這個是最早做出來的。

「那我倒是要好好地試試看了。」林太太大感興趣。女人家沒有哪個不喜歡打扮的，喜歡打扮的女人都想和別人不一樣，她也不例外。不過她心裡還記掛著別的事情，說笑幾句之後，便把東西放下，看著拾娘道：「吳家半個月前上門商議吳懷宇和舒雅的婚事，他們希望在八月把舒雅迎娶回去。」

林舒雅和吳懷宇的婚事？拾娘微微一怔，難道林太太讓人傳話，讓她回林家一趟是為了這個事情？可是這種事情，她哪有置喙的餘地？

她便笑著道：「姑娘比我尚且大了半歲，我這都已經成親好幾個月了，她也該談婚嫁了。」

「她年紀是不小，是該出嫁了，老爺倒也沒有多說什麼，讓我看著為她張羅婚事。」林太太苦笑一聲。林老太太對這樁婚事十分地滿意，一個是她的外孫子，一個是她的孫女，怎麼看都是天作之合；但是林老爺對此並不是很看好，而林太太更是不滿意，只是林舒雅現在除了嫁給吳懷宇之外，還能嫁給什麼人呢？她搖搖頭，不談女兒的婚事，而是道：「她的婚事照禮來辦也就是了，倒也沒有多少麻煩，我現在最是頭疼的是永星的婚事。老爺希望在舒雅出嫁之前，把永星的婚事也訂下來。」

林永星的婚事？拾娘微微一愣。林永星和董禎毅同歲，之前一直不考慮他的婚事，是因為林老爺和林太太不知道他在科考這條路上能夠走多遠，想要等等看；而現在大致上也能看出來了，他雖然不是太出色，但努力拚個進士及第應該還是可能的，也是時候給他選一門好親事了。

「永星會試回來之後，我和老爺就已經考慮他的婚事了，他是高不成、低不就一直找不到合適的。我們覺得家世門第好，姑娘的品貌人才也好的，人家看不上林家，不願意將女兒下嫁；那種不計較林家門第的，我們卻又看不中……挑來挑去，折騰了大半年，眼睛挑花了，總算是找到了兩家還不錯，也不是很介意林家門第的，但我們也不知道該選哪一家。老爺說妳是個有見地的，讓我問問妳的意見，說不定能有意想不到的收穫。」林太太說到這裡，微微頓了頓，看著有些出神不知道有沒有聽進去的拾娘，語調稍稍高了一點，叫道：

「拾娘？妳在想什麼呢？」

說實話，林太太並不覺得拾娘對此能有什麼好主意，但是林老爺這樣說了，她便也抱著無不可的態度問一聲。她知道，這是因為前些日子，拾娘在董氏族人面前的表現，讓林老爺覺得她有眼光和見地，覺得這件事情不妨找她商量一二，不一定能夠為他們解決難題，卻也有可能給他們有用的建議。

「不知道太太和老爺看中的是哪兩戶人家呢？」雖然剛剛有些走神兒，但林太太的話拾娘還是聽進去了，她仔細想了想便問道。對林永星她還是很有幾分感情的，如果可以的話，她也願意幫他一些。

「一個是通判溫大人的嫡次女，今年十四歲，人長得漂亮，性格溫婉，打小請了西席教她讀書識字，不敢說多有才華，但也是個知書達禮的好姑娘。另外一個是城東谷家的四姑娘，是二房的嫡長女，今年也是十四歲，相貌人才和溫姑娘難分上下。」林太太很是有幾分難做抉擇的模樣，道：「兩位姑娘我都找機會見過，我更喜歡溫姑娘，只是老爺似乎對溫姑娘不是很滿意。」

通判家的嫡次女和谷家二房的嫡長女？都是很不錯的人家啊！仔細想了又想，拾娘問道：「那麼太太有沒有打聽溫夫人和谷家二夫人的情況呢？」

林太太說她更喜歡溫姑娘的話被拾娘刻意忽略了，她相信林太太雖然這樣說，但對那位溫姑娘卻還沒有喜歡到了認定她當自己兒媳婦的地步，要不然的話，她就不會猶豫，更不會問自己的意見了。

「溫夫人和谷家二夫人我都見過，都是那種出身好，讓人挑不出錯的。相對來說，溫夫人精明很多，是那種長袖善舞的類型；谷二夫人待人處事分寸把握得很好，卻總有一種疏遠的感覺，沒有溫夫人那麼親切。」女兒的性情大多肖母，大多數人家在相媳婦的時候，最關心的不是他們看中的那個姑娘是什麼樣的性情，而更關注她們的生母是什麼樣的脾氣，林太太也是一樣。

她繼續道：「溫夫人和谷二夫人都是大家族出身，溫夫人是嫡系庶女，谷二夫人是偏房嫡女，相差不大。」

相差不大？拾娘可不這麼認為，大家族中嫡女、庶女的教養差得可不止一星半點兒，溫夫人看似比谷二夫人更強，但卻未必。拾娘思索半晌，然後抬頭看著林太太，道：「谷家是什麼意思，太太心中可有底？」

「妳是覺得谷家姑娘更好？」

林太太看著拾娘，眉頭皺了皺。說實話，她心裡更偏向溫家姑娘，溫夫人是個厲害的，溫通判是望遠城的二把手，這都是溫姑娘在她眼中更占優勢的原因；而谷家現在是朝中無人，谷家老太爺以前再怎麼風光，畢竟都已經過去了，林永星娶了溫姑娘能夠得到的幫助，一定比娶谷姑娘更多。

「是。」拾娘點點頭，道：「雖然谷家現在無人出仕，但谷老爺子以前是從三品的大員，還是禮部侍郎，他的門生故舊定然不少，在朝中位居高位的肯定也不少。谷家幾位老爺沒有出仕，不是因為他們不適合當官，就是他們無心仕途，而並非沒有門路，如果大少爺能夠娶谷家姑娘為妻的話，以後出仕也能借一些東風。但溫家……溫通判正在任上，看起來比谷家風光得多，但他只是一府通判，不管是他的見識、可利用的關係資源，都遠遠比不上谷老爺子。如果娶了溫家姑娘，且不說這樣的一個妻子和岳家對大少爺的幫助不大，就算對林家，或許都談不上有多大的幫助，充其量不過是相互幫協。」

林太太眉頭緊皺地將拾娘的話琢磨了半晌，猶猶豫豫地道：「妳說的也很有道理，但是我真的不覺得谷二夫人比得上溫夫人，溫夫人可是八面玲瓏的人物，而谷二夫人卻……我真覺得她沒有溫夫人能幹。」

「太太，能幹不能幹有的時候是看不出來的。我不清楚兩位夫人出自什麼樣的家族，但我知道規矩森嚴的大家族，嫡庶的區別極大。明面上，嫡女、庶女都是在嫡母的教養下長大的，都一樣在西席的教導下學習琴棋書畫，都有教養嬤嬤教授禮儀，一樣都是嬌養的姑娘，撐場面的東西一樣都不會少。」拾娘仔細想了又想，才慢慢地斟酌著自己的語氣說道。

「那麼暗地裡呢？」林太太看著拾娘。她自然聽得出拾娘只說了半截話，無可否認的，林太太是一個很有本事，很有能耐也很成功的女人，但她的出身限制她的眼界，拾娘說的這些正好是她不知道的。

「暗地裡，嫡母會親自教導自己女兒很多東西，其中就包括她的母親、外祖母幾輩人口耳相傳的知識以及人生經驗，小到馭夫之術，大到為丈夫的仕途給予臂助，怎麼處理家族各方關係，怎麼與同僚夫人交往等等。這些真正實用的東西，嫡母只會傳授給自己的女兒或者孫女、以及兒媳，有的時候甚至連兒媳都不會教太多，更不用說是從姨娘肚子裡爬出來的庶女了。」拾娘看著陷入沈思的林太太，知道她已經把自己的話聽進去了。她笑著道：「聰明的嫡母不會虐待庶女，那會讓人詬病，更會給自己的子女帶來不好的影響；但是再好的嫡母都不會把庶女當成自己親生女兒來對待，她還得防著把庶女養得太好了，她幫著生母爭寵，動搖自己在家中的地位呢！」

「可是溫夫人看起來比谷二夫人強了不止一星半點兒啊……」林太太還是有些猶豫。

「有些事情並不是看起來那麼簡單。」拾娘輕輕搖頭，道：「溫大人是望遠城通判，而谷二爺是望遠城有名望的先生，溫大人需要的是一個長袖善舞，能夠和各方面打好關係的賢內助，而谷二爺卻不需要，所以光看這一點的話，真看不出來哪一位夫人更強。」

「妳說的好像很有道理，我更不知道該怎麼抉擇了。」林太太苦笑。她總算明白了林老爺為什麼會讓她找拾娘談一談了，拾娘看來比她更明白一些東西，只是，這麼一番話下來，她就更頭疼了。

「我倒是有一個建議，但是比較麻煩費事。」拾娘笑著看著林太太，道：「太太不妨打聽打聽溫大人的出身，溫大人若是嫡子，溫家老爺子也曾身居高位的話，那麼太太不妨依了自己的喜好，選擇其中一個。但如果溫大人只是庶子，或者說溫老爺子比谷老爺子有所不如的話，那麼就多考慮谷家吧。太太不相信自己的眼光，也該相信那位身分地位更高一些的老爺子、老夫人的眼光，他們在為自己的嫡子相媳婦的時候，考量的東西定然更多。」

「這倒是個好主意。」林太太眼睛一亮。她之所以拿不定主意，最主要的還是因為她的出身，但拾娘說的有道理，她眼光不好可以借鑑別人啊！

「當然，太太也別忘了徵求一下大少爺的意見，畢竟挑選的是要和他相伴一生的人，您再怎麼中意，大少爺不喜歡也是不行的。」拾娘可不想看到林永星因為娶了一個自己不喜歡的妻子而鬱悶。

「放心吧，我會的。」

第一百二十一章

「怎麼一副心事重重的樣子？」和董禎毅在書房分別坐下之後，拾娘便問道。也不知道他是不是遇上了什麼難題，他今天總是會在不經意間皺眉。

「永星遇上了難事。」董禎毅為拾娘倒了一杯茶。自從上次去了莊子回來之後，兩人之間的關係有了明顯地不同，董禎毅更加主動了一些，而拾娘呢，雖然沒有主動，卻也不像以前那樣排斥了，一切都往好的方向發展。

「什麼難事？難不成他的婚事又出了什麼問題嗎？」拾娘端起茶，輕輕地喝了一口，隨口問道。距上次她和林太太談論林永星的婚事已經過去了半個月，林太太、林老爺做事一向雷厲風行，這會兒應該已經把溫家和谷家的各種情況打聽得清清楚楚，做了決定，然後上門求親了。

「妳怎麼知道？」董禎毅問了一聲，不等拾娘回答便笑著道：「難不成林伯母和妳提過這件事情？」

「嗯。」拾娘點點頭，道：「我上次回林家，太太特意和我說起這件事情，那個時候她正在猶豫向哪一家求親……對了，你知道林家想為大哥求娶哪一家的姑娘嗎？」

「是城東谷家的四姑娘，也是谷傾梓先生的長女。」董禎毅的話讓拾娘笑了起來。林太太的選擇還真被她料中了，但董禎毅接下來的話卻讓她皺起了眉頭。他道：「不過，谷家書香傳家，谷二夫人又出身大族，怎麼會願意和商賈之家聯姻呢？林家請的媒人第一次上門的時候，直接被谷家給請了出來，可林家鐵了心想要為林永星娶一個各方面都很好的妻子，又用重金請了媒人去谷家遊說……」

「那只會讓谷家不悅吧。」拾娘微微皺眉。林太太和她說起的時候，透露出來的意思可是林家在溫、谷兩家之間挑選，看起來十分有把握一般，怎麼會出現這樣的事情，難道是哪一個環節出了什麼差錯？

「是啊，媒人第二次上門幾乎是被打了出來的。」董禎毅點點頭，道：「不過，永星這兩年在學堂的表現很不錯，和谷先生相處得也十分相宜，谷先生倒是很中意他，但谷二夫人反對，他也不能不管夫人的意願啊！最後，他給了一個折衷的方案——讓永星和谷家長孫谷開齊文比三場，要是永星的表現能夠讓谷老爺子滿意的話，那麼這門親事八九能成；要不然的話，永星也只能和谷四姑娘錯過了。」

「這個好玩。」拾娘哈哈笑了起來，一點都沒有想過要是林永星比輸了會是什麼結果，她興致勃勃問道：「都準備比些什麼？」

「學識、書法和策論。」董禎毅看著一臉好奇的拾娘，道：「谷開齊是谷家長房長子，今年二十歲，自幼在京城其母家族的族學中上學，極少回望遠城，除了他們谷家人之外，沒有人知道他的文才學識到底怎樣；但是，谷家能把他推出來，定然有非凡之處。」

「那是自然。」拾娘點點頭，道：「谷家這也是一舉兩得，既能考驗了大哥，看看他夠不夠資格配谷家四姑娘，又能讓谷家大少爺在望遠城揚名，還真正是好算計啊。」

「我也是這麼想的。」董禎毅很贊成拾娘的話，道：「永星對此也十分頭疼。他和我說，他還真的沒有想過要這麼早訂親、成親，也沒有想過林伯父、林伯母會看中了谷家的姑娘；但是他現在也是騎虎難下，除了應戰之外沒有更好的辦法了。」

「我倒是知道林老爺和林太太為什麼會看中了谷家四姑娘，並請了媒人上門去。」拾娘笑夠了，把那天林太太和她的談話大概說了一遍，道：「我猜，太太定然查到谷家雖然明面上沒人在朝為官，但是其地位和影響卻仍舊是溫家無法相比的，所以才會選中了谷家四姑娘。只是他們萬萬沒有想到，谷家可沒有把林家當回事。」

「谷老爺子門生故舊有不少在朝為官，而溫大人……」

董禎毅提起溫通判的時候，臉上帶了些不屑，道：「如果不是因為五王之亂失了大批官員，今上剛剛登基的時候缺少官員的話，他也不大可能順順利利當上溫州通判。他在任的這五年，政績平平，只能說沒有什麼大的過錯，要不然的話，兩年前他也該往上升一升了，哪至於繼續留任。」

「我也是這麼想的。」拾娘笑著道：「谷老爺子再怎麼說也曾經是三品大員，就算已經告老還鄉好多年了，但不是一個從六品的通判能夠與之相比的。」

「妳想說的是瘦死的駱駝比馬大吧！」董禎毅笑了。以他對林老爺、林太太的認識，林老爺或許還能考慮這個，但是林太太一個內宅婦人，出身和交際範圍又擺在那裡，定然不會那麼想，她想的一定是人走茶涼，縣官不如現管，一定會偏向溫家。

「谷家老爺子還健在，谷家又怎麼算是瘦死的駱駝？更何況，我雖然不知道谷老爺子為自己的嫡子娶的是什麼兒媳婦，但是一個能夠在朝堂上熬到告老還鄉的三品大員，眼光定然不是一般的毒辣，他的親家一定也非尋常人家，就算是谷老爺子仙逝了，谷家也不會因此破落下去才是。」拾娘不以為然地說了一句。

「還真是被妳給說中了。」董禎毅朝著拾娘豎起了大拇指，道：「如果不是因為鬧了這麼一齣的話，我都還不知道，谷家的大夫人居然是河西杜家的。那可是數一數二的顯赫大族，杜家的姑娘是出了名的，相貌、學識、手腕、城府什麼都不缺，每一位杜家的姑娘及笄的時候，都會有數十甚至上百戶人家上門求娶。杜家出過好幾位皇妃、王妃和一品誥命，遠的不說，當今的皇后娘娘便出身河西杜家。」

河西杜家？聽起來很熟悉啊……拾娘皺緊了眉頭，她是在什麼地方聽過這個名頭的呢？莫夫子好像沒有和她提過啊？

「怎麼？不相信谷老爺子居然有個出身河西杜家的兒媳婦？」董禎毅誤解了拾娘的表情，笑著解釋道：「這位谷家大夫人不是杜家的直系，而是旁支的，和皇后娘娘血緣雖遠，但也是同族姊妹，聽說偶爾還有機會進宮陪皇后娘娘說說話什麼的……谷家有這麼一個媳婦，就算谷老爺子去了，谷家暫時無人入朝為官，也不會變成瘦死的駱駝。」

「所以，太太和老爺打聽清楚了之後，毫不猶豫就把溫家置之腦後了。」拾娘怎麼都想不起來是什麼時候、在什麼地方聽過河西杜家的名頭，也就乾脆不去想了，反正她想不起來的事情很多，也不缺這麼一樁無關緊要的小事。

「那是自然。」董禎毅點點頭，然後又笑了起來道：「我聽永星說，林太太和林老爺原本還真的沒有想過高攀谷家，是他們在為了林永星的婚事到處打聽適齡的未嫁姑娘時，溫夫人從側面透露了溫家姑娘待字閨中，有意和林家結秦晉之好的意思。溫家姑娘和谷家姑娘平素有些來往，經常被人相提並論，所以，林太太在得了溫家的意思之後，便誤以為谷家也有那樣的意思，結果沒想到谷家會看不上林家。」

「噗哧！」拾娘一聲笑了出來。看來林太太嘴上說自己是商賈人家，出身不好，但心裡自我感覺卻還不是一般地良好，要不然也不會鬧出這樣的烏龍來了。不過，溫家……

「溫通判還有半年多任期便滿，他是不是想藉林家的財力，讓林家成為他的臂助，讓他能夠活動疏通，然後乘此機會高升？」拾娘猜測道。要不然的話，溫家也沒有必要主動向林家示好，想要將自己的女兒嫁給林永星了。

「不錯。」董禎毅點點頭，道：「溫通判這些年在望遠城並無建樹，還有些不大的小過錯，要是憑自己的能力，肯定是升不上去的，那麼只能另闢蹊徑了。」

「那麼，就算大哥和谷家四姑娘的好事成不了，這樁烏龍也不是什麼壞事了？」拾娘知道，溫家之所以主動向林家透露出結親的意思，定然是看中了林家的財力，想用一個嫡出的女兒換取林家的財力支持，要是林永星能夠在科舉上走得更遠一些，那麼有這麼一個女婿自然是好事；要是林永星的才華和運道不濟，也沒有什麼大不了的，畢竟一個女兒而已，溫家還損失得起，甚至……說不定為了能夠向林家予取予求，溫家還會希望林永星不要有什麼大出息，讓溫家能夠一輩子箝制林家。但是，現在出了林家向谷家求親的事情，這樁親事到最後成了，固然沒有溫家什麼事情，就算是沒成，林家也會重新對自己定位，重新思考應該給林永星選擇怎樣的一個妻子，甚至還可能會考慮將他的親事暫緩，那和溫家就更沒有多大的關係了。

「是。」董禎毅點點頭，然後笑著道：「永星既然不把我當外人，和我說了那些事情，我也把我的看法分析給他聽了。我想，不管這件事情最終結果如何，林家也絕對不會和溫通判扯上什麼關係了。」

「溫家要知道自己的盤算就這麼被你給破壞了的話，一定會恨死你的。」拾娘笑著打趣了董禎毅一句。

「或許吧。」董禎毅點點頭，卻又笑著看著拾娘，道：「我們倆都沒有商量過，卻能夠有一致的看法，這算不算是心有靈犀呢？」

「誰和你心有靈犀？」拾娘白了他一眼，卻又笑了起來，道：「充其量只能說我們看事看物的觀念一致而已。」

唔，就算不是心有靈犀，能夠觀念一致也不錯了，也算是好事。董禎毅笑了……

第一百二十二章

「禎毅兄，你總算是來了，我都在這裡等你好一會兒了。」董禎毅剛剛扶著拾娘下了馬車，就有一個男子迎了上來，臉上帶了些焦急，卻在看到戴著帷帽的拾娘之後微微一怔，皺眉道：「這位是……」

「這是內子，今日特意過來看永星和谷大少爺比試的；拾娘，這位是我的同窗武思平，素日和我、永星的關係都還不錯。」董禎毅簡單地介紹。

今天是林永星和谷家大少爺谷開齊比試的日子，拾娘雖然什麼都沒有說，但是董禎毅也知道她很想看這個熱鬧，所以問都沒有問，昨晚直接和她說讓她一起過來，而拾娘也沒有多想，便點頭答應了。董夫人今早才知道這件事情，臉黑黑地看著他們出門——不是拾娘拋頭露面有什麼不妥，而是她不願意看到拾娘在太多的人面前露面，不管是給董家掙面子還是給董家丟臉都一樣。

「原來是嫂夫人。」武思平略有些敷衍地施了一禮，卻又急急地拉著董禎毅道：「比試就要開始了，我們快點過去給永星打氣吧！我看他好像挺緊張的。」

「不著急，時間還來得及。」董禎毅笑著搖搖頭。他是算好時間出門的，知道距離比試開始起碼還有兩、三刻鐘的時間，真用不著太著急。他看著拾娘道：「我們是先過去給永星打打氣，還是讓我帶著妳先隨便看看？」

「欸，你今天這是……」武思平急了，其實他和林永星、董禎毅的關係並不算十分地好，只是比一般的同窗要稍好那麼一點；畢竟林永星是富甲一方的林家嫡長子，董禎毅則是望遠學堂最負盛名，讓眾多先生抱了最大希望的才子，他們都有自己的傲氣，和大多數的人都不能打成一片，這武思平也是好不容易才和他們走近的。

「還是先去給大哥打氣吧。」拾娘輕笑一聲，道：「要不然的話，還不知道會讓他埋怨成什麼樣子呢？我可不想聽他嘮叨。」

「也好。」董禎毅點點頭，向武思平笑笑，道：「思平兄，我們走吧。」

「咦，妳就是那個林家的義女？」拾娘的話武思平聽進去了，後知後覺地看著拾娘，他聽說了一些關於拾娘的事情，不過他一個男子，沒有打聽這些家長里短的愛好，知道的並不多；他甚至還以為拾娘定然是天香國色的美人，要不然的話，董禎毅怎麼會娶一個曾經是同窗好友丫鬟的女子為妻呢？無非不過是英雄難過美人關罷了。

「不錯。」拾娘點點頭，卻不想多說，而董禎毅更沒有多談的慾望，連客氣地講一下都沒有，就偕同拾娘往裡走，回過神來的武思平立刻跟上。

林永星和谷開齊比試的地方，選在望遠學堂景色最好之處——讀書坪，那是一塊平整的草坪，中間是三棵據說種了兩百多年的大榕樹，那三棵榕樹成鼎足之勢，樹下擺放著石凳和石桌，哪怕是在炎炎夏日，坐到樹下也能夠得到一分難得的清涼。

讀書坪不遠處是望遠學堂的九曲荷塘，池塘不算大，裡面種植了各色的荷花，這個季節正是荷花盛開的時節，漫步在九曲橋上固然能夠嗅到撲鼻而來的荷花清香，但坐在榕樹之下，一陣清風過來的時候，也能夠聞到陣陣花香。

董禎毅才靠近讀書坪，便讓眼尖的人看見了，大聲叫了起來，而被眾人圍在其中的林永星大鬆一口氣，從眾人的包圍中走了過來。但是和別人不一樣的是，他最先看到的卻是落後董禎毅半步的拾娘。

「妳怎麼也來了？」

這是拾娘和董禎毅成親回門之後，林永星第一次見她，卻絲毫沒有陌生的感覺，彷彿眼前的女子還是那個整日跟在自己身後嘮叨的拾娘，所以說話的口氣不怎麼好，卻透著一股熟稔和親昵。

「過來看熱鬧啊。」拾娘也沒有什麼好氣，她直接道：「想看看你這半個月臨時抱佛腳有什麼效果，也想看看你一會兒會不會在眾人面前出糗……唔，這樣的機會可不多啊。」

這丫頭在等著看自己的笑話。林永星十分肯定這一點，他瞪了拾娘一眼，這才轉向董禎毅，抱怨地道：「你怎麼把她帶過來了，你們兩口子是存心想看我的笑話吧？」

「你為什麼不說我們是來給你助威，看你大殺四方的呢？」拾娘和林永星雖然只說了那麼簡單的兩句話，但是其中的熟稔和默契卻讓董禎毅心裡微微有些泛酸，真不知道要到什麼時候，拾娘才能用那樣的態度對自己呢？心裡酸酸的不痛快，他就故意打趣了林永星一句，道：「還是你一點信心都沒有？」

「誰說我一點信心都沒有？」林永星沒有好氣地瞪了他一眼，然後道：「我才不稀罕她來給我助威呢！這種場合她一個女人家，還是迴避一二的好。」

「連那些未出閣的姑娘都能摻和了，拾娘又有什麼好迴避的？」董禎毅搖搖頭，嘴巴微微一努，示意林永星這裡可不止拾娘一個女子，還有好些戴了帷帽的女子，而那些女子董禎毅不用細看也不用問，就知道是望遠學堂某些學子的姊妹，今天是特意過來看熱鬧的。

「拾娘和她們怎麼能一樣？」林永星嘟囔了一句。那些女子都是些未出閣的，今日來除了看熱鬧之外，恐怕還有別的心思和用意；而他剛剛在同窗的介紹下，和她們中的幾個人說了幾句話，對她們還真的沒有太多好感，總覺得她們雖然口口聲聲說自己自幼讀書，但是恐怕從小到大讀的就只有《女則》、《女戒》、《女論語》那幾本書，連拾娘的一個小指頭也都比不上，還好意思說自己是才女。

「她們出身好，而我出身不好，對吧？」拾娘故意曲解林永星的意思。

「我可沒有那麼說，妳別胡亂理解，然後給我戴帽子。」林永星和拾娘鬥智、鬥勇不是一次、兩次，立刻不慌不忙地應付著，然後道：「我說的是學識，妳比我讀的書還要多，而她們……我估計她們讀過的書還沒有妳的零頭多。」

「是嗎？」拾娘的語調微微上揚，卻又道：「可是我昨兒才做了個統計，我讀的書剛好是個整數，沒有零頭。」

董禎毅忍不住一聲笑了出來，而林永星則沒有好氣地瞪了拾娘一眼，罵道：「嘴尖舌巧的丫頭，妳不打趣我幾句心裡不舒服啊？」

「豈止，要是不打趣你兩句的話，我渾身都不舒服。」拾娘笑著回了一句，看著被自己氣得直瞪眼的林永星，他現在除了有些氣急敗壞之外，哪裡還有半點緊張之色。

「好了，別鬥嘴了，讓人看了笑話你們沒長大。」董禎毅笑著拍了拍林永星。他知道拾娘故意和林永星鬥嘴是為了消除他的緊張情緒，也知道拾娘對林永星並沒有多少男女之情——拾娘骨子裡是個十分傲氣的人，林永星有太多的地方比不上她，她又怎麼可能看得上他呢？但是他們之間的那種氣氛還是讓他心裡怪不是滋味的，所以帶了幾分故意地打斷了他們。

拾娘輕輕地瞟了董禎毅一眼，對他的心思略有所感，她沒有繼續和林永星鬥嘴，而是看著林永星道：「聽說你們比三場，怎麼比，說清楚了嗎？」

「說是比三場，其實真正算下來只有兩場，一場考學識，我出十道題給他作答，而他也出十道題讓我作答，所出題目不限，經史子集均可，所有的回答均書寫出來，順便也比一比誰的字更好看了。一場考策論，命題是考題中的一道，哪一道卻要等到第一場比試出來之後才知道，說不定就是答不上來的那一道。」說到比試，林永星便收住了嘻笑的模樣，帶了幾分慎重，道：「谷開齊是今年的新科進士，我估計我是輸定了。」

「輸了正常，平局那是意外之喜，而如果能夠略勝一籌的話，那才是意外。」拾娘見不得他沒出息的樣子，道：「他是新科進士又如何？你想想，你今年十六，而他已經二十了，比你年長四歲，你雖然會試失利，但是他四年之前未必就能過了會試，要不然的話，他也不會是今年的新科進士了；換而言之，四年之前的他未必就比你厲害。更何況，谷大少爺自幼在京城耕讀，且不說他的天資如何，但是他所處的環境、他能夠接觸到的人群，還有那些教習他的先生，定然都比你所遇的更強、更優，就算是你們同齡，略遜一籌也在情理之中，更別說他還年長幾歲。我看啊，你根本就不用緊張，就當是一場平常的比試便是。谷家人要看的不是你勝過他，比他厲害，他們想要看的不過是你胸中有多少墨水，你把自己所知所能的表現出來便是了，不要太計較勝負得失。」

「說得好。」拾娘的話剛落，林永星都還沒有表示什麼，便有人大聲喝彩。他們齊齊望過去，拾娘自然是誰都不識，而董禎毅和林永星卻也不認識來人，不過那人身邊的卻是熟人，兩人立刻上前行禮，口稱「谷先生」。

「這位姑娘說得好，今日比試只為以文會友，林兄弟不用太過計較得失勝負。」谷開齊看著拾娘的眼神很是熱烈，這番言語不是一般的女子能夠說得出來的，他上前一鞠，道：「不知姑娘貴姓？」

這算什麼？董禎毅眼睛眯了起來，忽然覺得眼前的人刺眼無比。不過不等他說什麼，拾娘邊盈盈一福，回了一禮，道：「小婦人娘家姓莫，谷大少爺可以稱小婦人董莫氏。」

董莫氏？她已經嫁為人婦了？谷開齊眼中閃過一絲失望，而他身旁的谷傾梓則了然地道：「禎毅，她便是你的新婚妻子莫氏了吧？看來是個有見識，秀外慧中的姑娘。」
「先生讚譽了。」董禎毅微微一笑，嘴上謙虛，臉上卻浮起與有榮焉的神色……

第一百二十三章

林永星這個人說得好聽一些，那是生性灑脫，說得不好聽一點則是有些光棍（注）氣質，他最信服的人中拾娘當數第一，拾娘都說輸了是理所當然，和了是意外之喜，他也就像年初前往京城赴考一樣，放開了手腳，不在乎結果的和谷開齊比上了，這一比卻比出了一個意外的平局來。

在未比之前，沒有一個人看好林永星，哪怕是對林永星頗有些中意的谷傾梓也一樣；畢竟谷開齊不管是學識，年紀還有經歷都比林永星強了不止一星半點兒，谷傾梓只希望林永星不要輸得太難看，讓他能夠以此為憑，和家人再好好談一談林家上門求親的事情。

但是，誰都沒有想到的是，林永星居然能夠和谷開齊比了個平局：比學識的那一局，谷開齊所列出十道題，林永星只答了八道，並且都答對了，但是林永星列出的題目，谷開齊卻只答對了七道，其中有一道還是蒙上的——誰都不知道，董禎毅家兩口子躲在背後笑得滿臉詭異。林永星出的那十道題之中，倒有一半是他們兩個絞盡腦汁想出來的，尤其是拾娘想出的那兩道，董禎毅看了都傻眼，翻遍了書都沒有找到正確答案，谷開齊又怎麼可能在短短的半個時辰之內答對呢？

注：光棍，意指勇敢又有膽識的人。

策論一局，谷開齊比林永星要更高明一些，自然是輕鬆勝出。而兩人的字，谷開齊是一手樸拙舒暢的魏碑，林永星則是一手酣暢醇厚的飛白，如果嚴格計較起來的話，林永星要稍微遜色一些，但是因為拾娘之前的那番話，評判們不約而同地視他們的年紀做了更中肯的評價，定成了和局。

這樣下來，一勝一負一和，兩人便打成了平手。

「不錯，真不錯。」谷傾梓滿臉都是笑容，對這樣的結果他是最滿意不過的了。他笑呵呵地看著林永星，怎麼看怎麼順眼。

「僥倖、僥倖。」林永星臉上帶了幾分不好意思，直言不諱地道：「如果不是學生找了幫手，為學生出了幾個刁鑽古怪的題目的話，學生必輸無疑。」

「能請幫手那也是你的本事，我啊，輸得是心服口服。」谷開齊倒也不是什麼小心眼的人，林永星的坦誠只讓他對林永星更多了些好感。他呵呵笑著道：「只是，不知道林兄弟能否將那三道我不知道該怎麼回答的題目的答案告訴我？」

「這個……」林永星臉上的笑容更不好意思了，訕笑道：「我也不知道答案。」

噗！林永星的話讓等著他解惑的人都噴笑出來，谷開齊更是哭笑不得地看著林永星，然後將求助的眼光轉向谷傾梓，想看看他能否為自己解惑。

「別看我，我也想不出應該怎樣作答。」谷傾梓一攤手，表示自己也被難倒了，然後也好奇地問道：「這些問題是誰幫你出的？」

「董禎毅。」林永星毫不猶豫地就把董禎毅給賣了，然後還將站在一旁，努力將自己當成路人的董禎毅拉了過來，帶了自豪地道：「除了禎毅之外，還有誰能出那種讓大家都為難的問題呢？」

這倒也是。林永星的話沒有人反駁，在場的都是在望遠學堂讀了好幾年書的，對董禎毅都比較瞭解，對他也比較服氣，都覺得這話是理所當然的。一旁的谷開齊則深深地看著董禎毅，笑著拱手道：「回來這段時間，總聽二叔提起董兄弟，說董兄弟是望遠城最近幾年來最得意的學子，今日真是受教了。」

「谷先生謬讚，禎毅愧不敢當。」董禎毅笑著拱手還禮，雖然對谷開齊有那麼一絲不悅，卻很欣賞他的坦然，神色間自然也帶了幾分親近。

「你們都是年輕人，相互交個朋友，經常在一起說說聊聊、相互促進，對你們都好。」谷傾梓笑呵呵的。今天除了讓谷開齊和林永星比試之外，他還負有另外一個任務，那就是將望遠學堂的學子，尤其是那種有潛力的介紹給谷開齊認識。

谷傾梓這麼一說，谷開齊順勢笑道：「二叔說的不錯，開齊自幼甚少回來，望遠城的學子那是一個都不認識，乘著今天這個機會，正好和大家認識認識，親近親近。這樣吧，今日由在下作東，請各位到博雅茶樓坐坐，還請各位賞臉。」

谷開齊的態度很誠懇，他是谷家長子，又是新科進士，望遠學堂這些正在苦熬，還不知道三年後能不能像他一樣風光地進士及第的學子自然是紛紛回應。他們也知道，谷開齊此舉是想要為自己積累人脈，但是這是件互惠互利的事，他們又何嘗不想認識一個走在自己前面的同鄉呢？

不過，董禎毅卻沒有應允，帶了幾分歉意地道：「小弟還要送內子回去，今日就不和大家相聚了，等改日有空，換小弟請大家喝茶。」

博雅茶樓是望遠城很有名的地方，說是茶樓，不如說是茶肆更為恰當，是一處幽靜的院子改造而成的，茶好，環境好，氣氛也好，去的大多是讀書人，董禎毅也去過幾次。那裡的消費在望遠城也是有名地貴，三、五個人小坐一個下午少不得一、二兩銀子，這麼一群人去，少說也要三、五十兩，要是換在以前的話，董禎毅縱是不去也不會說這樣的話；但是現在，別說胭脂鋪子每個月能賺上千兩銀子，就算是點心鋪子，在許進動的精心經營下，一個月也少不得一百五十兩銀子，他自然也就大方起來了。

「禎毅說的沒錯，但是谷兄的盛情也不能辜負，要不這樣，今日身邊帶了女眷的，先照顧女眷，沒有帶女眷的去博雅喝茶談天，怎麼樣？」林永星平時都會站在董禎毅這一邊，更不用說今天還有拾娘在了，更是堅定不移地為董禎毅說話。

「有女眷也無妨。」谷開齊可不願意錯過今天這樣的機會，做事要趁熱打鐵，和人交往也得趁熱，要不然的話，想要拉近距離可不容易。他笑呵呵道：「正好舍妹今日無事，我這就讓人回去把她也叫上，我作東招呼各位，而在場的女眷就由舍妹招待，正好讓她們也相互認識一下，以後也能常來往。」

「令妹？」有人笑問道：「不知道可是排行第四的那位谷姑娘？」

今日的比試雖然沒有大肆宣揚，但是原因是什麼大家都心照不宣，不就是林家為林永星向谷家求親鬧出來的事情嗎？現在兩人打成了平手，谷家於情於理都應該慎重對待林家求親的事情，那麼既然要請女眷們一同到博雅飲茶，谷四姑娘是不是也該露一下面呢？

那人的話音一落，便立刻有人起鬨。今日來的都是望遠學堂的學子，年長的不過和董禎毅一般十六、七歲，年幼的只有十三、四歲，雖然都是讀書讀得一副少年老成的樣子，但終究還是脫不開少年心性，有人起了頭，自然也就鼓譟起來。

谷開齊臉上帶了些尷尬之色。他口中的舍妹指的是他的胞妹，谷家三姑娘，而不是谷家四姑娘，畢竟這一場比試的由頭和四姑娘有關係，要是把四姑娘叫出來的話，難免會有人拿她打趣，臉嫩的四姑娘哪能受得了這個？

「咳咳！」谷傾梓重重地咳嗽了兩聲，那些跟著起鬨的這才想起來谷家四姑娘的爹還在這裡，一下子安靜下來不說，臉上也都帶了些不自在。那個發話的小子更是如此，一副想要找地方溜的樣子。不過谷傾梓卻沒有為難他們，見他們都老實起來之後，便笑了起來，道：「開齊，讓人把你四妹妹也一併叫出來玩耍吧，免得在家裡給悶壞了。」

谷傾梓的話一落，剛剛還噤若寒蟬的學子們就嘩的一聲笑了起來，洋溢著一種難言的生氣和快樂，讓一直在暗中觀察的拾娘暗自點頭——這個人看起來不錯，在學子中頗有威望又不是那種古板之人，他的女兒就算差了些，也不會太離譜，真希望這樁婚事能成。

正想著，卻聽到董禎毅的聲音在耳邊響起：「拾娘，妳說我們是去博雅一起湊湊熱鬧，還是回家？」

拾娘抬眼，看到的是董禎毅很自然的關切。她知道董禎毅為什麼會這樣問，自己曾經是林永星的丫鬟的事情雖然不見得人盡皆知，但也不會是什麼秘密，如果遇上一個對董禎毅芳心暗許的，說不定還會刻意提這件事情，打趣自己一二。她輕輕一笑道：「我不想去，不過你不用管我，和他們一道去吧。可不能讓人說你恃才傲物，不通情理。」

「不用管那些，只看顧自己高興就好。」董禎毅也不管是在大庭廣眾之下，也不管有沒有人看著，伸手握住拾娘的手。這是他第二次握住拾娘的手，也是他第一次主動牽拾娘的手，很直接地道：「對我來說，妳的感受比旁的都重要得多。」

第一百二十四章

「怎麼到現在才回來？」

聽到門口傳來聲響，拾娘起身迎了上去，很自然地嗔了一聲。

拾娘最終還是沒有去。她跟著董禎毅出門已經讓董夫人黑了臉，要是再去博雅樓的話，還不知道她會暴跳成什麼樣子。雖然她不擔心董大人發火，但多一事不如少一事，便沒有跟去。但她還是勸著董禎毅過去。不管怎麼說，谷開齊是今年的新科進士，就算不求他照應什麼，和他交好也不是一件壞事。

「是有些晚了。」董禎毅笑得有些憨憨的，和平日裡大是不同，臉上也泛起一股和平日不一樣的紅潤，讓一向溫文儒雅卻又有幾分古板的他平添了一絲可愛的感覺。

「你喝酒了？」拾娘皺皺眉。董禎毅一張嘴說話，就有一股淡淡的酒氣撲鼻而來，顯然一向不飲酒，酒量也奇差的他喝酒了。

「就喝了幾杯。」董禎毅的笑容還是那麼憨狀可掬。他笑呵呵道：「我們從博雅喝茶出來的時候已經不早了，但是談得還不盡興，永星便拉著我們幾個去了酒樓，一邊吃飯一邊聊，然後隨意喝了兩杯。拾娘，妳放心，他們都知道我酒量不好，沒有灌酒。」

酒量不好？他豈止是酒量不好。拾娘狠狠地瞪了他一眼。董禎毅的酒量她沒有見識過，卻聽董禎誠說過，說他是有名的三杯倒，從小到大喝酒喝得最多的就是他們成親的那天晚上，整整喝了九杯，而那還是因為事先喝了醒酒湯，要不然的話，可能還沒有進洞房便醉倒了。

「真的不多，要不然的話我哪裡還能回得來？」董禎毅說話還算清醒，但是臉上的傻笑卻讓拾娘嘆氣，也顧不得和他保持距離了，扶著他坐到床上，又拿了迎枕讓他側靠著，然後一迭聲地叫綠盈端熱水進來，親自動手給他洗臉、洗腳。董禎毅可能確實是喝得有點暈了，由著她擺弄。

為他洗好臉腳，拾娘微微猶豫了一下，便在綠盈的幫助下給他除了外衣，扶著他躺下，還不等她有其他的動作，董禎毅便傻笑著抓住拾娘的手，笑嘻嘻道：「拾娘，妳真好。」

「好了，你喝醉了，乖乖睡覺。」拾娘看著和平日不大一樣的董禎毅，有些無奈，只能像哄孩子一般地哄著他。綠盈見狀，立刻偷笑著下去了。

「我沒醉，我真的沒醉。」喝醉的人一般都會說自己很清醒，董禎毅也不例外。他收住笑容，滿臉認真地道：「拾娘，我的酒量沒那麼差，我還是能喝酒的，要是妳不信的話，我可以起來給妳畫幅畫或者寫幅字。」

畫畫？寫字？能不能抓緊筆都不知道呢！拾娘翻了一個白眼，才不相信董禎毅的話。他現在的狀態，恐怕連起來都成問題。

「妳不信？我起來寫給妳看。」或許是喝多了，醉意上頭，董禎毅有了一絲平日見不到的孩子氣和固執，甩開拾娘的手就坐了起來，執拗得像個孩子一般。

「我信、我信。」拾娘根本無法冷下臉面對眼前看起來很孩子氣的董禎毅，只好好聲好氣地哄著他，道：「可是現在已經晚了，該休息了，我們明天再寫字畫畫，好不？」

「嗯，我聽拾娘的。」董禎毅孩子般重重地點點頭，然後放鬆地往後倒，卻因為沒有掌握好方向和力道，砰的一聲撞到了床頭，還不等拾娘反應過來，便捂著頭，帶了十二分委屈地叫道：「好疼啊……」

「我看看。」拾娘心裡又是好氣又是好笑，帶了七分關心和一分她自己都沒有察覺的心疼，扒開董禎毅的頭髮看了看，沒見有什麼紅腫的地方，想來聲音雖大，實際上撞得卻不怎麼重。但是看著董禎毅滿臉的委屈，她不由自主為他吹了幾口氣，然後一邊輕輕地揉著，一邊道：「揉揉就不疼了，你快點睡吧。」

「拾娘，妳真好。」董禎毅看著臉色溫柔的拾娘，不由自主又說了一句，然後在拾娘反應過來之前，又坐起了身，將拾娘摟進懷裡，在拾娘錯愕的眼神中，在她臉頰上邊親了一下，然後摟緊呆住的拾娘，下巴在她頭上蹭了蹭，往床上一躺，閉上眼，沈沈睡去。

「喂，你……」拾娘好一會兒才反應過來，輕輕地一掙，董禎毅抱著她的手便鬆開了。拾娘坐起身，看著他帶著甜蜜幸福微笑的臉，聽著他均勻的呼吸聲，拾娘叫了一聲，卻又住了嘴，輕輕地搖搖頭，嘆了一口氣，終究不忍心吵醒看起來一臉孩子氣的他；起身放了帳子，然後從衣櫃中拿出平日裡打地鋪的鋪蓋，為自己鋪了地鋪，但是她輾轉反側，怎麼都睡不著了。

帳子裡，聽著拾娘翻來覆去發出來的聲響，呼吸均勻、酒醉熟睡的董禎毅卻睜開了眼睛，眼神清明，半點醉意都沒有。他輕輕地側了身，將頭靠近了帳子，透過帳子看過去，隱約能夠看到拾娘躺在地上的身影，也能夠看到她翻來覆去的樣子，心裡頗有些心疼和過意不去，卻還是硬著心沒有發出聲響，就那麼一直看著拾娘輾轉反側，而後趨於平靜，沈沈睡去。

要說酒量，董禎毅其實並不差，甚至還能說得上酒量好，只是可能體質的原因，他一喝酒臉便紅，稍微多喝兩杯，卻是連脖子和手都會紅，故而他人一看就以為他的酒量不好。而董禎毅素來對酒沒有什麼好感，總是覺得酒這東西喝多了不但傷身還會誤事，所以對那樣的誤解不但從來不辯解，還有意無意地誤導別人，讓人以為他真的酒量不好，既避免了和人拚酒，也為自己多留了一個底牌。

而今天這番裝醉卻並非故意，一開始是為了不讓酒興上來的林永星灌酒——不得不說的是，谷開齊確實是個人物，交際的手段不是一般地高明，加上他新科進士、谷家大少爺的身分，淵博的知識……在博雅談笑一個下午之後，便和到場的每一個人熟稔起來，和林永星更有些不打不相識的意思；等喝完茶，準備散場的時候，他和林永星已經開始稱兄道弟了。所以，茶肆那邊一散場，林永星便不管不顧地拉著他邀約谷開齊到林家的酒樓用晚飯，而谷開齊對林永星有意親近，對董禎毅則多了幾分拉攏，自然不會推辭，董禎毅只能陪著他們過去了。

飯桌上，他們沒有繼續下午的話題，一個下午都在談古論今、談詩論詞，雖然他們肚中都頗有些墨水，但談了一個下午，也有些膩味了，便漫無邊際地聊了起來，而不知怎地，就說起了各自的婚事。

說起來這三個人中，也只有董禎毅成了親。和林永星一樣，谷開齊的婚事也是在他殿試的結果出來之後，谷大夫人才開始為他張羅的，現在還沒有結果，不過，以谷開齊對谷大夫人的瞭解，她極有可能為兒子找一個大家族出身的姑娘為妻。她有一種根深蒂固的思想，認為姑娘家的教養和家世傳承有極大的關係，她寧可選那種大家族的旁支嫡出姑娘，也不會選那種看起來風光，卻沒有家族底蘊人家出身的姑娘。用她的話來說，那樣的姑娘做不到寵辱不驚，不是賢妻。

說到那裡，谷開齊還看著董禎毅，道：「弟妹今日倒是頗讓我有些吃驚，她的言行舉止一看就出身大家，能夠娶到這樣的妻子，還真是你的福氣。」

「我也是這麼認為的。」董禎毅點點頭。拾娘教訓林永星的那番話頗讓谷開齊感到驚豔，他也是看在眼裡的，說這話的時候，心裡還是有些不舒服的，他並不樂意不相干的人談起拾娘。

而一旁的林永星是深知董禎毅的心思的，立刻岔開了話，開始頻頻敬酒。剛開始的時候，還記著董禎毅一貫不喜飲酒的事情，多了幾杯之後，也就忘了這件事情，拉著兩人陪他喝。董禎毅尚好，喝了三、五杯之後，他便裝出了一副不勝酒力的樣子，而谷開齊卻是個不服輸的，一頓飯下來，還真的是被林永星灌了不少，離開林家酒樓的時候，眼神都混濁了起來。

董禎毅本來喝得不多，回到家之後，酒氣基本上也散得差不多了，但是被拾娘那麼關心地嗔怪了兩句，忽然捨不得清醒過來了，乾脆順勢裝醉，想看看自己醉了之後，拾娘會不會不再那麼冷淡和疏遠，對自己好一些。

只是，裝醉也是項技術活，從來沒有醉酒經驗，也不想像某些人借酒裝瘋，他便只能裝起傻來，傻傻笑著任由拾娘擺弄。而拾娘對他的溫柔讓他心醉的同時，膽子也大了幾分，這才借著酒壯膽，將拾娘抱在懷裡親了兩下。

董禎毅從來沒有和任何女子親近過，更遑論是親吻了，他只覺得一向冷硬的拾娘的臉是那般香滑細潤，讓他的心都顫了起來；但是親了之後，他卻又有些退縮了——要是拾娘生氣他的唐突該怎麼辦？無措的他乾脆裝到底，裝睡過去。

但拾娘的反應讓他知道，為那個淡淡的親吻而不平靜的不只是他一個人，他很想靠拾娘更近一些，但是他更清楚不能心急，要不然的話只會適得其反。所以，他只能透過帳子，看著拾娘朦朧的身影，什麼都不做，就那麼看著，直到倦意湧上，沈沈睡去……

第一百二十五章

「我昨晚喝多了沒做什麼失態的事情吧？」董禎毅洗漱過後，故意很隨意地問了一聲。拾娘早早就起來了，她的臉上雖然一直帶著微笑，但是董禎毅還是能夠感受到她的心情和平日不大一樣。

「你昨晚喝醉了。」拾娘努力讓自己的語氣聽起來淡淡的，但是眼睛卻一眨不眨地看著董禎毅，問道：「你怎麼和他們去喝酒了，昨天談得很盡興嗎？」

董禎毅知道拾娘的眼睛盯在自己身上，他不敢和拾娘的眼神對上，擔心拾娘看到自己的心虛，力持平靜地道：「談得是很盡興，谷開齊不愧是今年的新科進士，他的學識、見識都是極好的。」

「是嗎？」拾娘看著董禎毅，淺笑著問道：「那麼你覺得和你相比起來又如何呢？」

雖然和董禎毅相處的時間不算很長，董禎毅也從來都是一副謙和的樣子，但是這個男人骨子裡的傲氣，拾娘卻很清楚，也知道董禎毅一直以來那般努力，絕對不是只為了金榜題名那麼簡單，他有更高的抱負和追求。

「他的見識廣博，比我強多了，昨日和他一番長談，獲益匪淺。」董禎毅中肯地道。論學識，谷開齊比林永星自然是高了不止一星半點兒的，但比董禎毅卻還是有所不及的，只是差距也不算很大；但是論見識，卻比董禎毅強了許多，董禎毅跟隨董夫人回到望遠城之後，就沒有出過遠門，自然比不得打小在京城生活，成年之後還出門遊學的谷開齊。

「他長你四歲，成長的環境又不一樣，比你見識廣博也是理所當然的。不過，你確實也該四處走走了，讀萬卷書行萬里路，書你讀得倒是已經很多了，但這路走得卻是不夠。」拾娘很中肯地道。論見識，或許董禎毅還比不上拾娘自己，那些她不想回首的歲月中，她吃了不少苦，受了不少罪，見多了人間冷暖苦楚，但同樣的，也比一般的人更多了些閱歷。莫夫子當年曾經說過，等她老了之後，說不定最愛回味的便是那些艱苦的歲月。

「我也是這麼想的。」董禎毅點點頭，微笑道：「現在正是酷暑難耐的時節，等天氣漸涼之後，我想出門走一走，不走遠，就在望遠城周邊的縣鎮走走看看，或許能讓我有不一樣的感悟。到時候帶上禎誠一起，他和我一樣，都極少出遠門，也該讓他到處走走看看了。」

「這個想法不錯。」拾娘點點頭。

他能有這樣的想法很好，對他會有不小的益處。她笑著道：「望遠城雖然不算頂大、頂好的地界，但是這附近倒也有不少的好去處，看山、看水、訪先賢故里都可以，出去走走也不錯。」

「我就知道妳會支持我。」

拾娘的話讓董禎毅心頭湧起一股知己的感覺。要是董夫人的話一定會反對，在她看來，讀書就是在學堂和家中努力耕讀，不該將時間浪費在別的事情上；但是她根本不明白，出門走一走，能夠給人意想不到的感悟。他忘其所以地上前一步，握住拾娘的手，道：「妳是真正理解我的人。」

拾娘臉一紅，想都不想就把手抽了回來，支吾著道：「我不是理解你，我是明白學識和見識相輔相成，缺一不可的道理。」

看著臉紅的拾娘，董禎毅笑了。拾娘在面對自己的時候，越來越有她這個年紀的女子該有的樣子了，這是不是證明她已經開始放下心防，慢慢地接受自己呢？

「笑什麼？」董禎毅的笑容落在拾娘眼中分外刺眼，她沒有好氣地瞪了他一眼，頗有些惱羞成怒的樣子。

「沒笑什麼。」董禎毅不敢真的把拾娘惹惱了，他收住笑容，道：「我只是發現自己越來越喜歡妳，越來越慶幸自己沒有錯過妳了，要不然的話想找一個像妳這麼理解我、支持我的妻子，真的是太難了。」

拾娘不想和他爭論這個問題，不僅僅是因為這個問題他們已經談了不止一次，多說無用，還有她已經不再那麼排斥董禎毅說這樣的話了。正如他所說的，不管自己有多麼地排斥，但是在世人眼中他們都已經是夫妻了，她是應該試著給彼此一個機會接受他，而不是一味排斥。她換了一個話題，問道：「那麼谷開齊的學識呢？你覺得你應該是略勝一籌還是比他強得多？」

「學識上我比他更強，至於強多少，還不好說。」董禎毅沒有謙虛但也沒有張狂，他看著拾娘道：「谷開齊會試排名第一百二十二名，名次也算是靠前的，他自己也坦言，他的發揮算很不錯，比他預想的還要好一些。」

「也就是說，若不是因為吳懷宇暗算的話，你今年高中應該是穩穩當當的了。」拾娘看著董禎毅，直接問道：「你心裡現在是更恨吳懷宇了呢？還是覺得他鬧這麼一齣出來，對你而言未必是壞事了？」

「我對他的憤恨不減，卻覺得錯過了去年的鄉試，及今年的會試並不見得是壞事。」董禎毅微微笑著。他就說拾娘是最瞭解他的，換了任何人，哪怕是董夫人或者董禎誠都不會說出拾娘的這番話。他們一定會認為自己心裡滿是怨恨，恨吳懷宇讓自己耽誤了，要不然的話自己就和谷開齊一樣，也是新科進士了。

「你對自己進三甲沒有信心？」拾娘語調微微上揚。董禎毅的學識拾娘倒真的是覺得很不錯，起碼比她是好得多得多，但是她從來不覺得自己的學識有多好，只能說跟著莫夫子學了個皮毛，不會輕易被人難倒。而董禎毅呢，他在和自己討論的時候，眼睛一亮、茅塞頓開的事情是經常發生的，這說明他雖然比自己更強，卻也有很多地方是比不上自己，或者說是遠遠地比不上莫夫子的，這樣的他中進士沒問題，但是進三甲卻頗有難度。

「以前是信心十足，而現在……」董禎毅輕輕地搖搖頭，想起谷開齊所說的驚才絕豔的柳倬，還有當今聖上欽點的新科狀元醴陵王世子慕潮陽。谷開齊說，雖然今上欽點慕潮陽為狀元，多多少少是因為更親近的緣故，但這個狀元之命卻也算是實至名歸的，就算他不是醴陵王世子，進前三甲那是絕無意外的。

當然，谷開齊對董禎毅也是相當推崇的，直言要是董禎毅沒有錯過鄉試、會試的話，前三甲雖然無緣，但是名次也絕對不會差，起碼也會在百名之內，肯定比他是好得多了。谷開齊的這番話對董禎毅頗有些警示，他一直以來都以為自己的才華不比董志清當年差，卻忘了董志清雖然是狀元，但並非是大楚有史以來最耀眼的那個狀元。

「現在怎樣？」

拾娘笑意盈盈地看著他，眼中帶著讓董禎毅搖頭的戲謔，顯然已經猜到了董禎毅現在對自己的認識已經不一樣了。

「現在我更需要把握這陰差陽錯得來的兩、三年時間，努力進學，爭取不要被人比下去，更不要成為那個最名不副實的新科狀元。」董禎毅不上她的當，沒有說他信心不足，只說他現在會努力；而董禎毅也相信以自己現有的水平，加上拾娘的幫助，三年後的科考，自己一定會笑到最後。

「最名不副實的新科狀元？」拾娘失笑，問道：「難不成還有最實至名歸的新科狀元嗎？」

「最名不副實的狀元目前有一個，而最實至名歸的狀元也有一個。」董禎毅也笑了起來，道：「戾王矯詔篡位為帝的時候，曾經不顧一切舉行了一次科考，但是天下大亂，別說是會試，就連鄉試都沒有幾個人。就算是這樣，戾王也在京城舉行了會試，參加會試的是京城一百零一個學子，所有人均是當年的貢士和進士，戾王更在其中選了一個新科狀元，而那人是外戚閻氏的子弟，名為閻惟洛。雖然那人據說也極有才華，但是因為參加會試、殿試的人極少，所以他還是被稱為最名不副實的狀元。」

「那最實至名歸的狀元呢？」拾娘頗感興趣地問道。

「比較有趣的就是這點，那位也姓閻，同樣是外戚閻氏的子弟，是閻貴妃的姪子，戾王的表兄閻旻烯。他被稱為一代鬼才，據說天文地理無所不通，他的光彩將那些與他同科的人比到了塵埃之中。可惜的是閻旻烯因為家族的緣故，不得不參與了矯詔篡位，五王之亂後，身首異處。」說到這裡，董禎毅忍不住深深地嘆了一口氣。

閻旻烯？這名字似乎在什麼地方聽過……拾娘再一次皺了皺眉頭，再一次確定自己真的應該到京城去，在那裡，一定能夠接觸到更多讓她感到熟悉的地方和名字，說不定有一天能夠讓她找回被遺忘的過去。

「怎麼了？」這一次，董禎毅沒有錯過拾娘皺眉的樣子，關切地問了一聲。

「我在想一件事。」拾娘看著董禎毅的眼睛，不容他躲閃地問道：「你和他們說了些什麼似乎記得很清楚，那麼你是什麼時候喝醉酒的？」

「這個……」拾娘的話讓卸下心防的董禎毅心虛地移開了眼，吶吶道：「喝著喝著，酒喝多了，哪裡還記得啊。」

「董禎毅，你昨晚裝醉！」

見了董禎毅的表情，拾娘哪裡還不明白昨晚有人借酒裝醉，故意占自己的便宜。她又羞又惱，想都不想就衝上去撲打董禎毅；而董禎毅本能地一閃之後，卻又站穩了，伸著手將她攬進懷裡由她打自己出氣，那姿態是說不出的親密……

第一百二十六章

「聽說你昨晚喝醉了？不是說去喝茶的嗎，怎麼變成喝酒了？你本來就不怎麼會喝酒，怎麼還湊這樣的熱鬧？」董夫人看著和平時一樣精神的董禎毅，滿臉關心，不等董禎毅回答又轉向拾娘，臉上的關心一掃而空，取而代之的是淡淡的不滿，帶了些責怪地道：「妳也真是的，昨兒和毅兒一起出的門，卻把他丟下自己回來了，有妳這樣當妻子的嗎？」

「娘，是我讓拾娘先回來的，我們一群男人聚會，帶著她不方便。」董禎毅皺眉，為拾娘辯解道。

董禎毅的回護讓董夫人心裡更不舒服了，卻也沒有再說拾娘的不是，而是又對董禎毅道：「你一向都不喝酒的，喝多了怎麼不多睡一會兒？今天休沐，不用這麼早起來。」

「我只不過隨意喝了兩杯，娘不用擔心。」董禎毅心裡嘆氣。他知道董夫人是關心他的，但是她這態度未免差得也太多了，真要是為他著想的話，她對拾娘好一些就好。

「還說沒喝醉，馨月說你回房的時候走都走不穩了，她卻連醒酒湯都沒有讓人給你準備，一點都不知道體貼照顧人。」董夫人說著說著又不滿起來。

馨月？拾娘的眼神一閃。看來那丫頭到現在都還沒有明白過來，真正掌握她命運的不是董夫人，而是自己，還敢大著膽子在背後搞些小動作，真以為自己不能把她怎麼辦嗎？

「娘，我很好，拾娘照顧得也很好，您不用擔心，更不要聽那些嘴碎的丫鬟胡說一氣。」董禎毅也惱了，他知道拾娘對馨月是看不上眼的，覺得她做事不夠麻利，么蛾子還不少，卻念在她在自己身邊多年的情分上，還是善待了她，沒有想到她卻在背後告黑狀，既然這樣，那麼他也不想把她留下來了。想到這裡，他直接對董夫人道：「娘，馨月這丫頭在我身邊還真的是用不上，娘要是覺得喜歡的話，就讓她去您身邊伺候吧！」

董禎毅的話讓拾娘和董夫人都有些意外。拾娘是沒有想到董禎毅對馨月是一點都不留情，她一直沒有動馨月，就是因為不想為這麼一個無足輕重的人和董禎毅有什麼芥蒂；而董夫人則是沒有想到董禎毅會用這樣的方式表達他不希望自己干涉他的生活，眼圈微微一紅，道：「毅兒，你是不是不想讓娘管太多了？」

「娘，兒子已經長大，已經成家了，娘不用把兒子當成小孩子一樣，不管鉅細靡遺都要過問了。」董禎毅笑笑，沒有否認董夫人的猜測。

「好吧，我知道你是個有主見的，馨月那丫頭你們覺得不好，但我倒覺得是個貼心伶俐的，讓她來我身邊伺候也好。」董夫人心裡惱怒，卻又有了別的算計，便順勢將馨月要了過去——兒子都表態了，要是還讓她留在兒子身邊的話，不出半個月，她一定會被拾娘給打發出去的。

拾娘對此不置可否。這樣也好，至少眼不見，心不煩。

這件事情算是到此為止了，董夫人有些氣悶，不想再多說一句話，飯桌上一下子就安靜下來。好一會兒之後，董瑤琳輕輕地咳了一聲，看眾人的眼光都看著她，才帶了笑容，道：「大嫂，我有件事情想要和妳說。」

拾娘微微一愣，自打她進了董家，還是第一次聽到董瑤琳用這種語氣和她講話，她忍不住看了看身邊的董禎毅，看到他滿臉的訝異，這才確定自己沒有聽錯。她心裡加強了警惕，臉上卻帶著更自然的微笑，和氣道：「小姑有什麼事情儘管說。」

「那個……」難得地，董瑤琳臉上帶了些不好意思，她微微遲疑了一下，笑著道：「大嫂，娘給了我一罐玉女桃花粉，被我用完了，妳能不能再給我一些？」

五月初的時候，拾娘讓黃二江家的多做了兩套胭脂香粉，一套送去林府給了林太太，而另外一套則給了董夫人。那些胭脂香粉並不是都適合林太太和董夫人使用，起碼一半更適合林舒雅和董瑤琳，拾娘給她們分別送了一套，也就是讓她們分一部分給女兒的意思。只是，現在一個月才過去二十多天，她就把一罐子香粉用完了？這速度未免也太快了些吧？

「妳的用完了？」沒等拾娘說話，董夫人就皺起眉頭，問道：「我不是和妳說過了嗎？妳年紀還小，這些東西雖然可以用，但是要少用，怎麼就用完了？」

董瑤琳怎麼都沒有想到拾娘都還沒有說什麼，董夫人就說了一串話，她嘟了嘴，不樂意地道：「反正就是用完了、沒有了，娘，我還想再要。」

董夫人眉頭緊皺，倒不是她小氣，而是像她說的，董瑤琳年紀還小，胭脂香粉之類的用一點無妨，卻不能用多了，不然的話反而對她的皮膚不好。

董夫人沒有開口，拾娘也就沒有開口，而是靜靜等著她發話。董瑤琳是她的寶貝女兒，拾娘可不想做了好事最後反倒落了她的抱怨。

「妳啊……」最終，董夫人還是無可奈何地搖了搖頭，轉過頭問拾娘道：「鋪子裡還有玉女桃花粉嗎？要是有的話，就讓人給瑤琳帶一份回來。」

「鋪子裡倒是已經賣完了，不過自家人用，讓人把為下個月準備的拿一罐過來就是了。」拾娘笑笑，側臉對身旁的綠盈道：「妳現在就去找大管家拿一罐過來給姑娘。」

「是，大少奶奶。」綠盈點點頭，半刻都不耽擱就準備退下。

「等一下。」董瑤琳臉上帶了喜色，顯然沒有想到這件事情比她想像的還要簡單，她歡歡喜喜地道：「給我多拿一罐……唔，還有那個粉紅色的胭脂、玉蘭香的面脂和玫紅色的口脂，一樣拿兩罐過來。」

董瑤琳的得寸進尺，綠盈不敢應諾，她不知道那些胭脂香粉的成本是多少，卻知道這些東西在鋪子裡最便宜的也是十六兩銀子一罐，就這樣還是供不應求，別說這個月早就已經沒貨了，就連下個月的貨也預訂出去了一大半，董瑤琳一下子要這麼八罐，少說也要一百兩銀子，她只能站住，聽候拾娘吩咐。

拾娘倒是沒有將八罐胭脂香粉看在眼裡。這些東西賣得貴，但是成本也不過十三、四兩銀子，就算是剛剛接手董家這個爛攤子的時候，拾娘都不會吝惜這麼一點東西，更不用說現在了，她比較感興趣的是董瑤琳要這麼多的胭脂香粉做什麼。

不過，她依舊沒有忙著開口，而是等董夫人說話。

沒有意外，董夫人也皺著眉頭看著董瑤琳，不悅地道：「妳要這麼多的胭脂香粉做什麼？」

董夫人現在完全不相信董瑤琳說的用完了的鬼話，她每天做些什麼都在董夫人的眼皮子底下，雖然她每天都有上妝，但並不濃豔，她上次給她的那些胭脂、口脂起碼夠她用大半年還有剩，怎麼可能不到一個月就用完了？

「娘——」董瑤琳嬌嗔地叫了一聲，董夫人的不悅她是一點都沒有放在眼中，據一貫的經驗，董夫人從來都是寵著她的，別說是這麼幾罐胭脂，就算是她要天上的星星，董夫人也會給她摘下來。

「叫我也沒用，不說清楚這東西不能給妳。」董夫人難得嚴肅一次。她寵愛女兒沒錯，但是她更不能容忍女兒不聽她的話胡來。

「您真是的。」董瑤琳嘟著嘴，但是看著董夫人難得嚴肅的樣子，只能悻悻地道：「我看儷娘和思月都很喜歡這些胭脂香粉，就答應給她們一人一份。娘，她們雖然是丫鬟，和我卻是親姊妹一般，就這麼幾罐胭脂，您就別嘮叨了，讓綠盈去拿吧！」

給丫鬟？她還真敢。拾娘垂下眼瞼，什麼都不說，什麼都不管。要是董瑤琳自己要用，這麼幾罐胭脂香粉還真不值得和她起什麼矛盾；但她要這些東西是為了給她親如姊妹的丫鬟就不一樣了，這些東西的價值可以忽視，可要是讓人知道董家的丫鬟都用這些東西，那不是砸牌子嗎？別說是花那麼多的銀子買，就算是白送，恐怕也沒有幾家的姑娘願意用了。

「妳……妳胡鬧！」董夫人被氣得夠嗆，看著一臉不以為然的董瑤琳，氣道：「妳知道那些胭脂香粉值多少銀子嗎？一罐胭脂夠買像她們這樣的兩個丫鬟了。」

「那麼貴？」董瑤琳向來不管那些事情，就算拾娘曾經在她面前說過，胭脂香粉的成本一罐大概要十餘兩銀子，她也忘到了九霄雲外，被董夫人這麼一說，倒也嚇了一跳，但是想到自己在儷娘和思月面前把話說得滿滿的，她又梗著脖子道：「那是賣給別人，大嫂不是說了嗎，那東西是自家做的，能要多少銀子啊？」

「妳……妳真是被我給寵壞了，一點人間疾苦都不知道。」董夫人終於承認自己把女兒給寵壞了，拾娘進門前，整個家一個月也不過十多兩銀子的開銷，現在她卻拿十多兩銀子的東西給丫鬟，還一拿就是好幾罐。

「娘，我都答應給她們，您就別為難我了。」董瑤琳搖晃著董夫人的手，保證道：「就這麼一次，下不為例。」

「妳……」董夫人雖然氣惱女兒，卻又忍不住心軟了，她轉向拾娘，底氣不足地道：「拾娘，妳看……」

「夫人，如果小姑要這些東西是為了給丫鬟的話，那麼一罐都沒有。」拾娘很堅決地搖搖頭。她敢肯定，要是這一次依了她的話，不是下不為例，而是下不違例。

「妳敢說話不算數！」聽了這話，董瑤琳哪裡還記得自己有求於人，立刻指著拾娘嚷嚷起來。

「不是我說話不算數，而是妳剛剛說了假話。如果是小姑妳要用的話，別說是十罐、八罐，就算是再多我也不會皺一下眉頭，但如果是給她們的話，那就是一罐都沒有。」拾娘更願意看到董瑤琳這副樣子，而不是裝出來的親熱。她看著氣惱的董瑤琳，淡淡地道：「小姑和這兩個丫頭親如姊妹，自然不介意和她們用一樣的東西，但是這些東西可不是做出來自家用的，而是拿去鋪子裡賣的；要是別人家的姑娘知道連董家的丫鬟都用這些東西的話，妳覺得她們會說董家大方，對下人寬厚，還是覺得受了侮辱？」

「可是我已經答應了她們。」雖然嘴上說著親如姊妹，但是董瑤琳也不可能真的把儷娘和思月當成了姊妹，被拾娘這麼一說，也覺得讓她們用和自己一樣的東西有些掉價，但還是死鴨子嘴硬地說了一句。

「妳答應她們是妳寬厚，但是她們沒有阻止，卻是不知道尊卑，沒有認清楚自己的身分，這樣的丫鬟……」拾娘冷笑一聲，沒有說下去，讓她自己去想。

「好了，這件事情到此為止。」董夫人一錘定音。她看著董瑤琳身後的儷娘，冷冷道：「要是再讓我發現妳們攛掇著姑娘不學好的話，我立刻叫人牙子把妳們領走。」

第一百二十七章

「拾娘，我回來了。」董禎毅一臉神秘地拿著一個盒子進了書房。

董家裡裡外外經過拾娘三個月的整頓，基本上都已經安定下來，拾娘不用再整天為那些事情煩心，她又不會女紅，每天大多時間都待在書房看書。

「你怎麼這會兒就回來了？」拾娘抬起頭，奇怪地看著董禎毅。今天不是休沐的日子，他這會兒應該還在學堂的，怎麼就回來了？

「我有東西要給妳，就提前回來了。」一聽拾娘這話，董禎毅就知道她定然忘了今天是什麼日子。他笑笑，將手上的盒子放到書桌上，道：「妳猜猜這裡面是什麼？」

拾娘輕輕挑眉，不明白董禎毅葫蘆裡賣的是什麼藥，看了看盒子的大小，猜測道：「棋子？你前些天不是說家中的那副棋子已經用了好多年，好些都已經破損了，難不成你看到了合意的，所以重新買了一副？」

「不是。」董禎毅搖搖頭，笑道：「妳不是說讓陳掌櫃看著找一副好的棋子嗎？我怎麼可能那麼著急，非要自己跑去買一副呢？重新猜。」

董禎毅口中的陳掌櫃是文具店的掌櫃，也是林家一併給拾娘安排的，每個月會到董府來一趟，將上個月的帳本交給拾娘過目。

「那我就猜不到了。」拾娘搖搖頭。她從來就不是一個識情趣的人，哪有心思和董禎毅玩這種你猜我猜的遊戲，直接道：「這東西是給我的嗎？如果是的話我就拆開看了。」

「是給妳的。」董禎毅無奈地點頭。和拾娘日夜相處，他自然知道拾娘的性情，而對此，他除了淡淡的無奈之外，更多的卻還是憐惜。拾娘沒有她這年紀原該有的嬌俏，顯然是生活的磨難造成的，也不知道沒有遇上莫夫子之前，她吃了多少苦，受了多少罪。

聽了董禎毅這話，拾娘將手上的書放下，打開盒子。裡面是兩個瓷罐，拿起其中的一個打開，卻是一罐壓了梅花樣子的香粉，香粉是淺淺的粉黃色，有一股幽幽的梅花香。拾娘微微一怔，這樣子、香味還有顏色，和她找到的那些胭脂香粉秘方中的一種雪香粉極像，那是幾種秘方中工序最多、最複雜，製作起來成本最高的一種香粉。那方子拾娘看過好幾遍，思來想去之後，沒有將方子拿給黃二江家的。只是，這香粉是從哪裡來的？

心裡有些疑惑，但拾娘手上卻沒有停頓，而是把另外一個瓷罐也打開了。是一罐胭脂，紅得極豔的顏色映襯著拾娘的臉，讓她的臉都泛起淺紅。這胭脂也散發著幽幽梅香，卻和秘方中的一種名為梅豔的胭脂相像。

「這是哪裡來的？」拾娘皺眉，她不認為董禎毅會專門為自己買什麼胭脂香粉，那麼這些東西又是從哪裡來的？難不成是谷開齊從京城帶來的？應該不會啊，一群男人就算相互送什麼禮物，也不至於送胭脂香粉吧？

「我找黃二江家的，讓她指導著做出來的。」董禎毅臉上浮起一絲可疑的紅暈，道：

「那些方子裡有一整套梅香的胭脂香粉，我覺得妳用這個最合適不過，所以就找黃二江家的，請她指點……那個，我原本是想給妳做一整套的，但沒想到做這些東西還真的是不容易，到今天只做出這兩罐來。」

「你有心了。」拾娘見過黃二江家的製作胭脂香粉，知道哪怕是最簡單的香粉製作起來都很費時費工，董禎毅有這個心，還這樣做了，她心裡很是受用，臉上也自然而然地浮現了笑容。

「妳喜歡就好。」拾娘這一句話，讓董禎毅覺得這段時間的努力沒有白費，他歡歡喜喜道：「妳且用著這兩樣，面脂、口脂我再抽時間給妳做，一定給妳做出一整套的來。」

「這兩樣就已經夠了，剩下的我拿方子給黃二江家的，讓她做好了。」拾娘將瓷罐放回盒子，道：「你最要緊的還是讀書，犯不著把時間浪費在這些小事情上。」

「給自己的妻子做一份生辰禮物，算不得浪費時間。」董禎毅笑笑。以後的他不管，但是第一次用的這一套卻一定不能假手他人，這是他的心意。

生辰禮物？拾娘微微一怔，一時間有些反應不過來。

董禎毅笑了，道：「今天是六月初六，是妳的生辰，難不成妳連這個都不記得了嗎？」

原來……拾娘看著眼前的盒子，忽然覺得鼻子酸酸的，她強忍著那種陌生的酸楚感覺，抬眼看董禎毅，道：「今天並不是我的生辰。」

不是？董禎毅愕然地看著拾娘，道：「我們成親的時候不是合過生辰八字嗎？庚帖上寫的妳是庚寅年六月初六卯時一刻出生的，我看得清清楚楚的，難不成寫錯了？」

「沒有寫錯。」拾娘輕輕地搖搖頭，看著一臉霧水的董禎毅，苦澀地道：「還記得嗎，我和你說過，我曾經發了一次高燒，燒了好幾天，病好之後就忘記了所有的事情。」

「記得。」董禎毅點點頭，別的事情他或許會忘記，但是這件事情卻怎麼都不會忘記。他笑笑道：「妳說過的每一句話我都記得。」

「我連自己的父母是什麼人，有沒有兄弟姊妹都不記得了，又怎麼可能記得自己的生辰呢？」

拾娘自嘲地笑笑，道：「這個生辰是爹爹給我定的，我不知道爹爹為什麼會給我定這麼一個生辰，或許是他覺得這個生辰比較好吧？」

原來她的生辰是這麼來的。董禎毅心裡惻然，臉上卻笑得愈發好，他靠近拾娘，將手放在她的肩上，想藉此給她一些安慰，道：「不管是妳生在庚寅年的六月初六，還是岳父給妳定的生辰，反正我們的婚書上寫的是哪一天，我就認哪一天。我們先照這個日子過著，等過三年，我們上京城，找到妳的血緣親人，知道了妳真正的生辰之後，再改過來也不遲。」

「你說，我能有找到他們的一天嗎？」

拾娘輕輕地往後靠了靠，靠在了椅背上，也像靠近董禎毅懷中一般。似乎是從兩個人去了莊子回來之後，又大概是董禎毅借酒裝醉親了拾娘之後，兩人之間不再是那種隔得遠遠的，涇渭分明的樣子，而有了一種淡淡的親昵。

一起散步的時候，董禎毅總會主動牽著拾娘的手，拾娘從一開始反射性地甩開，而後無奈接受董禎毅的堅持，到現在習以為常；一起看書的時候，兩人總會湊在一起談論，說到契合之處相視而笑，說到意見相左的地方，人聲爭執，說到興奮之時，撫掌相擊，累了、倦了的時候，也會靠在董禎毅的肩上休憩一會兒……雖然兩人還沒有夫妻之實，卻像夫妻一樣相處得默契了。

拾娘難得一見的脆弱讓董禎毅心頭的憐惜更甚，他轉到拾娘身前，蹲下去，握住拾娘垂下的手，十分肯定地道：「妳這麼想見他們，一定有見到他們的那一天的。」

拾娘雖然只提過一次，但是董禎毅知道，回京城找尋親人是拾娘心頭的執念；但是相地，拾娘也十分擔心找不到自己的親人，畢竟時隔多年，她又完全不記得過去了，去哪裡找？該怎麼找？都是問題啊。

「是嗎？」

董禎毅說得那麼肯定，拾娘心頭卻是一片迷茫。和董禎毅想的不同，她並不十分擔心回到京城卻無從找起。她輕輕抽回董禎毅握著的手，將手放到胸前，那裡貼身的地方掛著那顆一直隨身帶著的金線菩提子。莫夫子說過，這東西整個大楚都不多，只要到了京城，去一趟白馬寺，就能找到些線索，她擔心的是另外的事情。

「當然。」董禎毅看進拾娘的眼，道：「三年之後，我一定會進京城參加會試，到時候我一定會帶上妳，然後我陪妳一起到所有妳有印象、覺得熟悉的地方找尋，我們一定會找到妳的親人的。」

「萬一他們不認我呢？」拾娘苦笑著問道。她沒有忘記，那個寒冷的冬天，她強撐著虛弱的身體，問花瓊自己身分的時候，花瓊信誓旦旦說自己是她從一個破廟撿回來的，說她自己說了，她是被娘親遺棄的。雖然她不願相信花瓊的話，但是萬一她說的都是真的呢？自己真的是被親人遺棄的呢？畢竟那個年月，被親人遺棄的孩子，尤其是女孩兒太多了，和她曾經一起患難的那些女孩是這樣，青鸞也是這樣，不同的只有被遺棄的方式而已。

「怎麼會呢？」董禎毅的手摸上她的臉，帶著無盡的憐惜，道：「像妳這般聰慧的女兒，應該是被如珠似寶一般地含在嘴裡，和妳分開必然是意外和迫不得已，能夠失而復得也必然是歡天喜地，哪裡會捨得不認妳呢？」

拾娘用臉輕輕地摩挲著他的手，臉上苦澀的意味更深了，道：「萬一呢？萬一真的找不到他們，或者找到了卻不願意和我相認呢？我該怎麼辦？該何去何從？」

「拾娘，妳是我的妻子，不管能不能和親人相認，妳最後都是要回到我身邊，和我一起過日子的。」董禎毅雙手將拾娘的臉固定住，再一次強調道：「不管有沒有找到妳的親人，和妳一輩子在一起的那個人都是我，所以妳不用考慮自己以後該何去何從，有我的地方就是妳的家。」

看著董禎毅認真的神情，拾娘已經軟化的心再一次鬆動了，她擠出一個笑，輕輕地點點頭……

第一百二十八章

「今天是什麼日子啊，弄得這麼豐盛？」看著擺得滿滿的一大桌子菜，還有董禎毅特意讓人買回來的酒，董夫人的眼神閃了閃，笑盈盈地問道。

「娘，今天是拾娘的生辰。」董禎毅笑著先開口，道：「這是兒子特意吩咐廚房做的，想就家裡幾個人熱鬧熱鬧，為拾娘慶祝一番。」

「今天是拾娘的生辰？」董夫人微微一愣。拾娘的生辰八字她當然是見過的，但她從未上心記過，所以，董禎毅的話不但讓她有些意外，更讓她臉上有些訕訕的不好意思。要知道拾娘今年十五，今天是她的生辰，也是她及笄的時候，是一個女子最重要的生辰，董家人於情於理都應該好生為她包辦一番的。

「婚書上寫得很清楚，六月初六，娘應該是事情太多了，忘記了吧。」董禎毅微微嘆氣。董夫人從來不會忘記自己兄妹三人的生辰，每到那一天，哪怕有天大的事情，都會親自下廚煮一碗長壽麵。

「可不是，我這些日子一直忙著教瑤琳規矩，又盯著她學女紅，忙得頭都暈了，連這麼重要的事情都忘記了。」董禎毅都為董夫人打圓場了，董夫人哪裡還會說什麼不好聽的，連忙點頭附和，然後又看著拾娘嗔怪道：「妳也是的，這麼大的事情都悶在心裡，要不是禎毅有心的話，豈不是要錯過了？」

「又不是什麼特別的日子，沒有必要為了我興師動眾的，錯過了也就錯過了。」對著董夫人，拾娘自然不會說今天根本就不是自己的生辰，所以自己也就沒有放在心上的老實話，她只是淡淡地笑笑，想把這話給岔過去。

「什麼叫不是特別的日子？」董夫人嗔怪地白了她一眼，道：「別的生辰倒也罷了，十五歲及笄的生辰哪能馬虎？妳這話要是讓妳爹娘聽了，還不知道會心疼成什麼樣子呢。」

心疼？拾娘心底嘲諷地笑笑。他們在什麼地方都還不知道呢，又何來的心疼？

拾娘臉上奇怪的笑容落在董夫人眼中，讓她忽然憶起拾娘已經沒有親人的事情，她心裡難得地對拾娘生起了一絲憐惜，安慰道：「今天是妳的生辰，別想那些不開心的事情。」

「我會的，謝謝夫人關心。」拾娘點點頭，沒有拒絕董夫人難得一見的關心。事實上，在她和董禎毅相處得越來越好之後，她就有意識地改變了對董夫人的態度。

董夫人笑笑，然後轉頭對身旁伺候的馮嬤嬤道：「妳跑一趟，我梳妝檯上那個蓮花纏枝的盒子裡有一支鑲了珊瑚的點翠金簪，妳把它拿過來。」

馮嬤嬤微微一怔。董夫人是個極喜歡打扮自己的，以前董家家境好的時候，她的頭面首飾裝了滿滿當當的好幾個匣子，但時至今日已經所剩不多了，剩下的不是有特殊意義的，就是董夫人特別喜歡的，而那支鑲了珊瑚的點翠金簪則是前者。

「去吧。」董夫人不知道馮嬤嬤心裡在想些什麼，卻很能理解她的遲疑，她簡單地笑笑，道：「那簪子遲早是要給拾娘的，今天是個好機會。」

「是。」董夫人這麼說了，馮嬤嬤自然不會再遲疑，立刻就去了。她知道那簪子的意義，也希望能夠借這支簪子改變董夫人和拾娘之間的關係。

「娘，是什麼簪子啊？」董瑤琳忍了又忍，還是忍不住問了出來。她是女孩子，天生就喜歡那些精美的首飾，只要有機會，她就會翻看董夫人的首飾盒子，然後將那些東西戴在自己身上。她還記得好幾年之前董夫人就說過，那些東西將來都是留給她的。

「妳沒見過，一會兒見了妳就知道了。」董夫人笑笑，沒有和女兒多解釋。董瑤琳心裡不高興，但這一個月來的教養總算是沒有白費，她還是按住了自己的脾氣，沒有再追問。

很快地，馮嬤嬤就回來了，手上捧了一個小盒子，將盒子放到董夫人面前便又退到了她的身後。董夫人打開盒子，看著裡面的東西微微沈吟了一下，臉上才出現笑容，小心地從裡面拿起一支鑲了紅色珊瑚的點翠金簪，道：「這支金簪是我當年嫁到董家的時候婆婆給我的，說這是董家傳了好幾輩的，從來都是傳媳不傳女。毅兒是長子，這東西給妳最是合適不過，妳戴上試試看。」

不是隨便拿一支出來？拾娘微微一怔，忽然覺得眼前的這支金簪燙手起來，要不要接似乎成了兩難的局面。

「拿著吧！」董禎毅知道拾娘心裡一定很矛盾，他笑著看著拾娘，道：「既然娘都說了，這金簪給妳最合適，那就不會錯了，妳不用擔心二弟會有什麼想法。」

「就是。」董禎誠不是董禎毅，自然不明白拾娘為什麼而猶豫，董禎毅這麼一說，立刻就有了自己的理解，笑呵呵地道：「大嫂，別說我不知道還要過幾年才會成親，就算我現在成了親，妳是長嫂，這東西也應該是留給妳的。」

連董禎誠都這麼說了，拾娘不接著還真的是說不過去了，只能笑笑，站起身，準備等董夫人遞過來就接著，至於接過來之後怎麼處理，那又是以後的事情了。

「我先看看。」董瑤琳沒有見過多少好東西，這金簪又是少有的精緻和名貴，哪裡還忍得住，伸手便想把東西先拿過來看個究竟再說。

「啪！」看著董瑤琳伸過來的手，董夫人不但沒有順勢將金簪遞到她手裡，還打了她的手一下，看著一臉不敢置信和委屈的董瑤琳，道：「這東西是給妳大嫂的，妳大嫂都還沒有看，妳慌什麼慌？這段時間教妳的規矩都忘了嗎？」

董瑤琳心裡惱恨，但是連董夫人都不護著她，別人定然也不會回護，只能悻悻地縮回手，卻又恨恨地瞪了拾娘一眼。

「拾娘，妳坐下，我給妳梳了頭，親自插上。」董夫人也沒有馬上把金簪遞給拾娘，而是將金簪又放回盒子裡，從裡面取出一把黃楊木梳，道：「當年，妳太婆婆也是親手把它插在我的頭上的。」

董夫人的善意來得那麼突然，讓拾娘反而不好拒絕了，她只能順從地坐下，看著董夫人起身，來到自己身後，輕輕為自己把頭上簡單的隨雲髻打散，而後用梳子梳順，再親手給自己綰了一個簡單的單螺，然後才將金簪插上。

「比我當年戴起來還好看。」董夫人的笑容中帶了些追憶的神色。她看著一旁正滿臉微笑地看著拾娘的董禎毅，心裡重重地嘆氣。也罷。反正要和她過一輩子的是毅兒，既然毅兒喜歡，那就由著他吧……

既然不能改變，那就試著接受，這也是董夫人一貫的性格，尤其是她身邊的馮嬤嬤還總是說拾娘的好，說就算為了家宅安寧，不讓董禎毅為了她們倆之間而煩心，也該對拾娘釋出善意。馮嬤嬤的這話說得多了，董夫人多多少少也就聽進去了一些，加上拾娘嫁到董家之後，家中的境況一天比一天好，董夫人原本強烈反對的心思也會慢慢鬆動，也就有了今天讓拾娘和董禎毅都意外的舉動。

「謝謝夫人。」拾娘起身。不管董夫人心裡在想什麼，但她能在這樣的日子裡給自己這麼一份禮物，她除了感謝之外，不應該有別的猜疑。

「好好保管它，等到將來有一天，別忘了把它傳給妳的兒媳婦。」董夫人有些傷感，卻又有些說不出來的如釋重負，輕輕地拍拍拾娘的肩頭，道：「從現在開始，妳該改口跟著毅兒叫吧，別叫夫人了，太生分。」

「是。」拾娘點點頭，覺得嗓子有些乾澀，微微頓了頓，在董夫人的注視下，終究還是叫了出來：「娘……」

「這就對了。」董夫人笑著點點頭，臉上帶了讓拾娘只覺得陌生的慈愛之色。一旁的董禎毅和董禎誠臉上都帶了歡喜，董瑤琳卻覺得這一幕刺眼無比。她死死地捏緊了手，將指甲狠狠地掐進肉裡才沒有跳起來。不過，她還是出聲打斷了這一刻。

「娘，菜都快涼了。」她大聲嘟囔著：「今天的菜這麼豐盛，要是涼了不好吃了那就可惜了。」

董夫人笑著搖搖頭。她知道董瑤琳是什麼心思，卻什麼都沒有說，而是將手上的梳子交給馮嬤嬤，讓她收起來，自己也回坐位坐下，舉起倒滿酒的杯子，笑著道：「我們一起舉杯，祝拾娘生辰快樂。」

一家人不管是滿心歡喜的，還是心有不願的，抑是無可奈何的，都舉起了酒杯，倒也有了幾分和樂融融的感覺。

這才像個家的樣子。看著兩個兒子臉上的歡悅，拾娘臉上恰到好處的微笑，再忽略了董瑤琳臉上的不滿，董夫人心裡忽然有了感嘆。要早知道這樣的話，之前還真不應該鬧那些事情出來，不但沒有為難住拾娘，反倒和兒子生分了許多。

「娘，您吃菜。」董禎毅主動給董夫人挾了她最喜歡吃的菜。董夫人今天的舉動讓他吃驚，更讓他歡喜，有了董夫人的這番表態，他將拾娘留下來的把握更大了。

「好、好。」董夫人點點頭，看看董禎毅，又看看拾娘，忽然道：「娘現在除了希望你們兄弟能夠出人頭地之外，最盼望的就是早點抱孫子了。毅兒，你們可不能讓娘失望啊！」

這個……董禎毅和拾娘面面相覷，都不知道應該怎麼回答董夫人的這個問題。

第一百二十九章

「娘，您怎麼把那麼好的東西給了她？」董瑤琳靠在董夫人懷裡，還為董夫人將金簪給了拾娘而忿忿不平。

「瑤琳，娘和妳說過多少次了，妳是董家的姑娘，眼皮子不要那麼淺。」董夫人輕輕斥責了一聲，卻又嘆氣道：「不過這也怪不得妳，都說女兒要嬌養，可家裡這些年的境況卻偏偏……妳就沒有見過幾樣真正的好東西。」

「可不是。」知道董夫人心中憐惜自己，董瑤琳立刻不失時機地撒嬌，然後道：「娘，我看今天您給大嫂的那支金簪可比您首飾盒裡的那些首飾漂亮多了，尤其是那藍色的光彩，真的是很閃耀、很炫目啊，那就是您以前和我提過的點翠了嗎？」

說實話，那支金簪是不錯，但也沒有多稀罕，也就是沒有見過幾樣好東西的董瑤琳喜歡，要是換了打小就不缺好東西的林舒雅，不嫌那金簪的款式老，顏色什麼的也都不鮮活的就算是厚道了。

「嗯。」董夫人點點頭，道：「點翠是用翡翠鳥的羽毛鑲嵌而製的，據說翠羽必須是從活的翡翠鳥身上拔下來，翠羽的顏色才會鮮豔華麗，才能做出最好的點翠首飾。最好的點翠首飾可是萬金不換的，普通的也得好幾百兩銀子，娘也只有那麼一件。」

「那您怎麼還捨得給她啊！」聽董夫人這麼一說，原本就捨不得的董瑤琳更心疼了，道：「就算那是祖母留給您，讓您傳給兒媳婦的，但也沒有說什麼時候傳啊，您為什麼不多留在身邊幾年，自己多戴戴再給她呢？大哥一定不會說什麼的。」

「妳這丫頭，眼饞了吧。」董夫人用指頭點了點董瑤琳的額頭，一語道破董瑤琳的心思。事實上，她以前也想過將那支金簪留給女兒當嫁妝，畢竟她手上的好東西真的不多，想多給女兒一些東西，以後也能在夫家底氣足一些，但是思來想去卻還是打消了這個主意。雖然董禎毅兄弟不知道這支簪子的存在，但是欽伯應該多多少少有些印象，要是為了這麼一支簪子讓兒子心生芥蒂就划不來了。

當然，更主要的是那三個半死不活的鋪子不但活起來了，每個月都還能賺進大把的銀子，她自己盤算了一下，三個鋪子一個月至少能夠交回來七、八百兩銀子，一年就是八、九千兩，雖然拾娘管家之後家中的開支也多了，但是一年下來最起碼也能存到六千兩銀子。董瑤琳現在才九歲多，起碼還要五年才會嫁人，那個時候最少也能存上三萬兩銀子，到時候，她要說拿出一萬兩銀子給女兒置辦嫁妝，想必也沒人敢反對。要有一萬兩銀子，還有什麼樣的好東西買不到呢？這麼想來，這支金簪還真的沒有必要留下來，把它拿給拾娘更能體現價值。

「哪有。」董瑤琳心口不一地反駁了一聲，然後又好奇地道：「娘，您給她的這支點翠金簪大概能值多少錢啊？是萬金不換還是幾百兩銀子？」

「萬金不換自然是不可能的，只有內造的點翠首飾才能當得起萬金不換的名頭；不過，娘的這支金簪做工精緻，加上又鑲了珊瑚，倒也名貴，要是全新的話起碼也得要六、七百兩銀子。」董夫人大概地估了一個價，卻故意忽略了這支金簪不知道已經傳了幾代人的事實，不管是翠羽沒有新得那麼鮮亮了，就連金的顏色也黯淡了不少，別說是六、七百兩，恐怕四百兩都不值了。

「這麼貴啊！」董瑤琳驚嘆道。董夫人日常用的那些都是些常見的金銀首飾，真正名貴的都藏了起來，別說給她翻來玩，就是見都沒有見過幾次，而那些首飾，最貴的也不過幾十、上百兩銀子，還都是十多年前的，花色式樣都老了不說，顏色也不好了。

「是不便宜。不過，娘還有幾樣更名貴的，那些都要留給我家瑤琳當嫁妝。」董夫人看著女兒驚嘆的樣子，呵呵笑了起來。

「真的？」董瑤琳的眼睛亮了起來，立刻搖著董夫人的手臂撒嬌，道：「娘，把那些好寶貝給我看看好不好？您總說我眼皮子淺，沒見過什麼好東西，卻又捨不得把您的好東西拿出來給我長見識。」

「等妳再大一點，娘就拿出來給妳看。」董夫人很享受女兒撒嬌的樣子，卻怎麼都不肯鬆口。那些東西都被她藏得嚴嚴實實的，就連馮嬤嬤都沒有告訴，她可不想自己最後的一點好東西被人給偷了。她這也是一朝被蛇咬，十年怕草繩。

「娘……」董瑤琳被勾起了好奇心，哪裡肯依，一個勁兒地撒嬌，非要讓董夫人拿出來才甘休的樣子。

「好了、好了，娘說以後給妳看，就是以後再看。」董夫人拍拍董瑤琳，道：「要是現在拿了出來，讓妳大哥、二哥見到了，誤以為和那金簪一樣，都是要留給媳婦的，可就沒妳的分了。」

這話一出，比什麼都管用，董瑤琳立刻就不撒嬌了，點點頭，終於消停了一些，但是，她立刻又想起另外一個問題，道：「娘，您今天怎麼像變了一個人似地，忽然對大嫂好了起來？」

「娘這是想通了。」董夫人拍拍董瑤琳的手，道：「妳沒有發現嗎？娘越是不喜歡拾娘，越是找她的麻煩，妳大哥就越是著緊她、護著她，當著面護著不說，還讓人在我跟前一個勁兒地說她的好話……我也想通了，與其像現在這樣針對她，反而讓妳大哥整天為她說話，還不如大大方方接受她，起碼不用讓妳大哥為她的事情分心，可以多花點時間和精力在學業上。我們這個家能不能翻身，最要緊的還是要看妳兩個哥哥能不能考到功名，不能把他們給耽誤了。」

當然，董夫人心裡也在想，兒子表現得那麼在乎拾娘，是不是也有自己總是為難拾娘的緣故，事實上對拾娘並沒有太深的感情，要是自己對拾娘視若常人的話，說不定兒子也會對她平常對待。不過，這樣的話不適宜和董瑤琳說，便嚥了下去。

「那麼說，娘今天對她忽然好起來都是裝的了？」董瑤琳立刻開心起來。反正她是不願意和拾娘親近的，自然不希望董夫人也喜歡拾娘，那樣的話，家裡就沒有人和自己同一陣線了。

「也算也不算。」董夫人笑笑，然後止色看著董瑤琳，道：「瑤琳，娘知道妳打心裡排斥她，娘也不求妳親近她，但是以後別總是和她作對，現在還能說妳人小不懂事，但是再大一些就是不知禮了，而且會影響你們兄妹的感情的。妳以後能不能找個好人家，嫁人之後能不能硬氣，都得依靠妳大哥、二哥，可不能和妳大哥、二哥生分了。」

這也是董夫人自己的深刻感受，她當年要是沒有和繼母以及繼母所出的弟弟鬧得那麼僵、那麼生分，五王之亂的時候或許靠不上他們，但是也不至於現在都靠不著一點；畢竟她那弟弟讀書也極好，現在也在國子監任職，別的不說，關照一下董禎毅兄弟的學業還是可以的。但就因為從來就沒有什麼感情，後來更因為某些事情鬧得不可開交，現在連聯繫都沒有，更不用說讓他關照一二了。

「娘，我知道了。」董瑤琳點點頭。要讓她捏著和拾娘親近，她肯定是不幹的，但要讓她別和拾娘作對卻沒有什麼難度，畢竟她和拾娘對上就沒有哪次占了上風，她也不得不承認自己鬥不過拾娘，既然董夫人都這麼說了，她就忍一忍了。

「這就對了。」董夫人笑著點點頭，然後又安慰道：「不過妳也放心，娘也絕對不會讓妳受什麼氣，要是妳讓著她她卻得寸進尺的話，娘也是不幹的。」

「我知道娘最疼我了。」董瑤琳笑了，依偎在董夫人懷裡，卻還是有些不情願，道：

「可是娘，我真的覺得她配不上大哥，不配當我們董家的長媳。」

「我也是這麼想的，但是現在除了接受她之外，沒有更好的選擇。」董夫人對拾娘擺出接受和親近的姿態也是權宜之計。

「您的意思是……」董瑤琳的眼睛都亮了。難道以後有了更好的選擇的話，董夫人能把拾娘給攆出家門？要是那樣的話，她一定會在一旁大笑的。

「我什麼意思都沒有。」董夫人不肯給董瑤琳說更多的，畢竟現在說那些都還太早了些，而且要是兒子一直鐵了心要護著她，自己也不能為了她和兒子鬧僵啊。

「我明白了。娘，您放心好了，有您的這句話，就算讓我捏著鼻子和她親近我都沒意見了。」董瑤琳呵呵笑了起來。

「妳是該多和她親近一下。」董夫人看著忽然之間彷彿開竅了的女兒，笑著道：「這樣的話，妳大哥也會放心一些。」

「我明白了，我不會讓您擔心的。」董瑤琳點點頭，頭一次爽快地答應和拾娘親近。

第一百三十章

「在想什麼？」董禎毅看著臉上帶了幾分沈思的拾娘，隨口問道。今晚他們都喝了一點酒，等到晚餐結束之後，已經不早了，兩人就沒有照著平日的習慣去書房小坐，而是直接回了房間。看著因為飲酒，臉色微紅的拾娘，董禎毅忽然就有了微醺的感覺。

「想夫人今晚的態度。」拾娘順口道。董夫人釋出的善意她沒有拒絕，沒有人會拒絕他人釋出的善意，除非是不共戴天的仇人；但是不拒絕並不等於接受，更不意味著她不起疑心。

「娘很不一樣了，對吧？」說到這件事情，董禎毅的臉上就不自覺笑了起來。他認真地看著拾娘，道：「一定是經過這一段時間的相處，娘知道了妳的好，知道妳是最合適我的那個人，所以，為了我，也為了這個家，她願意將自己的偏見放到一邊，接受妳。拾娘，現在，妳留下來的理由更充足了，對吧！」

「我不這麼認為。」拾娘輕輕搖頭，直接道：「我只覺得夫人今天的行為很可疑，忽然之間什麼預兆都沒有就接受了我，還把支據說是你們董家家傳的金簪給了我，更提什麼抱孫子不抱孫子的，你不覺得很奇怪嗎？」

是有點奇怪。董禎毅也為董夫人今天的不一樣而感到驚訝，不過對於他來說喜大於驚，自然只會往好處想。他笑著道：「妳不要想多了，我看一定是馮嬤嬤在娘耳朵邊上說多了妳的好話。妳也知道娘那個人，耳根子軟，聽多了自然就會認為妳是個好的，然後乘這個機會表態，解除以前的那些不愉快。」

「如果是你說的那樣的話，就更不應該了。」拾娘笑了起來，道：「夫人身邊除了馮嬤嬤之外，可沒有幾個人對我是有好感的。瑤琳不用說，她估計恨不得我立刻消失，而王寶家的原本多少管了些事，自從我管家之後，她便成了閒人一個，她幾次三番在我面前透露想要重新回廚房管採買的意思，我不是裝作聽不懂，就是直接岔開了話，她心裡對我恐怕也是恨多於喜愛；還有馨月……都說眾口鑠金，就算馮嬤嬤在夫人面前說了我的好話，恐怕也抵不上她們說我的不好吧。」

被拾娘這麼一說，董禎毅心裡的歡喜頓時消失了大半，那種微醺的感覺更是跑得無影無蹤。他帶了幾分無奈地看著拾娘，道：「那麼，妳說娘這樣做是為了什麼？」

「我想或許有幾個理由。」拾娘知道自己或許是以小人之心，度君子之腹，但是莫夫子生前一再告訴她，寧願當小人，猜度別人，也別當什麼君子，然後把所有的人都當君子，最後自己怎麼死的都不知道。

幾個？董禎毅苦笑。他還以為董夫人這般表態之後能夠讓拾娘卸下心防，對董家更多了一些歸屬感，沒有想到反而讓拾娘懷疑起她的用心來了。面對這樣的情況，他真的不知道應該怎麼說，是說董夫人以往的表現實在是太差，讓拾娘無法相信她，還是該說拾娘的疑心病太重了？唉……

「想不想聽聽我說說有些什麼理由？」拾娘微微笑著，看著董禎毅，董禎毅臉上的苦笑和眼中的挫敗取悅了她，讓她心情忽然好了起來。

「妳說我聽著。」說實話，董禎毅一點都不想聽，但是他想不想聽不是重點，重點是拾娘想說，他還是聽著比較好。

「第一，現在裡裡外外基本上都平穩下來了，家裡的各項規矩也基本到位，丫鬟、嬤嬤們各有崗位，做得也都還不錯，三個鋪子都有了不錯的收益，除了我耗心力較多的兩個鋪子之外，茶葉鋪子的生意也漸漸好了起來，雖然別說和胭脂坊相比，就連點心鋪子都比不上，但是上個月好歹也有了六十兩銀子的盈利。現在是內無憂、外無患，管家不再是一件苦差事，你說夫人是不是想把管家的大權收回去呢？」拾娘笑盈盈地分析著。林太太說過，不到萬不得已的時候，婆母不會將管家的大權下放，但是當婆婆的都習慣過河拆橋，等到危機過去，她們第一反應自然是慶幸，但是最想做的卻是把管家的權力收回去，死死地攢在自己的手中。林老太太當年就是這樣的，除了本能地想要掌家，她更多的是想多給自己的小兒子扒拉些好處；而董夫人膝下還有一子、一女沒有成親，她收回管家大權的心情應該比林老太太當年更迫切吧！

「妳是懷疑娘今天這樣做是想麻痺妳，然後收回管家的權力嗎？」董禎毅笑了。這個他可不相信。不是他相信董夫人不會起這樣的念頭，而是他肯定，已經領教過拾娘厲害的董夫人在沒有說得過去的理由之前，絕對只敢動動念頭，卻不敢付諸行動，她從來都是欺軟怕硬的。想到這裡，他搖搖頭，道：「這點妳不用擔心，娘既然讓妳管家了，就不會無緣無故再收回去，就算她有那個心，我和二弟也會勸她打消念頭的。」

拾娘輕輕地瞟他一眼，對他所說的勸說一點都不感興趣。她現在也知道董夫人的性子了，她和很多人不一樣，聽得進去別人的勸說；但……誰像她一樣，只要是稍微親近一點的人的勸說都聽得進去呢？

「還有嗎？」董禎毅看著拾娘。他想，拾娘一定不知道自己輕輕一瞟的樣子是多美的魅惑，充滿了天生的風情。

「第二，夫人終於明白了她對我擺出不喜歡、不接受的態度不但不能把我給怎麼樣，反倒讓你們兄弟跟著操心，既影響家裡的安寧，又影響你們兩人的學業。所以，她把眼光放長了，決定暫時接受我，讓家庭和睦，也有利於你們勤讀。等將來有一天，你們兄弟有了功名，她的底氣更足了之後，可以慢慢收拾我。」拾娘微微笑著。等到那一天，自己對董家而言就不再像現在這般重要了，董夫人完全可以用「事母不孝」為由，逼著董禎毅出妻。翁姑不喜也是被休的理由之一，不是嗎？

「妳是擔心娘到時候找理由逼我休妻嗎？」董禎毅輕輕地搖搖頭，握住拾娘的手。拾娘瞪了他一眼，要甩開，但堅定握住的董禎毅卻怎麼都不肯放手，拾娘甩了幾下無果之後，只能由著他了。

「要是那樣的話，妳就更不用擔心了。首先，我不是那種對父母之命唯唯諾諾，不問對錯，一味愚孝的人。尤其是在這件事情上，我更不會聽著娘的話，違了自己的心意胡來。」

董禎毅說到這裡，苦笑一聲。從內心深處而言，他也希望能夠什麼都聽董夫人的，那意味著董夫人能夠讓他全心地依賴和信任；但是現實卻是董夫人真不是一個可以依賴和信任的母親，要真的是什麼都聽她的話，這個家還不知道會成什麼樣子。這一點他很明白，董禎誠也很明白，所以他們對董夫人很尊重、很親近，但是對董夫人的話卻是有選擇地聽聽。

「其次，我們是一起患難的夫妻，是先貧賤而後富貴的夫妻，要是連妳都能拋棄的話，我還有什麼不能拋棄的，又還有什麼品性可言？」

「這倒也是。」

拾娘認可地點點頭，莫夫子和她說過清流和勛貴世家的不同，對於勛貴世家來說，最重要的是實際利益，只要到最後能夠得到好處，別的都可以暫時不考慮；但是對清流來說，沒有什麼比名聲更重要了，哪怕是死亡在名聲面前都顯得無足輕重。

「所以，我要真的是糊塗的話，妳完全可以去狀告我，我一定會被嚇得魂飛魄散的。」

董禎毅出這主意，自己卻笑了起來。

「聽起來倒是個不錯的建議。」拾娘點點頭，也笑了。要真的是有那麼一天的話，嚇到的絕對不會是董禎毅，而是董夫人了。

「還有什麼嗎？再說來聽聽。」董禎毅有些心不在焉了，專心輕嗅著拾娘身上的淡淡梅香。這是拾娘為了不辜負他的心意，特意用了他今天送的香粉，這香味還真的是很適合拾娘。

「還有，你沒有覺得夫人最後一句話很有問題嗎？」拾娘沒有留意到董禎毅的神態，乍一聽董夫人說抱孫子的話，她是有些臉紅，有些不知道應該怎麼應對，但是現在卻又覺得那句話是有的放矢了。

「什麼話？想抱孫子的話？」董禎毅笑了，戲謔道：「是覺得害羞了還是覺得心虛了？」

「都不是。我是在想，她這話只是隨意說說還是心裡已經著急某些事情了？」拾娘搖搖頭，卻又笑了起來，道：「你說她會不會已經給你準備好了通房丫頭，只等適當的機會把人塞回來？」

說到這裡，拾娘不期然地想到了馨月。董夫人願意要她到身邊，是不是就存了這個心思了呢？

她還真是什麼都敢說。董禎毅瞪了拾娘一眼，見不得她一副看熱鬧的樣子，將她的手輕輕一拽，把她拉進自己懷裡，道：「要不然我們搶先一步，不要讓娘有塞人的藉口？」

拾娘本能地掙扎一下，卻在聽到這話後頓了頓，然後用力掙脫了董禎毅的懷抱，啐了一口，起身給他鋪了地鋪之後斜著眼看他。

「知道了。」董禎毅知道拾娘這是表示要把自己發配過去，他悻悻地站起來，嘴裡卻大聲嘆氣著：「唉，苦命的我啊！」

這人……拾娘噗哧一笑，卻又馬上板起臉，一副不想理睬董禎毅的樣子，但是眼底的笑意卻怎麼都掩飾不了……

第一百三十一章

「這個是我的一點小小心意，希望谷姑娘喜歡。」拾娘笑盈盈地把綠盈捧著的盒子遞給谷三姑娘谷語姝。

今天是個好日子，是林家邀請谷家上門作客的好日子，拾娘身為林家的義女，回林府作陪自然是義不容辭的。

不知道是哪個環節出了差錯，林家上門求娶的是四姑娘，最後與他議婚的卻是谷家三姑娘，這讓林家既意外又欣喜——谷家三姑娘和其兄一樣，都是在京城的外祖家長大的，更擠進了杜家的女子學堂，別說在望遠城這樣的地方，就算是在京城，求娶的人都不少。林太太之前見過一面，印象極好，但也正因為覺得她很好，反倒沒有起過求娶的心思

今天，林家設宴專門請谷家過來，一來是為了增進感情，畢竟馬上就是兒女親家了，多瞭解一下還是很有必要的，二來也是想讓小輩們熟悉一下，方便以後來往；當然，要是能夠讓谷語姝和林永星成親前就見面，有個粗淺的瞭解，自然是更好的。

「董少奶奶真是太客氣了。」谷語姝未語先笑。她雖然是第一次見拾娘，但是臉上、眼神卻沒有半點異樣，說話間也帶著親暱，彷彿一點都不知道拾娘的出身，也似乎沒有看見拾娘臉上那刺眼的胎記。她一邊說著一邊打開盒子，裡面是兩個她並不陌生的瓷罐，她眼睛一

亮，笑著道：「原來是董記胭脂坊的胭脂香粉啊，不知道是哪幾樣呢？」

「是谷姑娘預定的那幾樣。」拾娘笑著道：「聽掌櫃的說，谷姑娘去過鋪子裡，偏偏這個月的貨早就已經賣光了，而下個月的也預定得差不多了，谷姑娘喜歡的只訂到了一樣，我便讓人特意給妳做了一套。」

「董少奶奶真是有心了。」谷語姝笑得很真誠。這份禮物送得恰到好處，既不會貴重到讓她受之有愧，又不會單薄得讓她覺得自己被輕忽了，而且還算是投其所好，顯然拾娘很用心地為自己準備禮物了。她笑盈盈地道：「董記的胭脂香粉真的是很不錯，比傾城坊的毫不遜色，有了董記，我以後就不用千里迢迢地回京城買胭脂香粉了。」

「那是自然。」拾娘笑著點點頭，道：「谷姑娘以後要什麼胭脂香粉，只管讓人和我打聲招呼，我一定讓人專門給妳送府上去。」

「那我就先謝謝了。」谷語姝欣然接受了拾娘的好意，而後又笑著道：「我比妳略小一點，以後妳直接喚我語姝便是了，不用這般客氣。」

「既然語姝這麼說了，那我就不客氣了。」拾娘從善如流，然後微微頓了頓，促狹道：「現在先叫著，說不準什麼時候就得改口了。」

谷語姝本是個聰慧的，哪裡聽不出拾娘話裡的意思，被拾娘鬧了個大紅臉，又羞又惱地瞪著她，嗔道：「妳這張利嘴，真不知道董家大少爺怎麼受得了妳啊！」

這會兒被鬧得紅了臉的變成了拾娘，她也嗔怪地看著谷語姝，道：「我看語姝也不見得是個嘴笨的。」

然後，兩個人不約而同一起笑了起來，立刻就親昵了許多。谷語姝笑盈盈地道：「我大哥在我面前可沒有少說妳的好，說妳機敏慧黠、頗有見識，學識也極不錯，今日一見還真是如此，要是我們能早點認識該多好啊！」

「現在認識了也不算晚啊。」拾娘笑了。谷語姝的話中有不少水分，但是她能說出這麼一番話來卻已經很不錯了，像她這種被家人嬌寵長大的姑娘，能對自己這樣出身的人這般態度，說明她的教養很不一般，要是林永星能娶到這麼一個妻子，還真的是找到寶了。

「這倒也是。」谷語姝笑著點頭，道：「我有時間一定會上董府拜訪妳的，到時候妳可不能嫌我煩啊。」

「語姝上門，我可是求之不得的，又怎麼可能嫌煩呢？我可還擔心妳嫌棄董家蓬門蓽戶，無處落腳呢！」拾娘笑著道，如果谷語姝今天這一切不是裝出來應付的，那麼她還真是個值得一交的，而她現在還真的是沒有什麼可以來往的同齡朋友。

看著兩人你一言我一語，說得熱絡，林舒雅的眼底閃過一絲陰霾。林永星的婚事出現的波折，林太太雖然沒有和她多說，但也沒有瞞著她，她也知道林家是在溫通判之女和谷家姑娘之中做了選擇的，而最初林家看中的是谷四姑娘的事情她自然更清楚。說實話，她真覺得林太太和林老爺做了個糊塗的選擇——溫通判的女兒就算有什麼不足，也總比一個家中沒有什麼人為官的谷家姑娘要好得多吧？將來大哥要是能夠高中，林家只能在金錢上給予支持，想要更進一步的話，除了他自身的努力之外，還需要靠岳家。而谷家，自家的子弟明明已經考取了功名，卻還賦閒在家，對大哥又能幫什麼忙？真不知道他們是哪條筋錯位了，做了這樣的選擇，尤其現在，和大哥議婚的還是谷三姑娘，而不是一開始的谷四姑娘。

林舒雅不認識谷四姑娘，卻本能認為谷語姝絕對比不上谷四姑娘，不是因為谷語姝今日的表現不好，她今日不管是穿著打扮、言行舉止，還是待人處事上都可圈可點，沒有什麼挑剔的地方；但正因為這樣，林舒雅才愈發覺得她有問題，要不然她這種自小在京城長大，見多識廣的女子怎麼願意嫁給一個商賈人家的子弟，哪怕是那個子弟已經有了功名在身還是低嫁啊！

「林姑娘怎麼一直都不說話呢？」雖然和拾娘已經改了口，直呼其名了，但谷語姝卻沒有對林舒雅直呼其名。她有意和拾娘結交，自然要親昵一些，但是這位林家姑娘，谷語姝只想把她當成泛泛之交，以後當成普通的小姑子對待就好，深交就不用了——她自來不喜歡和蠢人打交道，而林舒雅就是她眼中的蠢人。

「我聽妳們說就好。」林舒雅笑得很假，然後忍不住地刺了一下，道：「谷家和我們同齡的姑娘應該還有幾個吧，怎麼不一起過來熱鬧熱鬧呢？」

林舒雅的話讓拾娘眉頭一皺。她說這話不是故意讓人心裡不愉快嗎？

但是，沒等拾娘說什麼打圓場的話，谷語姝就笑著道：「林姑娘指的是我四妹妹和五妹妹吧？四妹妹和溫姑娘有約，去了溫家作客，五妹妹倒是想來，卻又被四妹妹拉著去了溫家……其實我也知道，四妹妹心裡還在生氣，所以不但自己不想來，還不讓五妹妹陪我一起過來，等過段時間她氣消了之後，我再介紹她們給妳認識。」

去了溫家？那麼說，谷四姑娘和溫姑娘定然有來往，那麼這樁婚事出了變故，極有可能是溫家在其中做了什麼。只是溫家一定想不到，林家錯過了谷四姑娘，卻換來了一個可能比谷四姑娘更好的谷語姝。想通了這一點，拾娘放鬆地看著谷語姝和林舒雅打機鋒。谷語姝的坦然讓拾娘感到佩服，也讓她知道，林舒雅在谷語姝眼中也不過是個跳梁小丑，不用自己說什麼，谷語姝就能讓她自取其辱。

「谷四姑娘在生氣？」林舒雅輕輕挑眉，故意裝作不理解地道：「不知道谷四姑娘在生什麼氣呢？難不成是不喜歡妳到林家來作客？」

這話就有些過分了。谷語姝眼睛微微瞇了瞇，裡面閃過一絲不留意看根本不能發現的寒意，臉上的笑容卻沒有半點變化。

她故作沈吟地想了想，道：「我還真不知道應該怎麼回答林姑娘的這個問題呢！拾娘，我想問林姑娘一個問題，還請妳不要介意。」

拾娘微微一怔，立刻就反應過來谷語姝要怎麼反擊林舒雅了，她故意迷惑地看了看谷語姝，又看看林舒雅，而後大大方方地笑著道：「妳要問的又不是我，我介意什麼啊？」

谷語姝快速而仔細地打量了拾娘的神色，看到了她眼中的笑意，知道拾娘猜到了自己的心思，微感佩服的同時也笑了，轉向林舒雅，道：「這麼說吧，林姑娘妳能毫無芥蒂地到董家作客嗎？」

林舒雅的臉色鐵青起來，看看谷語姝，又看看置身事外的拾娘，心裡憤恨的同時，卻也鬆了一口氣——別的不說，不肯吃虧這一點還真是不錯。

「好了，別說那些不相干的人的事情了，語姝，妳和我們說說京城的事情，我們可都沒有去過京城，很好奇呢！」拾娘笑盈盈地說著緩和氣氛的話。谷語姝該反擊的反擊了，林舒雅也知道她不好惹了，那麼接下來就應該增進彼此的瞭解了。

「京城其實也沒有什麼好說的，唯一不同的不過是天子腳下，權貴如雲而已。」谷語姝也見好就收。她雖然不重視林舒雅，但是也不想和林舒雅鬧得太僵，只要讓她明白自己不是好惹的也就夠了，立刻順著拾娘的話說起京城的事情來。

林舒雅也不是傻的，也沒有再說什麼不適宜的話，臉上也帶上了微笑，只是從始至終，兩人的稱呼都沒有什麼變化，還是那麼客氣而疏遠……

第一百三十二章

「快點坐下，要上菜了。」林太太滿臉笑容地招呼著谷語姝。為了招待谷家的來客，林太太特意在林府的池塘邊搭了一處涼亭，用這個季節開得正豔的木蘭將男女席位隔開，相互聽得見說話聲，隱約也能看得到對面的人，這樣的安排倒也有幾分野趣。

拾娘懷疑這是林永星的主意，他對這些附庸風雅的事情不是一般地熱衷。

「讓伯母久等了。」谷語姝一看也知道就等自己三人就要開席了，立刻歉然地對林太太道。

「知道這麼多的人等妳們還磨蹭到現在？」谷大夫人嗔了一聲，然後卻又笑著道：「一定是在一起說得開心，連肚子都不覺得餓了吧？」

「可不是。」谷語姝歡喜地笑著，道：「我和拾娘、林姑娘一見如故，在一起談得不知道有多開心，要不是林伯母讓陳嬤嬤一再催促的話，我們現在都還在說話呢！」

林姑娘？拾娘？林太太臉上的笑容不變，但看林舒雅的眼神卻淩厲了幾分。為什麼一起認識，又在一起待了這麼一會兒，谷語姝對拾娘那麼親熱，對她還是客氣疏遠？是不是她又說了什麼不適宜的話？

林太太的眼神讓林舒雅心底一苦，為自己一開始故意為難谷語姝後悔不迭。她知道林太太對谷語姝十分滿意，要是這樁還沒有成的婚事因為自己的舉動出了什麼差錯的話，自己在林太太、林老爺心中的地位一定會一落再落；要是成了，一個和自己有了芥蒂的人成了自己的長嫂，也不是一件愉快的事情。

想到這裡，林舒雅就連忙笑著道：「可不是，拾娘和語姝一見面說不到幾句話就成了知己一般，湊在一起有說不完的話，我這個人鈍嘴笨的在一旁連句話都插不上。」

看來沒有笨到家。谷語姝心裡冷笑一聲，卻笑著道：「我和拾娘相見恨晚，說什麼都能說到對方的心坎上，讓舒雅陪著我們好生無趣地坐了一個上午，還真的是為難她了。」

「說什麼為難，語姝不嫌我笨得慌，以為我故意怠慢我就滿心歡喜了。」想通了的林舒雅說起話來倒也很是得體，讓林太太的眼神緩和了下來。

「看著孩子，還說自己嘴笨，她都能說嘴笨的話，那麼就沒有幾個是機靈的了。」谷大夫人笑呵呵的，寥寥的幾句話她就已經聽出來女兒和林舒雅的第一次見面並不算愉快，但她可不能讓林太太因此責怪林舒雅，那不是明智的做法。她輕輕拉過林舒雅，上下打量了一番，笑著道：「這孩子還真是對了我的眼緣，看了就十分歡喜，這對耳環是我特意為妳準備的見面禮，希望妳喜歡。」

說話間，谷大夫人拿了一對珍珠鑲嵌的耳環遞給林舒雅，林舒雅也不知道是真喜歡還是裝出來的，滿臉歡喜地接了過去，笑嘻嘻往自己耳朵上比著，還不忘問一旁的人，道：「好看不？」

「好看。」林太太笑呵呵的，卻又補充了一句，道：「耳環很漂亮，人就一般。」

「娘……」林舒雅不依地叫了一聲，然後順勢將東西收好，坐穩了說笑起來，桌子上的氣氛倒也好了起來。

看著林舒雅的樣子，拾娘心裡微微一哂。看來自己離開林家的這段時間，林太太加緊了對林舒雅的教養，她比以前可機靈多了，雖然有的時候還會犯老毛病，卻已經知道事情的輕重，不敢再任性到底了。

插科打諢間，菜已經上齊了，林太太立刻殷切招呼著在座的女眷動筷子，她還特意給谷語姝揀了幾筷子菜，一時間氣氛倒也樂融融的。

開席沒有多久，王嬤嬤儘量不讓人注意地蹭了進來，湊在林太太耳邊說了幾句話，林太太臉上的笑容微微一凝，很快就笑了起來，道：「妳去和老爺說，看他的意思吧！」

拾娘就坐在林太太身邊，王嬤嬤的耳語別人沒有聽見，她卻清清楚楚。原來是齊姨娘身邊的丫鬟侍書過來了，說齊姨娘的心絞痛又犯了，特意過來請林老爺過去。

似乎是從林永星鄉試之後，齊姨娘的心絞痛就三天兩頭地發作，經常在林老爺和林太太談事的時候，讓侍書到正房請林老爺；而林太太也不知道為什麼，每次都冷眼看著，從來不會阻攔林老爺過去看她，甚至在林老爺厭煩的時候還會為她說一、兩句話。林家的下人私底下都說齊姨娘的病是裝的，要不然為什麼每一次侍書都說她疼得滿床打滾，可只要林老爺去了，就不藥而癒。

拾娘不理解林太太為什麼這般縱容齊姨娘，就算想要讓她因為恃寵而驕讓林老爺反感，也應該有個度，要不然的話，最後丟臉的還是自己。現在的情形不就是這樣嗎？要是林老爺去了，那麼谷家會怎麼想，有個寵妾寵得不成體統的父親，對林永星而言可不是什麼好事。不過，以拾娘對林老爺的瞭解，他應該不會做那種昏了頭的事情。

果然，林老爺聽了王嬤嬤的話之後，只是輕聲吩咐了兩句，別說是離席，就連起身都沒有，繼續和谷大爺談笑風生。他雖然讀的書不多，但走南闖北多年，足跡遍布大半個大楚不說，連海外都有去過，見識之廣是一般人比不上的，和谷大爺談得十分火熱，加上一旁的谷開齊、林永星和董禎毅，他們那一邊可熱鬧多了。

王嬤嬤臉上帶了難色回來，在林太太耳朵邊上又說了幾句，林太太臉上的笑容不變，微微點頭，道：「老爺怎麼說就怎麼去做吧。」

王嬤嬤再無疑問，立刻去了。拾娘這一次一樣聽得清清楚楚，卻是林老爺難得惱怒了，讓王嬤嬤將侍書拖出去關起來，別讓她再出現在這裡搗亂。當然，齊姨娘身邊的所有人，包括林永林和林舒琴都不准過來打擾今日的宴席。

谷大夫人和谷語姝都留意到了這個小插曲，但是都裝作什麼都不知道的樣子，這一次的宴席倒也沒有因為這個小插曲出現什麼意外和變故。等到宴席結束，兩家人無論長幼，都已經相處得極為熟悉了，谷大爺甚至還故意讓林永星過來給谷大夫人請安行禮，讓他和谷語姝面對面地見了一面。

「星兒，谷姑娘你也見過了，覺得怎麼樣？」林太太含笑看著林永星。他們剛剛把谷家一家子送出門，目送谷家的馬車走遠，她就開始打趣起兒子來。

「婚姻大事從來都是父母之命，兒子聽從爹娘的安排。」林永星回答得滴水不漏。他能怎麼說？說好、說不好都不妥，還是什麼都不說的好，免得林太太又拿他取笑。

「嘖嘖，我們兒子還知道聽父母之命了。」林太太笑了起來，然後對一旁一臉笑意的林老爺道：「我看他心裡對谷姑娘一定很喜歡，要不然的話，他能說這種哄我們開心的話才怪。」

「谷姑娘人長得漂亮，待人接物、舉止言辭大方得體，出身好，學問也好，這樣的姑娘他不喜歡還能喜歡什麼樣的？」林老爺也是滿心歡喜。今日宴請之前，他把谷家大房的事情打聽得清清楚楚，也知道谷家兩位爺之所以沒有當官可不像林二爺，是因為沒有門路和本事，而是兩人都有心好好地做學問，無意仕途。谷老爺子知道兩個兒子要是學問做好了，比當官更好，所以沒有勉強他們。

但是，谷家在京城的人脈卻沒有荒廢，谷大爺在天下初定之前便在今上跟前效力，等到今上登基之後才辭官的，就算他已經不當官了，可他在京城那一群文人之中的地位可不低。他的一雙兒女在他們夫妻的教養下，不說是驚才絕豔，但起碼也不輸人，谷語姝更是不少官宦子弟求娶的對象，能娶這麼一個兒媳婦進門，對林家、對林永星都是天大的喜事，只要林永星不負眾望地中了進士，谷家就能給他極大的幫助提攜，這是溫家根本不敢保證的。

「老爺說的有理。」林太太笑呵呵地一邊點頭一邊往裡走。她今天的心情可不是一般的好，連林舒雅是不是做了什麼不適宜的事情都不想追究了。

「我不就是常有理嗎？」林老爺的心情也是極好，笑著打趣了自己一句，然後帶著所有出來送客的人往回走。董禎毅和拾娘也在其列，他們一個和谷開齊堪稱知己，一個和谷語姝一見如故，讓今天的宴請更為成功。

「爹——」

剛進門，一個人影就撲了上來，林老爺猝不及防被抱了個正著，定睛一看，卻是自己的庶女林舒琴。她滿臉的眼淚，顯然很傷心地哭了一場。

這又是鬧的哪一齣？林老爺臉色鐵青，想到齊姨娘和林舒琴一貫的手段，喝斥道：「妳這是做什麼？怎麼這個樣子跑到門口？妳這個樣子要是讓外人看見了，豈不是丟盡了林家的臉面！」

「爹，姨娘快要死了！」林舒琴哪裡顧得上什麼臉面，她拉著林老爺的手哭道：「姨娘的心絞痛犯了，都快要死了！」

又是心絞痛。林老爺的臉色更加難看，冷冷道：「她的心絞痛兩天、三天就犯一次，要是犯心絞痛就死的話，她不知道死多少回了！」

拾娘輕輕地咬住下唇。要不是場合實在是不合適的話，她一定會笑出聲來。看來林老爺對齊姨娘的心絞痛已經是滿腹怨言了，齊姨娘一定不知道，總用一個理由只會讓人越來越厭煩，心頭的憐惜也會被消磨得一點不剩。

「這次是真的！」林舒琴哭得一塌糊塗，她嚎啕道：「姨娘真的是要死了……」

第一百三十三章

「在想什麼呢？」董禛毅走近坐在窗前的拾娘。

沐浴之後，她就坐在那裡，一邊輕輕將頭髮擦乾，一邊出神地想著什麼，連董禛毅走近都沒有察覺。

「我在想人生真是無常，生命真是脆弱。」拾娘輕輕地嘆了一口氣，董禛毅將手放在她的肩上，拾娘停下正在擦拭頭髮的動作，輕輕地往後靠了靠，靠在董禛毅身上。

「還在想今天的事情？是不是被齊姨娘的事情給驚著了？都是我不好，應該和谷家人一起告辭的，那樣的話就不會撞上這件事情了。」董禛毅自責了一聲，又輕聲安慰道：「其實，妳也別為這件事情太糾結了，心絞痛本來就不是一般的病症，每一次犯病都需要小心謹慎對待，一個不小心就能失了性命。可是她倒好，不但不小心，還以犯病為由，一次又一次地欺騙別人……她落到今天的下場也算是咎由自取。」

齊姨娘這次是真的犯病了，但她就像那個叫狼來的孩子一樣，真到了說實話的時候反倒無人相信，付出了生命的代價。

是咎由自取，但也是林太太刻意放縱的結果。在她第一次以心絞痛為由，將林老爺叫走的時候，林太太就等著這一天了吧？拾娘心裡微微嘆息一聲，將自己的猜測埋到心底。林太太曾經和她說過，內宅的陰私，男人還是不要知道得好，只是男人真的對內宅的那些事情就一無所知嗎？拾娘很懷疑。要真的是那樣的話，莫夫子以前就不會和她說起那些和內宅有關的事情了，但是她沒有對此發表意見，而是緩緩道：「我不是糾結她的死，我和齊姨娘只見過寥寥幾面，別說交情，就連熟悉都談不上，又怎麼會為她的死而感到糾結？」

「那為什麼會說那些話？什麼人生無常，什麼生命脆弱的。」董禎毅順口問著，不過他確實也很想知道拾娘心裡到底在想些什麼。

「你知道嗎？在五王之亂的那些年，我過得是食不果腹、衣不蔽體的日子，那個時候最大的願望就是能夠吃飽穿暖，過上安穩日子，除此之外，別的都不重要。」拾娘微微嘆氣，道：「而現在，可能是安逸的日子過得久了，都忘記了最初的期盼了。」

「此一時、彼一時，要是人的期望一輩子都不變的話，那才叫奇怪呢。」董禎毅失笑，道：「我還不是一樣，爹剛死的時候，我最大的願望就是能夠護著娘，護著二弟和瑤琳平平安安活下去；而五王之亂平息之後，我便期盼著能夠通過科考，讓全家人過上好日子。現在，我的願望又不一樣了，我希望自己能夠一舉成名天下知，希望能夠得到聖上的賞識，還希望能夠和妳相知相守一輩子……」

「那我們試試吧。」拾娘揚起一個微笑，道：「試著看看我們能不能相知相守一輩子。」

「拾娘，妳說什麼？」拾娘的聲音並不低，但董禎毅還是懷疑自己聽錯了，不敢相信地看著拾娘。雖然他們的感情逐漸升溫，私底下，拾娘不但不會拒絕他靠近、拉拉手等親昵的行為，甚至還會像現在一樣，靠在自己身上稍微放鬆一下；但僅此而已，每到該就寢的時候，她還是會給自己打好地鋪，毫不猶豫地把自己趕過去。但她現在說了這樣的話，是不是意味著他們之間的關係可以再進一步了？

「你沒有聽錯。」董禎毅的傻樣讓拾娘笑得更燦爛了，微笑著道：「就像你說的，反正都已經是夫妻了，為什麼不試著接受彼此，做一對恩愛的夫妻呢？」

拾娘的話讓董禎毅心花怒放，嘴上卻不由自主地說出兩句想讓他打自己嘴巴的話，道：「怎麼忽然之間想通了？妳不是覺得除了尋找親人，查清自己是和他們失散還是被他們所拋棄的以外，什麼都不重要嗎？」

怨氣好像很重啊？拾娘似笑非笑地看著董禎毅，不意外地看到他說完就懊惱不迭的樣子，連連解釋道：「拾娘，我這是被喜悅沖昏了頭，妳可不能生氣。」

「我不生氣。」拾娘坦然搖頭。她覺得董禎毅現在這個樣子分外可愛，比他那副飽學之士的樣子有人味，也比他故意裝出來的那副無賴樣子更可愛。她好心地解釋道：「是齊姨娘的死驚醒了我，讓我忽然想起人生無常，今天是齊姨娘，明天呢？會不會就是我？」

「妳別胡思亂想，妳會長命百歲的。」董禎毅大皺眉頭，極不喜歡拾娘隨意說這種不吉利的話。

「長命百歲？我可從來沒有過這樣的奢望，我只希望自己不要是個短命的就好。」拾娘再一次失笑。莫夫子死的時候還不滿四十，她只希望自己能夠比他長壽就好，長命百歲還真的是想都沒有想過。她笑著道：「以前，我總覺得自己還有的是時間，所以我才會什麼都不管，一心一意只想找自己的親人；而現在，我的執念沒有變化，我依舊想找到他們，但是我不願意為了不知道能不能找到的親人而錯過自己身邊的人，起碼有一天，我像齊姨娘一樣，忽然之間就去了，不會後悔自己的錯失。」

「妳永遠都不會錯過我的。」董禎毅看著拾娘認真地道：「因為不管妳怎麼想，我都會一直陪著妳，在妳需要的時候，總能看見我。」

拾娘從來不相信永遠，她更願意相信自己能夠握在手裡的這一瞬間，不過那種掃興的話，她這個時候不會再說。她笑著點點頭，看著董禎毅道：「我想，你今天晚上應該不想睡地鋪了。」

「我早就不想睡那裡了。」董禎毅笑著點頭，卻又不情不願地道：「只要能夠和妳同枕而眠，我就已經很滿足了。」

這是表示他會尊重自己，會讓自己逐漸適應身邊躺了一個人的事實嗎？拾娘心裡暖暖的。她不相信董禎毅不想更進一步，直接和自己有肌膚之親，他說這樣的話，無非是因為他更希望自己有被尊重、被疼惜的感覺，讓自己有一個循序漸進的過程，只是在自己已經做了決定的時候，那些真的不重要了。

但是，看著不情不願的董禎毅，拾娘卻起了逗弄的心思，笑著道：「我只是說你應該不想睡地鋪了，可沒有說你可以上床。」

「妳想反悔？」董禎毅這一分鐘忽然精靈起來，故意裝出一副大驚失色的樣子，道：「那可不行，妳不能欺騙我的感情。」

「噗！」拾娘失笑，坐直了身，拍開董禎毅還放在她肩頭上的手，摸摸已經乾透的頭髮，起身走到梳妝檯前，簡單地將頭髮束起，然後在董禎毅熾熱的目光下移步上床。不過，和平時不一樣的是，她很自覺地躺到了裡頭，將靠外的半邊床空了出來，留給了董禎毅。

董禎毅在心裡歡呼一聲，卻沒有迫不及待地爬上床，而是努力鎮靜地起身，將門關好，又糾結了一下要不要關窗之後，才走到床前，將帳子放下，又定定站了一會，道：「拾娘，我也要來睡了。」

這人……他是擔心自己忽然反悔還是想讓自己請他上床啊？拾娘心裡生出一絲羞惱的感覺，想不理會他，讓他一直杵在那裡，卻又有些不忍，清了清忽然之間有些癢癢的嗓子，應道：「嗯，別忘了吹燈。」

董禎毅如聞綸音（注），動作迅速地吹燈，藉著從半開半掩的窗戶射進來的潔白月光，迅速脫去了外衣，穿著中衣，掀開帳子鑽了進去，隱隱約約能夠看到拾娘的身影，他小心地躺了下去，躺到了一個既不會緊挨著拾娘，但也不會離她太遠的位置。在那裡，他能夠清晰地聽到拾娘並不平順的呼吸，莫名地，他的心忽然寧靜了下來。他輕聲道：「拾娘，妳知道

注：綸音，古代用來稱皇帝的諭旨，現多用來戲稱太太或女朋友的命令。

嗎？我一直盼著像現在這樣，和妳同床共枕，感受和妳生同衾的滋味，我現在心裡很踏實，這樣的感覺真的很好。」

「嗯。」拾娘不知道應該怎麼回答這話，但是裝作睡著了沒聽見似乎也不好，只能從鼻子裡哼出一個意義不明的音。

董禎毅無聲地笑了。不用看他都知道拾娘一定很不平靜，從她忽然間更加紊亂的呼吸聲就能聽出來了，但是他聰明得什麼都沒有說，可不能讓拾娘惱羞成怒然後把他給踢下床啊，只是淡淡地道：「夜深了，我們睡吧，明天還要早起呢。」

「嗯。」拾娘只能再發出一個沒有任何意義的音，但是奇異地，心頭也忽然寧靜下來，呼吸也慢慢地平穩下來，沈沈睡去……

第一百三十四章

都已經同床共枕了，肌膚相親還會遠嗎？顯然是不會。

在主動鬆口讓董禎毅睡到床上的時候，拾娘就已經做好了和董禎毅圓房，做一對真正的夫妻的準備，但發展的速度還是出乎了她的意料。不過，等到事情發生之後，她卻覺得，這樣似乎也沒有什麼不好。

在已經習慣了和董禎毅同室而居之後，拾娘自然地接受了董禎毅和她分享同一張床、同一條被子，感受著他的氣息入睡；而體溫一向偏低的她在熟睡中也很自然地就靠向體溫偏高的董禎毅，汲取著他的體溫來溫暖自己，而董禎毅每每都會被夾著一絲冷清的拾娘驚醒。

很多事情都不用刻意學習，就能無師自通。

拾娘第一次偎近他的時候，董禎毅在竊喜的同時有些不知所措，手腳都不知道該放到哪裡去；第二次，董禎毅便已經可以很自然地貼近她，而如此三、五天之後，還不等拾娘靠近，他就自動自發地靠近拾娘，將她摟在懷裡了。

一個血氣方剛的毛頭小子，懷中抱著散發著濃郁梅香、軟軟膩膩的嬌軀的時候，除了一親芳澤的衝動之外還能有什麼？董禎毅心裡雖然告誡著自己，要慢慢來，要讓拾娘完全接受自己之後再進一步，但是心裡卻有一個聲音響起：慢慢來是對的，但是稍微一親芳澤也是一種慢慢來的方式啊！

於是，藉著皎潔的月光，董禎毅在拾娘的臉上打量了一番，先是大著膽子親暱地親了親拾娘的額頭。她的額頭很飽滿，顯得不是那麼秀氣，卻又顯得格外的精神，都說額頭飽滿的人聰慧，這一點在拾娘身上倒是體現得淋漓盡致。

熟睡中的拾娘沒有察覺董禎毅的越軌，睡得依舊很熟。董禎毅膽子更大了幾分，再湊上去親了親她的臉頰，連布滿了青黑色胎記的右臉也沒有錯過，她的肌膚柔潤細膩，彷彿剛剛剝好的熟雞蛋一般，那種觸感柔柔膩膩的，讓他的心底漾起一片柔情，卻又覺得愈發空虛了。所以，他再接再厲，親了親拾娘稍嫌挺拔，依舊不是那麼秀氣的鼻子。她的鼻子又挺又高，在一般女子臉上會顯得有些違和，但生在她的臉上，卻又是那麼合適。

董禎毅的親吻，讓拾娘不自在地縮了縮鼻子，顯出較平日難得一見的嬌憨感覺。董禎毅微微一頓，帶了幾分緊張地看著拾娘，而她在縮了幾下鼻子之後繼續熟睡，一點都沒有被騷擾的感覺，董禎毅心下大定，俯首親了親她的下巴。她的下巴有些肉肉的，沒有臉頰那麼光滑，卻又多了一分柔軟，讓董禎毅忍不住伸手摸了摸，入手的感覺極好，讓他有些愛不釋手。

最後，董禎毅將所有的注意力放在了拾娘的唇上。拾娘的唇並不算豐滿，稍微有些單薄，有一種內斂的感覺，就像她的性格一樣，但是唇色十分鮮豔，豔得晃花了董禎毅的眼。他將自己的雙唇貼了上去，她的唇稍微有些冰，一如她的體溫，但正是這種冰涼的感覺，讓董禎毅心猿意馬起來。他加了幾分力，輕吻慢啜著她的唇，甚至無師自通地伸出他的舌，輕輕描繪著她的唇形。那種心神俱醉的感覺讓董禎毅瞇起了眼睛，直到感覺到身下的嬌軀忽然微微一僵，他才一個激靈，睜開眼，卻看進一雙因為月光而閃爍著銀輝的雙眼。

董禎毅有一種做壞事被抓了個現行的心虛和尷尬，就這樣傻傻地看著拾娘，一動也不敢動——沒有繼續品嚐讓他覺得美味無比的香唇，卻也沒有放開，兩人就這樣雙唇相接、四目相對，一雙眼中帶著掩不住的欲念和心虛尷尬，另一雙眼中則是迷茫和淡淡的情慾。

而後，拾娘首先反應過來，本能地往後縮了縮，拉開了兩人的距離。讓她這麼一躲，董禎毅反射性地便往前一湊，這一下不再是輕輕地碰觸，而是親了個實在，那種感覺和剛剛又有些不一樣，少了些酥酥麻麻，卻多了幾分熾熱，董禎毅情不自禁地加深了這個吻，不願去想拾娘會不會因此羞惱……

而拾娘一開始倒真的是有些惱意——不是因為董禎毅的輕薄舉動，而是因為被吵了睡，但是在還沒有完全清醒的時候，被董禎毅這麼一吻，立刻從一種半清醒的狀態到了另一種半清醒的狀態，迷迷糊糊地就迎合了董禎毅，甚至還不由自主地伸手摟著他的脖子，本能地配合他……

拾娘的迎合像是一滴油滴到了火苗之上，董禎毅不但變本加厲在她的唇上肆掠著，更一路順著下巴，親到她修長纖細的脖子，而後再到她小巧的鎖骨之上，最後不滿足地解開了她的衣襟——

胸前的涼意讓拾娘有些發暈的腦子頓時清醒，她本能地將放在董禎毅背上、摟著他的手收回來，將已然被拉開的衣襟掩了起來。然後，兩人就這麼僵在那裡，你看看我、我看看你，不知道是該裝作什麼都沒有發生，蒙起被子來睡覺，還是應該冷靜一下，回想一下為什麼會發展到現在這個地步，抑是繼續剛才未盡的事情。

「那個……我……這個……」

董禎毅覺得自己應該說些什麼，可是腦子裡現在除了白花花的一片之外，什麼都想不起來，語無倫次地說了好幾個不明所以的字眼之後，乾脆閉上了嘴，什麼都不說，等著拾娘發落自己——哪怕是拾娘忽然發威，將他一腳踢下床去，他也只會乖乖配合著她的動作，咕咚一聲滾下去。

董禎毅不知道下一步應該怎麼辦，拾娘又何嘗知道？她眨了眨眼睛，清了清嗓子，想了又想，很乾脆地閉上眼睛裝睡。

拾娘的反應大出董禎毅的意料，他眨了好幾下眼睛，確定自己沒有看錯之後，擠了過來，輕輕地蹭了蹭拾娘，道：「拾娘，妳不生氣的，對吧？」

拾娘呼吸平穩，似乎剛才所有的一切都是他自己的幻覺，實際上什麼都沒有發生，但是她那緊緊地攥著衣襟的手卻出賣了她，讓人一眼就能看出來，她這會兒清醒得很。

「拾娘，我很喜歡和妳這麼親熱，妳也一樣的，是吧？」拾娘的反應讓董禎毅膽子大了起來，乾脆將拾娘整個人摟進懷裡，用自己的臉去蹭拾娘的臉，親昵地道。

拾娘還是什麼反應都沒有——他說的沒錯，她一點都不覺得生氣，甚至很喜歡這樣的親昵，但是這話她卻怎麼都說不出口，而且既然已經裝睡了，那最好的選擇就是裝到底，不要張開眼面對眼前的尷尬場面。

只是，拾娘不知道，在這件事情上面，男人天生就是得寸進尺的，她沒有反應對董禎毅而言就是最好的反應。他低下頭，一邊細細從她的額頭向下吻，一邊吐字不清地道：「既然妳也喜歡，那麼我們就繼續……」

拾娘微微一驚，嚇得睜開了一直閉得緊緊的眼睛，而董禎毅正等著她，猛地吻住她的唇，先是輕輕地吸吮著她的唇瓣，而後不滿足地將他的舌頭和她的糾纏在一起……

拾娘原本還算清明的眼神漸漸迷茫起來。她在心裡告訴自己，眼前的這個是她已經決定接受，決定試著和之相伴一生的男人，這樣的親密雖然不在她的意料之中，卻也不算意外，他們遲早都要這般親密的，不是嗎？

這樣的念頭讓拾娘不但沒有再起任何抗拒的心思，反而漸漸配合著董禎毅生澀的動作，之前緊緊攥著衣襟的手也在不知不覺中鬆開，慢慢爬上了董禎毅的背。

董禎毅的中衣不知道什麼時候被他自己解開了，拾娘的手摸到的是一片滾熱的肌膚，那種暖意讓她忍不住呻吟了一聲，順著董禎毅的動作，順從地讓他解開了自己的衣襟，而後和他貼在了一起……

對情事，拾娘是一竅不通，和董禎毅成親的前夕，林太太倒是盡了一個義母的職責，給了她一本春宮圖冊當壓箱寶典，卻被拾娘順手塞到了箱子的最下面去了，她只能依照本能地迎合著董禎毅的動作。而董禎毅呢，他所有的經驗也不過是來自成親前董夫人忍著羞意塞給他的一本圖冊，唯一和拾娘不一樣的是，他對新婚之夜充滿期望，所以將那本書認認真真看了一遍，研究了好幾遍直到確認自己全部記得清清楚楚之後，才將那本書藏到了最隱蔽的地方去。

所以，總的來說過程還是比較順利的，沒有出現什麼大的誤差。唯一意外的是，在董禎毅照本宣科找到入口之後，腰微微下沈，用力一挺的時候，拾娘不意外地發出吃痛的驚呼聲，而他也一樣疼得發出一聲悶哼，而後兩個人都因為疼痛暫時停止了所有的動作，直到比較不怕死的董禎毅咬著牙輕輕動起來……

第一百三十五章

「毅兒，你看看這個，這是拾娘為林舒雅準備的賀禮單子。」還是在飯桌上，趁著菜還沒有上來的空檔，董夫人皺著眉頭將拾娘擬定的賀禮單子丟到董禎毅面前，冷著臉道：「要是旁人的話我不會有什麼意見，但是林舒雅……哼，就算不送什麼賀禮，林家想必也不好說什麼。」

林舒雅的婚期定在了八月二十六，距現在只有半個月的時間，拾娘為她準備了一份賀禮，原本想直接送過去，但仔細思考一番之後，還是把準備的賀禮單子給董夫人過目。不出所料，董夫人一見之下就怒了。

這算是怨氣未消嗎？董禎毅苦笑一聲，很自然地給了拾娘一個無奈的眼神，讓她不要介意，然後才對董夫人道：「娘，這不是給什麼人送賀禮的問題，最要緊的是拾娘是林家的義女，別的不說，光是看在這一點情分上，就應該給林舒雅準備一份豐厚的賀禮，要不然被人取笑不說，還會讓人胡亂猜測。娘，我看這件事情您就不要管了，讓拾娘作主就好。」

「胡亂猜測？旁人胡亂猜測的還少嗎？婚期都定了，婚禮該準備的都已經準備好了，結果呢？鬧出那些鬧心的事情來，最後換了拾娘嫁過來，你以為這件事情還讓人議論得少嗎？」董夫人憤憤地道：「現在，好不容易沒人拿這件事說這、說那的了，她又要嫁到暗算你的吳家，誰知道她是在和你退親之後，才起了嫁去吳家的心思，還是之前就和她的那個吳家表哥有了首尾……不錯，這件事情越想越可疑，當初吳家算計你，讓你耽擱了，定然不是想要將吳家那個庶出的姑娘嫁進來這麼簡單，他們怎麼知道你被耽擱了就娶不到林舒雅的，一定是他們之前就有了首尾！」

董禎毅忍不住叫糟，董夫人難得靈光一次卻猜中了他一直隱瞞的事情。他笑笑道：「娘，您還真能瞎猜，林姑娘和吳家少爺是姑表兄妹，打小在一起長大的，也算是青梅竹馬，他們之間要真的是有了是什麼私情的話，林家怎麼會多此一舉地定了我和林姑娘的婚約，直接親上加親就是了。我看，這樁婚事極有可能是因為吳家也知道林姑娘的身體出了些狀況，他們或許是為了和林家增進關係，也或許是吳太太心疼姪女，這才促成了這樁婚事的。」

「會是這樣嗎？」董夫人懷疑地看著董禎毅，然後問拾娘道：「這樁婚事到底怎麼回事，其中的內情妳應該很清楚吧？」

「兒媳並不十分清楚其中的內情，只知道這樁婚事是在五月初的時候兩家商議的。」拾娘輕輕地搖搖頭，沒有將話說死，而是給了董夫人一個想像猜測的空間。

「依妳這樣說的話，林舒雅嫁到吳家這件事情應該不是早有預謀的了。」董夫人反而不再懷疑林舒雅和吳懷宇是不是早有私情，只是皺著眉頭，道：「但就算是這樣，我也不同意這麼給她臉面，因為她，我們董家都丟盡了臉。」

拾娘不接這個話。董夫人無非還在為自己成了代嫁新娘的事情耿耿於懷，她現在說什麼，董夫人都能訓斥她一頓，她還是讓別人和她對話的好。

「娘，您別總是放不下這件事情，您想想，要是當初沒有出那麼多的事情，嫁過來的真是林舒雅，您能過現在這種只要管好瑤琳，別的事情都不用操心的悠閒日子嗎？」董禎毅默契地接上，不過還是省了半句話沒說。他更想說的是，如果當初一切順利，娶了林舒雅的話，他一定不會像現在這般快樂，一定不會感受到什麼叫做琴瑟和鳴，什麼又叫做心靈契合。就憑林舒雅的任性胡鬧，成全了他和拾娘這一點，就應該給她一份豐厚的賀禮當做謝禮。

又來了。雖然董禎毅的話沒有說全，但是董夫人能夠輕而易舉地猜到他心裡的想法，她的心裡又惱了起來。自從那一次兩人從林家回來之後，原本就很和睦的兩個人更加親密起來，不光是飯後一道散步，也不僅是窩在書房裡一待就是個把時辰不動，而是每一個眼神、每一個動作都透著一種讓她膩味的親昵和默契。都說娶了媳婦忘了娘，董夫人對這句話有了深刻的體會。

看著董夫人沈下去的臉，董禎誠立刻笑著道：「娘，大嫂管家這麼長時間了，哪件事情處理得不是妥妥當當的，您就聽大哥的，由著大嫂去吧！」

「你也嫌我多事？」董夫人受傷地看著董禎誠，這大的娶了媳婦忘了娘，這小的還沒有娶媳婦眼中就沒了娘，她真是命苦，就沒有養個貼心兒子出來。

「娘，沒人敢嫌您多事。您整天為瑤琳的事情已經操透了心，我和大哥都不想您再傷神……」一看董夫人的表情，董禎誠就知道她又習慣性地怨艾起來了——似乎是從拾娘進門之後，她就不知不覺地養成了這樣的習慣，似乎這樣能夠讓人更重視她一般，但實際上給董禎毅兄弟的感覺卻是無奈。董禎誠努力地讓自己笑得更親切一些，道：「娘，我知道您心裡對林家，尤其是林姑娘還有些氣，但是不管怎麼說，她和大嫂都是姊妹，大嫂要是不給她準備一份合適的賀禮的話，人家一定會笑話的。」

「笑話就笑話了，難道……哼！」董夫人很想說拾娘這個董家的大少奶奶就是一個笑話，但那樣的話終究還是沒有說出口。現在不比拾娘剛剛進門的時候了，她不光是有兩個兒子護著，家中的下人也大多唯她之命是從，不管心裡怎麼想的，嘴上卻還是要留幾分情面的。

「娘，那可不行。您想啊，人家必然說董家的家風不好，大嫂這才進董家門半年，就連禮數都不知道了。我和大哥倒也罷了，對瑤琳的名聲可不好啊？」就算董夫人只是點到為止，但她想說什麼，董禎毅兄弟、拾娘，甚至一旁臉上不顯，眼中卻滿是幸災樂禍的董瑤琳都能猜得出來。董禎誠心裡暗自嘆息一聲，真不知道娘總是這般針對大嫂無理取鬧是圖個什麼？她不知道她越是這樣，大哥和自己就愈發覺得她無理，覺得大嫂委屈，也愈發回護著大嫂了嗎？

董禎誠的話讓董夫人微微一窒，心裡雖然還是很不甘願，卻也無奈地點點頭，道：「好了、好了，這件事情我不管就是了。不過，我可把醜話說在前頭，林家的喜宴我是不會去的，那樣的喜酒我可嚥不下去。」

「那個娘隨意就好。」董禎毅倒是沒有再勸說什麼。雖然董夫人已經習慣了欺軟怕硬，卻不意味著她連氣話都不敢說，要是在喜宴上她被人刺激一下，說些不妥當的話，也是一個麻煩，還是不要勉強得好，想必不管是林家還是吳家的人都不一定樂意她出現在喜宴上。

「這個就隨我的心意了？我看你是怕我去了給林家和吳家添什麼麻煩。」董夫人又氣了起來，忽然之間又變了念頭，覺得去參加林家的喜宴未必是件壞事，她可以給林家添點堵啊！

拾娘看出董夫人的念頭，無奈地嘆氣，道：「娘，禎毅沒有那個意思，他怎麼可能擔心這個呢？您做所有的事情都是為了他們兄妹、為了這個家，又怎麼會去給他找麻煩呢？」

「妳什麼意思？」董夫人看著拾娘，覺得拾娘話中有話。

「年前因為覺得禎毅奇貨可居，也不知道能不能算計成功，吳懷宇就敢在暗中暗算禎毅了，要真的是把他給得罪了，他的心胸寬廣倒也罷了，但若是他心胸狹窄、睚眥必報的話，他不用做別的，只要故技重施，再讓禎毅錯過一次科考，就可以狠狠報復回來了。」拾娘簡單地點明了一點，董家現在還不能和吳家面上交惡，要不然吃虧的只能是董家。

「妳——算了，我什麼都不管，裝作什麼都不知道好了。」董夫人瞪著拾娘好一會兒，做了好一會兒心理鬥爭，卻只能悻悻地接受了拾娘的說辭。相比起兒子的前程來，什麼都可以暫時不管。

「謝謝娘體諒。」拾娘知道董夫人現在定然是滿腹的怨氣，但該說的話還是得說。自從考慮和董禎毅過日子起，拾娘對董夫人的態度就有了悄然的轉變，委婉多了；再等到她和董禎毅有了肌膚之親、夫婦之實後，她對董夫人更多了一些容讓，畢竟她們要在一起生活的時間會很長，不能總是針鋒相對，也不能總是讓董禎毅夾在中間，他是人，也會有厭倦的那一天。

董夫人擺擺手，雖然拾娘對她容讓多了，但是拾娘的不好惹還是深深地刻在了她的心裡，她也見好就收，沒有揪著不放。

「好了，我都餓了，讓人上菜吧！」董禎誠立刻轉移所有人的注意力。

拾娘朝著早就已經向她示意菜已經端到門口的綠盈點點頭，她走到門口說了一聲，端菜的丫鬟、婆子立刻麻利地將菜給端了上來。董禎毅隨意地看了一眼，笑呵呵地道：「娘，有您最愛吃的四喜丸子，您先來一個。」

嘴上說著，手下也不慢，立刻給董夫人挾了一個四喜丸子，看董夫人臉上最後的一絲陰霾消散開了之後，順手給拾娘挾了一塊紅燒魚，那是拾娘喜歡吃的。

拾娘給了他一個微笑，立刻挾起來咬了一口，但不知道為什麼，平素最喜歡的菜到了嘴中，卻有一股難以忍受的腥臊味，讓她忍不住將剛剛入口的東西吐了出來。

「怎麼了？」董禎毅關心問道：「是不是味道不合適？」

「是不大好。」拾娘點點頭，道：「好像沒有煮熟似的，腥氣得很，我現在都沒胃口了。」

「先喝口茶，再吃點別的吧。」董禎毅立刻動手將原本放在拾娘面前的紅燒魚挪了個位置，讓她眼不見、心不煩。

「我喝點湯就好。」拾娘忽然之間什麼都不想吃了，只覺得有些噁心。應該是腸胃又不舒服了吧？她心裡猜測著，因為體質偏寒，她的腸胃不時地就鬧點小毛病，胃口不好、噁心乾嘔什麼的，她都已經習慣了。

「讓人去請大夫過來看看吧。」一直冷眼旁觀的董夫人忽然淡淡地說了一聲，臉上帶了矛盾的神色。

「不用那麼麻煩，不過是小毛病，我讓廚房煮點桂皮紅糖水，喝一碗就好了。」拾娘有些受寵若驚。董夫人可從來沒有像現在這麼關心地說過話，她本能地拒絕了。

「什麼都別隨便吃，等大夫看了之後再說。」董夫人看著還沒有反應過來的拾娘，有些恨鐵不成鋼地搖搖頭，乾脆不理會拾娘，直接對身後的馮嬤嬤道：「算了，我看她根本就什麼都不明白，妳現在就去請大夫。」

「是，夫人。」馮嬤嬤應了一聲，臉上帶了一絲喜氣出去了。

拾娘微微皺眉，和董禎毅交換了一個眼色。這又是什麼狀況？

董禎毅也不明白這其中有什麼奧妙，只能給了她一個少安勿躁的眼神，然後給她盛了一碗湯……

第一百三十六章

懷……懷孕了？

拾娘看著那大夫一張一合的嘴巴，卻聽不到他在講什麼，滿腦子只充斥著這一個讓她猝不及防的消息——她懷孕了。

「大夫，這……不會有錯吧？」

董禎毅滿心歡喜卻又有些不敢相信。這好消息來得太突然了，他和拾娘圓房還不滿兩個月，她怎麼就有了身孕了呢？

這兩個月來，他們親密的次數不算多，兩人都沒有任何的經驗，又沒有人教導拾娘要忍受疼痛，所以，第一次親熱之後，私底下拾娘沒有給他什麼好臉色，更不讓他親近；他小心翼翼地陪了好幾天的小心，才把拾娘給哄回來，而後再趁著拾娘熟睡之際，再一次偷襲成功。

那一次，他的感覺極好，而拾娘呢，雖然沒有他那種極好的感覺，但總算除了輕微的不適之外，沒有什麼強烈的疼痛，後來倒也沒有和他置氣，而是溫存地相擁而眠。

這倒是算開了一個不錯的頭，後來的日子，董禎毅像是一個好不容易得了糖的孩子，怎麼都吃不夠一樣，不敢說夜夜纏著拾娘，但起碼也是每隔一天就纏著拾娘親熱，兩人不光是感情大為增進，說話舉止之間也就帶了些不可言傳的親昵感。

而這一過程中，董禎毅也曾經想過拾娘會有身孕的事情，但是拾娘從來沒有提過，他也就沒有放在心上，感覺那樣的事情還很遙遠。可現在，大夫卻說拾娘有了身孕，這……這不是開玩笑吧？

「老夫行醫三十多年，要是連個喜脈都看不準的話，還能懸壺濟世嗎？」老大夫年紀不小，見過了形形色色的人，見董禎毅那副喜不自勝卻又忐忑的表情，就知道他現在是什麼樣的心情了，倒也不計較他的懷疑，笑呵呵地開玩笑道：「董少爺，看脈象大少奶奶已經有了一個多月的身孕了，再過八個多月，你就要當爹了。」

「大夫，脈象上看，大人、孩子都還好吧？」見不得董禎毅那副沒出息的樣子，董夫人只能自己問了一聲。她現在也是滿心的矛盾，拾娘有了身孕，懷的還是她的長孫，她自然是歡喜。她最大的希望除了看到兒子出息，恢復董家以前的榮光之外，就是希望兒孫滿堂，但是心裡卻又有著淡淡的排斥。她真的不願意看到自己的長孫是從拾娘肚子裡出來的，就算現在婆媳看起來像是相處得融洽，但兩人都心知肚明，那不過是面子情。

「都很好，大少奶奶的身體調養得不錯，脈象極為穩健；不過，現在胎兒還小，是最需要小心留意的時候，一會兒我給大少奶奶開個方子，不用吃藥，但是飲食上卻有些忌諱需要留意。」大夫笑呵呵的，看了董禎毅一眼，笑道：「還有，大少奶奶從今天起要好生休息，勞心勞力的事情最好不要做，好生調養是最重要的。至於大少爺和大少奶奶要不要分房，自己看著辦，不過，兩個月內不能有房事，這點必須記住。」

難道被老大夫發現什麼了？董禎毅有些心虛，倒被鬧了一個大紅臉，有些不好意思地道：「小子聽清楚了，一定照大夫的吩咐去做。」

「嗯。」老大夫滿意地點點頭，在學徒的伺候下寫了一張方子，除了飲食的忌諱之外，還有一些注意事項，倒也寫得很是全面，寫完之後遞給董禎毅，笑著道：「時刻留意大少奶奶的身體，有什麼不適立刻讓人過來找我，再等一個半月，就算一切都好，也要讓我過來再給看看脈象。」

「是、是。」董禎毅連連點頭，拿著那方子仔細地看了起來。老大夫也不計較，起身告辭，一旁滿臉歡喜的馮嬤嬤立刻搶著送客，她的舉動讓董夫人微微皺了一下眉頭，卻什麼話都沒有說。

「毅兒、拾娘，你們也真是的，怎麼連這種事情都糊裡糊塗的，要不是我今天發現的話，你們是不是要等拾娘顯肚了才知道她有身孕啊？」等老大夫一走，董夫人就不滿地發作起來，不過她想的可不是她說的這些，而是懷疑拾娘早就心中有底卻故意隱瞞。

「娘，懷孕的時日尚淺，誰知道拾娘就懷上了？再說，我什麼經驗都沒有，而拾娘自幼沒有母親教導，對這些事情也是懵懵懂懂的，不知道也是正常的。」董禎毅看了一眼臉上帶了情不自禁的笑容，什麼都聽不進去的拾娘，反駁了董夫人一句，而後又道：「好了，娘，現在我們知道了，我們會小心留意的，您就不要管了。」

不要管了？董夫人被董禎毅的話氣得想要跳起來，不知道拾娘懷孕之前，他說話都還斟酌著口氣，這剛知道她有了身孕，口氣就變了——當然，董夫人絕對不會承認變的是自己的心態，她看著到現在都還沒有回過神來的拾娘，忍了一口氣，道：「毅兒，你剛剛也聽大夫說了，拾娘現在需要靜養，勞心勞力的事情最好不要過問。這樣吧，為了她和孩子好，從明兒起家裡的這些個雜事我接手過來管，讓她安心養胎便是。」

董禎毅皺眉，雖然覺得董夫人的話也沒有說錯，但還是覺得董夫人有乘機搶回管家權利的嫌疑。他知道拾娘將家中裡裡外外打點成現在這個樣子費了多少心力，而董夫人……要是她管家一段時間之後，再成一個爛攤子怎麼辦？就算不成一個爛攤子，她要是把著管家的權力不放，然後還為難拾娘又該怎麼辦？

「怎麼，不好嗎？」董夫人看著兒子皺眉猶豫的樣子，心裡一陣惱怒。她知道她這是在乘火打劫，但是他是她的兒子，應該支持她的，不是嗎？

「娘，這件事情等明天再商量吧！現在天已經晚了，我先扶拾娘回去休息，她還沒有緩過神來呢。」董夫人的態度讓董禎毅嘆了一口氣，只能先拖延再說了。

「好吧。」董夫人知道不能逼得太緊，要不然兒子這裡也說不過去，只能悻悻地點頭同意。

董禎毅見她鬆口，立刻扶著拾娘回房，一刻都沒有多停留。

直到被滿臉帶著怎麼壓都壓不下去笑容的董禎毅扶回房，拾娘都是一副如在夢中的樣子，她眼神中帶著敬畏地看著自己的肚子，這裡面居然已經有了一個小小的生命，這是怎樣的奇跡啊！

小心翼翼地碰了一下自己的肚子，拾娘還不相信地問董禎毅道：「我真的是有了身孕了？大夫會不會看錯了，不過是一場空歡喜？」

「大夫說了，這都已經四十多天了，剛好是能夠準確地把出脈象的時候，不會錯的。」董禎毅笑得頗為得意。他剛剛粗略地算了一下日子，或許和拾娘第一次親密之後就懷上了，在高興的同時，他也不禁暗自慶幸，慶幸自己這段時間纏著拾娘荒唐沒有傷到拾娘和孩子，要不然的話真的是……

「可是……我還是有點不敢相信這是真的。」拾娘還是有些難以置信，這個消息對於她來說是個絕大的喜訊，所以她更害怕這一切不過是個幻覺。

「不管妳相信不相信，這都是真的。」董禎毅笑了。他握著拾娘的手，笑道：「我們很快就會有一個孩子了，一個和我們都相像又都不一樣的孩子；如果是女兒的話，一定要像妳一樣冰雪聰明，如果是兒子的話，一定要像我一樣用功讀書。」

「或許是兩個呢？」拾娘衝口而出，但立刻就愣住了。她怎麼會說這樣的話呢？

「兩個？」董禎毅沒有注意到拾娘的異常，笑著道：「要是兩個的話就更好了，一對一模一樣的女兒或者一般無二的兒子，再或者一對龍鳳胎，光是想想，我就已經能夠感受到莫大的幸福了。不過，董家從來沒有出過雙胞胎，這樣的可能很小，我們還是一步一步慢慢來。」

「董家沒有出過雙胞胎，並不意味著我就不會生一對雙胞胎。」拾娘不知道自己腦子裡為什麼會冒出那樣的念頭，但是那念頭卻怎麼都壓不住。

「要是那樣的話自然更好。」董禎毅沒有把拾娘的話當真，他笑呵呵地道：「不過，要真是雙生子的話，妳會太辛苦。」

「有什麼辛苦不辛苦的，這樣的辛苦我甘之若飴。」拾娘將自己的手放在平坦的小腹上。她現在什麼都還感受不到，但是心裡卻升起了一種奇妙的感覺。

「對了，娘剛剛說妳需要靜養，想把管家的事情接手回去，免得妳費心費力，不能好好養胎。」拾娘已經恢復了平日的清明，董禎毅就試著把董夫人的意圖說了出來。

接手管家？現在？拾娘眉頭皺了起來，想都不想便道：「娘這也未免太著急了些，這才發現我有了身孕，她就想把管家的權力要回去？」

「她不也是關心妳和孩子嗎？」董禎毅訕訕地回了一聲，但是這話連自己都不大相信。

「把家中的事情交給娘打理也好，不過……」拾娘看著董禎毅，道：「家裡現在的規矩不能變，各處的人手不能變，娘不能讓她身邊的那些人替代了現在的管事嬤嬤，我不放心她們。」

「有什麼不放心的，都是家中經年的老人了。」董禎毅不以為然地說了一句。拾娘這麼好說話讓他大出意外，倒也沒有細想太多。

「我現在有了身孕，萬事小心最要緊。」拾娘說了一句，看到董禎毅眼中閃過一絲明瞭的眼神，知道自己的話他已經聽進去，這就夠了；只要有他的支持，自己再好好安排一番，董夫人就算管了家也不能胡來，頂多趁著管家的工夫為董瑤琳置點好東西，而那是她唯一不在意的。

第一百三十七章

「老大家的，妳覺得我說的怎樣？」董夫人長篇大論一番之後，貌似很開明地問了拾娘一聲。她剛才喋喋不休地對著拾娘和董禎毅說了半天，從對拾娘身體的關心到身為人妻應有的品德，從董禎毅應該對拾娘多體貼到拾娘也應該多為董禎毅著想……凡是她能夠想到的都說了一遍，表達了一個中心意思，那就是拾娘有了身孕是好事，她很高興；但是拾娘有了身孕，不能和董禎毅同房，不能伺候董禎毅，不能盡一個妻子所有的義務，所以拾娘為了董禎毅考慮，應該大方大度地給董禎毅張羅一個暖床的丫頭。不過鑒於她身子不方便，她這個當婆婆的願意為她分憂，將自己身邊伺候的丫鬟挑一個出來，給董禎毅當通房。

唔，說實話，在確定有了身孕，拾娘歡喜之後，也想到了通房丫頭這個問題——林太太曾經和她提過，有時候是有必要主動為丈夫納通房、納妾的，與其讓他納個讓自己煩心的回來，還不如自己主動一點，弄個自己好拿捏的。但是，林太太同時也說了，一定要看清楚丈夫是不是有這樣的念頭，如果沒有，這樣做不但不會讓對方感到賢慧，還會將丈夫推得遠遠的——並不是天下所有的男人在妻子懷孕的時候都會有納通房暖床的念頭，實際上，有那樣念頭的男人並不多，大多數的男人都會願意守著妻子，看著自己的孩子慢慢成長起來，納妾可以慢慢來，沒有必要表現得那般急色。

但是，天底下大多數的婆婆都有這樣的念頭，都會在兒媳婦懷孕的時候給兒子找一個貼心的、小意的、伶俐的通房丫頭，明面上的理由是體貼兒子，實際上卻是找機會在兒子、兒媳中間插個人。用林太太的話來說，天底下大多數的婆婆都是希望兒子、兒媳和和美美地過日子的，但是矛盾的是她們又都不希望兒子和兒媳太好，好得眼中只有彼此；因為她們擔心，那樣會影響自己在兒子心中的地位。所以，兒子和兒媳不好的時候，她們一定會努力地讓兒子、兒媳和睦恩愛，但是兒子、兒媳非常好的時候，她們又會想辦法破壞他們，往他們眼中摻砂子。

而莫夫子也曾經說過，大多數的男人都喜歡左擁右抱沒錯，但是除了那種貪花好色的，大多數的男人也都不喜歡妻子將自己往別的女人那裡推，除非能夠找到一個讓男人只覺得心疼的理由，要不然的話，男人的心裡總是會有些不好的想法的。所以，主動給丈夫納妾的女人並不一定就能得丈夫的歡心，一定要看準一個人的品性，把握好他的心思做事，那才能做得精準。

因為這些，通房丫頭這個問題拾娘只在腦子裡隨便想了想，便丟到一邊去了，沒有起任何的心思。不過，她倒是開玩笑地和董禎毅提起他曾經的承諾，說雖然自己已經有了孕吐的症狀，已經有些喜酸的徵兆，卻不願意為此找個讓自己整天吃醋的人回來。而董禎毅也半是玩笑，半是讓她安心地保證，一定不會給她吃醋的機會。

因為心裡早就已經有了定算，也和董禎毅打過招呼了，拾娘臉上什麼異樣的表情都沒有。董夫人點名問她，她也只是輕輕地點點頭，淡淡地道：「娘說的很有道理，我都聽到了。」

「那麼妳是贊同我給毅兒安排一個通房丫頭了？」董夫人已經做好了拾娘反對的準備，哪裡知道拾娘卻忽然變了個人似的，但是她也不去細想，直接道：「既然這樣，馨月，妳過來給大少奶奶磕頭敬茶。」

「等一下。」

一直在一旁不吭聲的董禎毅終於不幹了，他輕輕地朝著拾娘遞了一個不滿的眼色，然後才看著董夫人道：「娘，我不同意。」

這個不省心的兒子，媳婦都不反對你反對什麼啊！董夫人心裡罵了一聲，但卻又鬆了一大口氣——雖然她最後還是聽了王寶家的建議，要主動給兒子納通房，但是她心裡卻還是不希望董禎毅就這麼聽從自己的安排納了馨月，她終究還是擔心兒子會因此荒廢了學業。

不過，看了一眼臉上的笑容來不及綻開就凋謝的馨月，董夫人故意冷了臉，道：「毅兒為什麼不同意？難道是怕拾娘心裡不舒服？」

董禎毅皺眉，不喜歡董夫人這種不管說什麼都往拾娘身上攀扯的習慣，他直接道：「這和拾娘無關，是兒子不願意納什麼通房。」

「真是這樣？」雖然心裡對董禎毅的反應比較滿意，但是董夫人還是習慣性地瞟了拾娘一眼，再懷疑地問了一聲。

「娘，您心裡應該很清楚，對兒子來說，最要緊的就是學業。」董禎毅心裡微微嘆氣，但還是解釋道：「雖然兒子有把握在下一次的鄉試之中考出一個絕好的成績出來，但是學習如逆水行舟，不進則退，一日都不能鬆懈。拾娘有了身孕，大夫說要分房而居，兒子正好可以搬去書房住，努力耕讀，哪能納什麼通房，誤了讀書。」

「唔……」董夫人點點頭，對董禎毅的回答很滿意，卻又不敢放鬆地問道：「那麼說，你是不想納通房丫頭，而不是看不上馨月了？」

「娘，兒子是那種貪花好色之徒嗎？」董禎毅有些受不了地道：「不管是馨月還是什麼月，兒子都不要，兒子只想守著拾娘過安生日子，什麼通房、妾室的，兒子一個都不要，您以後也別在這個上面費心思了。」

呃？董禎毅的話讓董夫人真的是怔住了。她是不願意董禎毅現在納妾室、通房，擔心因此影響董禎毅的學業，但是她卻不願意看到兒子一輩子不納妾室、通房，守著拾娘過一輩子。她立刻喝斥道：「你這是說什麼話，尋常的富裕人家都有妾室、通房伺候，你怎麼能一輩子不納妾室、通房？這話說出去都會讓人笑話，這樣的話以後不准再說。」

「這話有什麼不對的，值得讓人笑話？」董禎毅大概明白董夫人的心思，他正色道：「娘，您打小在外祖父跟前長大，書讀得也是極多的，您應該知道，那些真正靠書香傳世的大家族，有幾個會提倡子孫廣納妾室、通房的？有些家族甚至有年過四十無子者方可納妾的族規。兒子不納妾，不但不會被人笑話，相反還會受人稱讚的。」

「別人我不管，但是你們兄弟不能這樣。」董夫人自然知道有些家族有這樣的規定，但那畢竟是少數，而且就算有那樣的族規，那些家族的男人不能納妾，但是他們之中又有幾個真正是一輩子守著正妻過日子的？家中無名無分的暖床丫頭、外面的鶯鶯燕燕，還有那種置外室的，早已經是屢見不鮮了。不過，這些董夫人都不想和董禎毅說，她只是乾脆地說道：「董家就你們兄弟倆，娘還想要看著你們為董家開枝散葉，自己也過一過兒孫滿堂的日子呢。」

「娘……」董夫人的話，董禎毅是一點都不贊同的，在他看來，開枝散葉那是正妻的事情，小妾生的，尤其是婢妾生的孩子，對一個家族來說算什麼，出去了都得低人一等。再說，妾室、通房什麼的都是些不可靠的，娘難道忘記了爹那個捲著金銀細軟和人私奔的妾室了嗎？

拾娘輕輕扯了董禎毅一下，不讓他和董夫人為這個爭執下去，看董禎毅硬生生將到了嘴邊的話咽下，她微微一笑，道：「以後的事情以後再說吧，現在說得再多也都是空的，當不得真，還是先把眼前該處理的事情處理了吧！」

眼前？董夫人微怔之後立刻反應過來，她看著杵在那裡，用期望的眼神看著自己，臉上帶了委屈苦澀、進退不得的馨月，明白拾娘指的是什麼。她心裡有些不自在，一時之間卻也想不出好辦法來安排馨月，把她留在身邊，誰知道她會不會因為今天的事情心生怨恨，但是不將她留在身邊，又該怎麼安頓她？董夫人忽然又頭疼起來了。

拾娘心裡冷笑，知道董夫人心裡定然在糾結，卻一點同情都欠奉。這一切都是她自找的，要不是她沒事找事的話，會這樣嗎？

「夫人，奴婢自知蒲柳之姿，入不得大少爺的眼，奴婢也沒有什麼癡心妄想，只求能夠留下來伺候夫人和大少爺。」馨月見勢不妙，立刻撲通一聲跪了下去。就算不能成為大少爺的通房，當上半個主子，也不能被打發出去，那才真正是沒了盼頭。

馨月說得很誠懇，董夫人又有些於心不忍，但是不等她說話，一旁的董禎毅便淡淡道：「娘，我覺得馨月不大適合留在府裡了，您看是把她的身契給了她，讓她返家去還是找牙婆領了出去吧！」

這……董夫人忽然有一種搬石頭砸自己的腳的感覺，看著一眼嚴肅的兒子，她知道這件事情她真的是敷衍不過去了……

第一百三十八章

「劉大夫，是不是有什麼不妥？」看著滿臉慎重，謹慎地為自己把了好一會兒脈才把手收回去的老大夫，拾娘心中有些不安。自從確定有了身孕之後，她就開始了孕吐，基本上是吃什麼吐什麼，有的時候甚至連喝口水都會吐得唏哩嘩啦，兩個月下來，整個人不見豐腴，反倒清減了不少。

許嬤嬤說這很正常，等胎坐穩之後就不會這樣了，拾娘也就沒有興師動眾地請大夫過門，今天也是到了老大夫說的三月之期，才特意請了老大夫上門，只是現在看了老大夫的慎重，忽然又有些忐忑起來了。

「大少奶奶不用擔心，您的身子調養得不錯，雖然清減了一些，但您和胎兒的脈象都很好。」

老大夫知道拾娘定然像大多數剛剛有孕的婦人一樣，十分小心和擔憂，立刻給了她一個定心丸，然後又接著道：「只是，依大少奶奶的脈象來看，大少奶奶懷得極有可能是雙生子，所以大少奶奶一定要小心注意，不光是要比一般的孕婦多吃、多睡、好生休養，還得隨時留意自己的身體變化……」

雙生子？特意請了假留在家陪拾娘的董禎毅微微一驚，不期然地想起那日拾娘的無心之語。他看了拾娘一眼，卻見她不過是微微一愣之後，便很自然地接受了這個消息，似乎心裡早已經有了準備一般，這倒讓董禎毅多了些疑惑。

不過，那個並不是最重要的。董禎毅只是稍微分心了一下，便將注意力收了回來，看著老大夫道：「不知道應該注意些什麼，還請劉大夫賜教。」

「我還是寫張方子吧！」劉大夫笑呵呵地提筆，應該注意的事項滿滿當當地寫了兩大張紙，而後正色對董禎毅道：「懷雙胎，尤其像大少奶奶這樣第一胎便是雙胎的最是要小心謹慎，半點馬虎大意不得，一定得照顧好了。」

「是、是。」董禎毅接過方子，連聲應和著，然後又道：「只是不知道這懷了雙胎，是不是比較危險？」

「這倒也不一定。」劉大夫輕輕搖頭，道：「除了要比一般的孕婦更加注意飲食，負擔更重一些之外，也沒有多少危險，最要小心的是雙胎極易早產；不過，大少奶奶現在才三個月的身孕，還不用擔心那些。現在最要緊的是注意飲食的調養，既不能吃少了，讓胎兒發育不好，也不能吃得太多，那樣的話孩子長得太大，對大少奶奶會是一個極大的負擔。現在胎已經坐穩，大少奶奶要乘著身子還算輕便，平日沒事多走動走動，這樣的話不但對大人、孩子都好，也有利於以後生產。」

「小生明白了。」董禎毅連連點頭。這些劉大夫都在方子上寫清楚了，他將方子折好，放到懷裡，心中決定，等送走劉大夫就把這方子抄寫幾遍，不光自己要爛記於心，拾娘身邊伺候的丫鬟、婆子也都得記得清清楚楚。還有，得馬上著手找兩個有經驗又信得過的穩婆過來照顧了……唔，這件事情還是讓欽伯去辦，他做事穩妥又小心，比別人都讓人放心。

劉大夫又交代了一些注意事項，什麼不能傷神啊，要讓她保持心情愉快啊等等，董禎毅和拾娘都很小心地在一旁傾聽。拾娘稍好，董禎毅還仔細詢問了不少問題，劉大夫極有耐心，一一為他解惑，等他們說完話，整整花了一個時辰還有餘，劉大夫說得都有些口乾舌燥，而拾娘和董禎毅則大有收穫。

送走老大夫之後，董禎毅便照自己所想，將劉大夫之前寫的方子和之後為他說的那些注意事項好生整理了一番，撰抄下來，一份貼在了他們房裡的牆上，一份貼在書房，一份拿給基本已經能夠讀寫的鈴蘭，讓她將所有的事項記清楚之後再講給其他的丫鬟、婆子，並讓她監督著，務必讓拾娘過得舒坦順心，不能有半點差錯，最後剩下的那份則拿給欽伯，讓他一併小心注意，以防萬一。

董禎毅的慎重其事讓拾娘哭笑不得的同時，也覺得十分窩心。不管董禎毅此舉是為了自己還是孩子，她都領情了。

而董夫人知道此事之後，雖然很不以為然，覺得董禎毅這樣做實在是小題大做了些，但是她和董禎毅剛剛因為納通房的事情鬧得有些不愉快，也就睜一隻眼、閉一隻眼地裝作什麼都沒有看見了。

同時，因為老大夫說拾娘最好多走動，而天氣又已經涼了下來，知道拾娘畏寒的董禎毅和欽伯商量了之後，將之前就已經收拾了一番但沒有徹底整修的花園又整修了一番，把花園和各處的迴廊收拾好，好讓拾娘有個散步的地方。對此，拾娘沒有多說什麼，反正董府的花園也不能總是這樣破敗下去，遲早要好好整修的，現在弄一下也是好事。而董夫人雖然覺得董禎毅小題大做了些，卻還是什麼話都沒有多說，由著他的性子去了。

在董禎毅的貼心、關心和董夫人的視而不見之下，拾娘的日子倒是過得愈發清閒規律起來了——每日睡到自然醒，醒來之後在綠盈等人的伺候下梳洗，用過特意為她準備的早餐之後，便在董府溜達半個時辰左右，然後到書房，半躺在書房那把特意為她買回來的躺椅上，看一會兒書，然後就到了用午飯的時間。

獨自吃過午飯，在院子裡小心地活動兩刻鐘，就回房睡午覺；午覺醒來之後，在臨窗大炕上喝一點許嬤嬤給她燉的湯，配上姚嬤嬤特意為她準備的小點心，一邊吃一邊逗弄董禎毅擔心她無聊，特意買回來的畫眉。再稍晚一些，董禎毅便從學堂回來了，全家人一起用過晚飯，在董禎毅的陪伴下，再慢慢地溜達半個多時辰，而後董禎毅會送她回房，自己則回到書房去繼續用功讀書，而後便宿在書房。

自從拾娘有了身孕之後，董禎毅便搬到了書房去住，這一點，董夫人倒是雙手贊同。不過，因為有了馨月那麼一齣，董禎毅對董夫人多了些防備，他和拾娘簡單地商量了一下，將原本在書房伺候的丫鬟綠蘿調走，重新找人牙子買了一個十三歲的小廝知墨。

知墨不但手腳伶俐、做事麻利，也是個好學的，未賣身之前經常躲在村子裡的私塾窗下聽教書先生上課，勉強識得幾個字。進了董府之後，不但做事勤快，每日跟著欽伯學字也十分用功，不但董禎毅用得很順手，欽伯也很喜歡他。另外，許進動的兒子，十歲的許文林也跟在董禎毅身邊當差，兩個小廝年紀相差不大，倒也有個說話作伴的。

不過，日子雖然十分悠閒，拾娘卻沒有長胖太多，只是比沒有懷孕之前豐腴了不少而已，她的肚子也不過比一般月分的孕婦稍大了些，沒有想像中那麼大。這也是許嬤嬤的功勞，她雖然每天都給拾娘做各種進補的東西，卻謹記著劉大夫的交代，拾娘不能長得太胖，要不然的話孩子容易早產，大人也會十分受罪，甚至有危險。所以，所有拾娘入口的東西許嬤嬤都很小心控制，她吃的都是營養而又不油膩的東西，不讓拾娘有驟然增肥的可能。

因為這個，董夫人沒少嘮叨，說拾娘懷著身孕卻不多吃一點，對孩子不好；但是她說她的，拾娘並不會因為她的話而改變什麼，許嬤嬤也一樣。在她眼中，拾娘才是主子，才是那個改變了他們一家人窘況的人，對董夫人她只有恭敬，別的沒有。而董禎毅一樣不理會董夫人的嘮叨，他更願意聽大夫的而不是董夫人的。

轉眼就近了臘月，董夫人忙著核對莊子和幾個鋪子的帳，忙著準備過年的東西。今年不同往年，董家的三個鋪子，最差的一個月都能有八、九十兩銀子的收益，這半年多下來，雖然花了不少錢，但也存了七、八千兩銀子。

這可是很大的一筆錢了。董夫人都不記得手裡有這麼多銀子是多少年以前的事情了，卻沒有忘記有這麼多錢可以買些什麼東西。她開開心心地帶著董瑤琳到望遠城最好的首飾鋪子，為自己和拾娘各買了一支金釵，為董瑤琳訂做了一套價值三、四百兩銀子的頭面，還為全家人都做了新衣裳；尤其是拾娘，因為懷孕的原因，她的衣裳都不能穿了，董夫人倒也沒有小氣，一口氣為拾娘做了十套寬鬆的衣裳，夠她穿到分娩了。

當然，還有各家的年禮。董禎毅思索再三，和董夫人商量了一番之後，也給董氏族人準備了年禮，像三房、七房這種已經鬧得不可開交的自然不用準備，但是像長房、二房、四房等都照著親疏不同準備了些禮物。董夫人對此雖然不大情願，但最後還是照著董禎毅的意思準備了，由董禎毅兄弟倆親自送上門，倒也和好些年不怎麼來往的族人親熱了幾分。

當然，最豐厚的一份年禮是給林家準備的。拾娘身子不便，天氣又冷，是董禎毅獨自送到林家的；而第二天，林家便來人送年禮了，令拾娘意外的是居然是林太太親自來了。

第一百三十九章

「怎麼還是這麼瘦？」見到拾娘，上下打量了一番之後，林太太就皺著眉頭問了一句。拾娘懷孕之後她就來過一次，那個時候，拾娘正因為孕吐鬧騰得瘦了一圈，所以才會有這樣的說辭。

「哪裡瘦了？已經胖了很多了。」拾娘笑著回了一聲，道：「這還是因為我極力控制，要不然的話還不知道會胖成什麼樣子呢！」

「為什麼要控制？妳現在是雙身子的人，懷的又是雙胎，一定要多吃一些才好，要不然孩子生出來一定會又瘦又小的不好養活。」林太太皺皺眉頭，道：「是不是有什麼煩心的事情？妳啊，現在最要緊的是好好調養，別的什麼都不要去管；我當年就是思慮太多，每日的事情太忙，沒有好好休養，結果永星生出來的時候都不到六斤，瘦瘦小小的，我一直提心弔膽的，生怕養不活。」

「大哥現在不是好好的嗎？」

拾娘不以為意地回了一句，在林太太瞪過來之後，只好賠笑道：「好、好，我知道了，我一定會好生休養，您就放心好了。」

拾娘的態度讓林太太的眉頭舒展了一些，正色看著拾娘道：「是不是董夫人又為難妳了？是給禎毅塞通房丫頭了，還是又在管家上面做什麼手腳了？這些事情妳都看開一點，不要因為這些事情傷精費神，等到妳生了孩子，調養好之後再慢慢地和她計較不遲。」

「和她沒有關係。」拾娘有些好笑地搖搖頭。也不知道從什麼時候開始，她和林太太倒是更親密了些，林太太什麼話都敢對她說了。她笑道：「是大夫交代的，說我不能長得太胖了，那樣的話孩子會長得很大，我不但會比較笨重、受罪，還可能早產，生產的時候也會有危險，所以我小心地控制著，不讓自己長得太多，夫人因為這個還很有意見呢，也擔心我生出一對瘦瘦小小的孩子來。」

「既然是大夫說的那就聽大夫的，董夫人什麼意思不要去管她。」一聽是大夫的意思，林太太立刻變了態度。她想了想，道：「我當初懷永星的時候長得不胖，永星也小小的，不過生他的時候倒真的是沒有受什麼罪，從發作到把他生下來也不過兩個時辰，產後恢復得也快，想來大夫說的也是有道理的。拾娘，一定要好好愛護自己的身子，一個人如果連自己都不會愛惜的話，那麼也不會有人會愛惜她了。」

這話鋒轉得還真快。拾娘失笑，卻也能夠感受到林太太對她的愛護之心，她笑著問道：「太太今兒怎麼親自過來了，這會兒應該是您忙得忙不過來的時候啊？」

「每年都是那些事情，都已經做得順手了，能有多忙？」林太太隨意回了一聲。過年前林家的事情確實十分繁多，光是準備年禮就需要很大的功夫，畢竟林家是做生意的，除了親朋好友需要準備年禮之外，還要給各路的官員、各處的客戶準備相應的年禮，那可是半點馬虎不得。雖然有林老爺和管事們幫忙，但她依舊十分忙碌，往年到這個時候，她真正是忙得連喝口茶的工夫都沒有。她看著拾娘笑道：「我好多日子都沒有見妳了，今天是特意過來看妳的，年前、年後我手上的事情多，也不能常過來。」

「我真的很好。我懷孕之後，夫人基本上不大干涉我的事情，禎毅又是個細心的，我自己又小心，一切都很好。」拾娘笑著說著寬慰林太太的話，然後又笑道：「大少爺和語姝的婚期定下沒有？他們年紀可都不小了，最好明年早點成親，也好讓您早點抱孫子。」

「婚期在明年的二月，具體是哪一天還得再仔細選日子，谷家已經派人過來量房子，著手準備家具了。」

提起谷語姝，林太太就是滿心歡喜，臉上那淡淡的一絲陰霾也消散不見。那次之後，兩家的來往倒也多了起來，谷語姝時不時地會到林府陪林太太說說話什麼的，林太太是越來越喜歡這個未過門的兒媳婦，提起來就是滿臉的笑。

「語姝是個好的，知書達禮不說，人情世故也很通達，能有這麼一個兒媳婦，是永星的福氣也是我們林家的福氣；等他們成親之後，我就不用再整天為永星操心這個、那個的了。」

看林太太的那一臉笑容，拾娘也就笑了。對林永星，她還是有著和其他人不一樣的情分，也為他能夠娶到各方面都不錯的谷語姝而感到真心的歡喜。

「唉……」笑了一會兒，林太太卻又忍不住嘆了一口氣，道：「我現在最最擔心的就是舒雅了，也不知道她什麼時候能過得好些。」

這話……拾娘的心突地一跳，臉上很自然地帶了一絲關切地看著林太太，道：「您怎麼說這樣的話，難道姑娘在吳家過得不如意嗎？」

「豈止是不如意。」林太太搖搖頭，苦嘆一聲，道：「吳家的家風本來就不怎麼樣，他和舒雅雖然是青梅竹馬、兩小無猜長大的，感情也相當不錯，但是並不意味著他就能安安心心守著舒雅過日子。舒雅沒有嫁過去之前，他就已經有了通房丫頭，成親的時候為了給林家和舒雅面子，大姑子把那通房丫頭打發去了莊子上；可是兩人成親不到一個月，吳懷宇就把那丫頭給接了回來。這倒也算了，那丫頭以前是吳懷宇房裡伺候的大丫鬟，多少也是有些情分的，舒雅也知道這個人，也容得下她，倒也算相安無事。可是，讓人怎麼都不能接受的是上個月，吳懷宇不知道是不是鬼迷心竅了，居然買了一個瘦馬為妾。舒雅氣不過，和他大吵了一頓，他也沒有讓著舒雅，結果兩人就動起手了……舒雅不小心摔了一跤，就見紅了，找了大夫來看才知道，她有了身孕，還不滿一個月，都還不知道就……我知道這件事情之後，上吳家把舒雅接回來養了二十多天，兩天前才回了吳家。要不是因為他們上門，又是道歉、又是賠禮、又是把老太太搬出來說情的，我還要拿捏一段時間。唉，也是因為舒雅還得和吳懷宇過日子，要不然這件事情真不會這麼輕易地放過。不過就算是這樣，這件事情也沒完，老爺說了，舒雅回去第一件事情就是把那瘦馬發賣了出去，吳家的人要是敢阻攔，他拚著不要這門親戚也得為舒雅討個公道。」

真是……拾娘微微嘆氣。對林舒雅，她真是沒有半點好感，但是聽到她這樣的遭遇，卻還是忍不住為她嘆息，要是她當初順從林老爺、林太太的安排，雖然不能嫁給心儀的人，但也不會遭這樣的罪。不過，她更反感的還是吳懷宇，費盡心機把董、林兩家的婚事攪沒了，好不容易才和林舒雅結為連理，這還不到半年，就鬧出這些事情，就算他娶林舒雅不是為了她的人，而是為了她能夠帶來的利益，也不應該這樣啊！

「吳太太怎麼任由他這麼胡鬧，姑娘不僅是她的兒媳，還是她的姪女啊！」心裡想的自然不能說出來，拾娘只能揀著能說的說了一句。

「她？她會管才怪。」林太太冷嗤一聲，道：「這件事情很可能是他們合計之後故意鬧出來的，只是事情弄到最後，超出了他們的控制範圍而已。」

「此話怎講？」

拾娘微微一怔之後想到一個可能，卻還是故作不解地問了一聲。

「林家每年都要走好幾趟海貨，每趟至少都有兩艘船，一趟下來，少說也有五、六萬兩銀子的賺頭，這個望遠城做生意的人大多數都知道，不少人都想在這個行當裡分些好處。但做這個風險大，沒有絕對的把握是不敢做的；林家做這行時間長，不管哪一方面都已經做得很純熟，吳家早就想讓老爺提攜進這一行，但老爺一直都沒有鬆口同意。」林太太冷笑一聲，道：「舒雅嫁過去不久，吳家又提這個事情，老爺沒有考慮就拒絕了。吳懷宇弄個瘦馬進門，不過是想藉此拿捏舒雅，讓舒雅回家來鬧，看能不能讓老爺看在女兒的面子上鬆口而已。沒承想，舒雅根本沒有領會他的意思，先和他鬧開了，鬧得這般不可收拾。」

果然是利之所趨，什麼都能利用。拾娘心裡輕輕地嘆了一聲，嘴上又問道：「那現在呢？姑娘知道吳家圖謀的什麼了嗎？」

「我把我所知道的和猜想的都告訴她了。」

林太太嘆氣。她自然不願意看到女兒受了那麼一番罪，失去了一個自己都還不知道的孩子還被蒙在鼓裡；在林舒雅回到林家調養了一段時間，恢復得差不多的時候，就把這些事情和她說了。

「姑娘一定不願意接受這個事實吧。」拾娘輕輕地嘆氣。雖然和林舒雅算不上有多麼地熟悉，但拾娘知道在她心中，吳懷宇定然有不可取代的地位。她為了吳懷宇不惜違背父母之命，不惜讓自己的名聲受損，這樣的結果一定讓她痛徹心腑。

「還好，她很平靜地接受了這一切。」林太太說這話的時候十分心疼。或許是成親之後，吳懷宇做出了讓她一再失望的事情，也或許是失去了孩子讓她驟然成長，林舒雅很快地接受了；甚至還主動對林老爺、林太太說，對吳家該強硬就強硬，不要顧及她，她會好好照顧自己，不會讓自己再吃虧。

「姑娘變了。」拾娘微微嘆息。林舒雅經此一事，成熟了很多，只是這代價未免也太高了些。

「能不變嗎？」林太太輕輕地搖搖頭。她也曾經想過讓女兒吃些苦頭之後成長，不要再那麼天真，也不要再那麼盲目地相信某些別有用心的人；但是就如拾娘所想的，這代價實在是太高了些，只希望她以後能夠過得好一些。

「好了，不說她了，還是說說妳吧！」林太太甩甩頭，不談那些讓她憂心、煩心的事情，又問起拾娘的事情來了……

第一百四十章

對生活安逸的人來說，時間過得總是很快，拾娘就是這樣，只覺得剛剛才入冬，眨眼的工夫，好像都還沒有適應冬天的寒冷，便又到了開春。

林永星和谷語姝的婚期最後定在了一月十六，成親的時候，拾娘的身子已經很笨重了，行動起來十分不方便，就連每日的散步也都酌量減少了，自然不能出門去參加喜宴；只聽董禎毅回來說喜事辦得隆重而又熱鬧，望遠城有頭有臉的人家幾乎都去了——做生意的自然是林家邀請的，而那些官宦人家則是谷家請的，除此之外，還有谷家京城的幾家親戚也來了，讓婚禮更添了幾分光彩。

董禎毅還說林永星的婚禮可以說是近年來望遠城辦得最盛大的婚禮了，林老爺和林太太十分歡喜，從始至終就沒有合攏過嘴。

而董夫人回來之後卻是滿臉快意的冷笑——在林家，她見到了一年多沒有見過的林舒雅，據她說林舒雅憔悴得不成樣子，整個人瘦了一圈不說，臉色還很蒼白，厚厚的粉都不能遮擋住她的灰敗氣色，顯然她嫁到吳家之後過得並不怎麼如意。還說遇上她的時候，她正和吳太太在一起，兩人之間完全感覺不到那種親昵的感覺，似乎婆媳關係並不好。

對此，董夫人滿是幸災樂禍，她覺得林舒雅那麼折騰，不但讓董禎毅受了傷，在家養了那麼一段時間，耽誤了前程，還娶了拾娘這麼一個讓她怎麼看都不滿意的兒媳進門，她過得不好那是報應，要是她能過得如意自在，那才是沒有天理。

董夫人怎麼想的，拾娘是一點都不關心，她會是什麼心態，拾娘不用想都能猜出來，而她的那些話拾娘也都聽過就算，根本就沒有往心裡去——有些人，要是和她認真的話，自己就輸了。無疑，董夫人就是那麼一個人。

拾娘現在更關心的是自己的身體——她現在已經有了九個月的身孕，不但肚子大得驚人，還有了微微下垂的趨勢，劉大夫和董禎毅重金請回來的穩婆章嬤嬤都說她已經有了生產的跡象，隨時都可能發作。

生孩子之前該做些什麼準備，生了之後又該怎麼辦，拾娘是一點都不知道；林太太倒是擔心她沒有經驗，董夫人又不頂事（注），剛剛過完年就把她身邊的王嬤嬤派了過來，主要是照顧拾娘和指點著丫鬟們為拾娘生產做準備。孩子的襁褓、小衣服什麼的都已經準備妥當，產房也在章嬤嬤的指點下準備好了，現在只等拾娘發作了。

等到林永星的喜事過後，董禎毅也無心去學堂了。他總是擔心自己在學堂的時候拾娘發作，乾脆就請了假守在家中，陪著拾娘。雖然他也知道真的到了那個時候，自己是一點忙都幫不上的，卻還是做了這樣的決定。對此，董夫人挺有意見，但也只是嘀咕了兩句就沒有多說了。

二十八的那天晚上，拾娘半夜忽然被一陣疼痛給弄醒了，這樣的經驗對她來說並不算很陌生，最近半個多月來，她的肚子經常會一陣一陣地發緊、疼痛，第一次把她嚇了一跳，還以為要生產了，結果卻是虛驚一場。之後，聽了章嬤嬤的仔細解說，才知道生產之前都有這樣的經歷，如果就那麼疼一下、兩下的話，不用太在意，要很有規律地一刻多鐘疼一次，才是要生產。所以，拾娘沒有出聲，甚至連動彈一下都沒有，只是靜靜躺在床上，等著疼痛過去。

果然，疼痛很快就過去了，拾娘說不出是失望還是鬆了一口氣，輕輕地嘆息一聲，閉著眼，準備繼續睡覺；但是還不等她睡著，另一陣疼痛又侵襲而至。拾娘自然睡不著了，手死死地抓著被子的一角，等第二次疼痛過去。第二次疼痛之後，拾娘沒有繼續睡覺，而是在心中默默地數著，看看能不能等到第三次疼痛。果然，大概一刻鐘之後，肚子又是一陣發緊地疼。

等到疼痛過去，她輕輕咳了一聲，在床前打地鋪值夜的鈴蘭睡得本就不沈，立刻驚醒過來，試探地叫了一聲：「大少奶奶？」

「妳起來去請章嬤嬤，我可能要發作了。」拾娘沈住氣，說了一聲，而鈴蘭一聽這話，一骨碌就爬了起來，順手披了一件衣裳就跑了出去。沒有等她再一次感到疼痛，章嬤嬤就奔了進來。

「真是要發作了！」

注：項事，意指有用的，有成效。

章嬤嬤仔細地摸了摸拾娘的肚子，又為她檢查了一下，經驗老道的她立刻明白，拾娘真的是要生了。

鈴蘭和跟著跑進來的幾個丫鬟立刻白了臉，一起進來的王嬤嬤立刻喝斥一聲，道：「慌什麼慌，都給我鎮靜一些，聽章嬤嬤的吩咐，該做什麼就做什麼，不准亂！」

被王嬤嬤這麼一聲喝斥，一眾丫鬟雖然還是神色慌張，卻全部都安靜了下來，眼睛都看向章嬤嬤，聽她的吩咐。

「鈴蘭，妳帶兩個力氣大的，把大少奶奶抬到產房躺好，然後給大少奶奶換上之前為她準備的衣裳，手腳輕些。」

章嬤嬤臉上帶了讓人心安的微笑，有條不紊地吩咐著。她在董家住下之後，就把產房給收拾好了，每天都要檢查好幾遍，確定需要的東西都已經準備妥當了，現在只要把人移過去就好。

「艾草，妳把給孩子準備的小衣裳和襁褓拿出來，送到產房去，拿的時候再仔細檢查一遍。孩子的衣裳最要小心，不能少什麼，更不能多什麼。」看鈴蘭已經扶著拾娘坐起來，移到早就準備好的軟榻上，章嬤嬤又吩咐了一聲，艾草立刻行動了起來。

「綠盈，妳立刻通知許嬤嬤，讓她帶著丫鬟去廚房準備，先給大少奶奶弄點吃的，再準備足夠多的熱水，大少奶奶現在最需要吃點東西補充氣力，要不然熬不到生產。」章嬤嬤又繼續吩咐，綠盈點點頭，快步走了出去。

「綠綺，妳去通知夫人、大少爺，就說大少奶奶要生了；另外，找欽伯讓他把劉大夫請過來，大少奶奶懷的是雙胎，有大夫坐鎮會比較好一些。」

章嬤嬤再一次吩咐，綠綺應了一聲也立刻往外走。

「王嬤嬤，我進了產房之後，外面的事情就需要妳多多費心了，不要讓她們慌慌張張地添麻煩。」章嬤嬤最後看向王嬤嬤。拾娘身邊的丫鬟雖然都是能幹的，但年紀都太小，都沒有經歷過今天這樣的陣仗，難免會慌亂，王嬤嬤需要做的就是當一根定海神針。

「外面我會照看，妳放心就是。」王嬤嬤點點頭，然後很慎重地看著章嬤嬤道：「大少奶奶的身體情況很好，但是女人生孩子就沒有不危險的，她又是雙胎，危險更大了。章嬤嬤，如果真的有什麼意外的話，一切以大人為主，務必要保證大少奶奶平安。」

「妳放心吧，大少爺這樣交代了好幾遍，我會的。」章嬤嬤點點頭，並不意外王嬤嬤會這樣交代，因為董禎毅之前已經和她一再地通過聲氣了，也是說一切以大人的安危為主，別的都不重要。

王嬤嬤送章嬤嬤進了產房之後，就守在了產房外面。而章嬤嬤沒進去多久，董禎毅便來了，一向注重儀表的他顯得有些衣冠不整，見了王嬤嬤就緊張地問道：「拾娘怎麼了？」

雖然已經是春天，但是晚上依舊寒氣十足，董禎毅的臉上卻有清晰可見的汗水，他身後也沒有見到去通知他的丫鬟，不知道是被他甩在了後面還是去通知董夫人去了。

「大少奶奶剛剛發作，還有得等呢！」王嬤嬤勉強地擠出一個笑容，道：「大少爺先回房去等消息吧！」

「嗯！」董禎毅點點頭，但一轉身卻到了產房的窗下，揚聲道：「拾娘，我過來了，妳怎麼樣了？是不是很疼？受不住的話妳就叫出來！」

剛剛忍過一陣疼痛的拾娘忍不住翻了一個白眼。章嬤嬤一再讓她忍著別叫喚，說那樣的話會浪費氣力，而他倒好，什麼都不懂地瞎指揮。

「讓大少爺回房等著，別在外面說話讓我分心！」拾娘沒有像董禎毅一樣傻傻地揚聲說話，而是低聲吩咐了一聲，立刻有丫鬟應聲出門，將她的話轉告給焦急地等在窗下的董禎毅。

董禎毅順從地進了房，卻連坐都沒有坐下，就又轉了出來，眼巴巴地看著產房的門，卻沒有再出聲。

那廂，許嬤嬤也端著一碗用雞湯煮的麵過來了，那雞湯是她特意用文火燉著的，現在沒有什麼比一碗雞湯麵更管用的了。

她看了一眼杵在院子裡當雕像的董禎毅，直接進了產房，對拾娘道：「大少奶奶，您起來吃點東西吧，吃了才有力氣熬到生產。麵裡我下了兩個雞蛋，麵吃不完也算了，雞蛋一定要吃完。」

拾娘點點頭，忍過一陣疼痛之後，就在鈴蘭的扶持下坐起了身，不管有沒有胃口，都咬著牙吃了大半碗麵，兩個雞蛋也都一點不剩地吃了下肚。許嬤嬤滿意地點點頭，這才端著碗出去了。

到了外面，才看到董夫人在馮嬤嬤的陪同下匆匆進了院子，看著杵在那裡的董禎毅問道：「情況怎麼樣了？」

——未完，待續，請看文創風184《貴妻》4

逗趣而深情，歡笑又動人／油燈

貴妻

全套五冊

凡璞藏玉，其價無幾

他是慧眼識妻，一眼定終生；
她是曖曖內含光，只給有緣人欣賞；
她的好既然只有他知道，那娶了當然不放嘍……

文創風 181 1

莫拾娘賣身葬父入林府，雖然只是個二等丫鬟，
卻能讀書識字，畫得一手好畫，機靈又心思剔透，
偏偏她有萬般好，就是臉上有個嚇人的胎記，
但美人兒可是林家少爺的心頭好，怎能忍受這樣的醜丫鬟？
這齣「丫鬟鬥少爺」的戲碼一旦展開，是誰輸誰贏……

文創風 182 2

林家小姐已與董家公子訂親，卻和表哥暗通款曲，
林太太一氣之下，竟說出要從丫鬟之中挑選一個認作義女，代小姐出嫁！
拾娘本以為這把火不會燒到身上，誰知那董家公子死心塌地求娶，
更說自己是「有幸」娶她為妻！少爺不想她離家，公子忙著說服她成親，
這下在演哪一齣？她這丫鬟竟然成了香餑餑？

文創風 183 3

婚後的日子不如她想像的拘束，受人照顧的滋味也挺好的，
但不代表董家一片祥和，因為自視清高的婆婆瞧不上丫鬟出身的她，
小姑又是個沒規沒矩的丫頭，族裡一向冷落他們六房，
雖然嫁了個好丈夫，當起少奶奶，可管好這一家又是一門大學問！
更頭大的是枕邊的丈夫比管家做生意還擾人，擾得她心亂如麻啊……

文創風 184 4

董禎毅苦讀有成，在京城一舉成名，連王公貴族也慕名結識，
如此揚眉吐氣的時刻，拾娘本是開心不已，
可京城竟有「榜下求親」之風氣，而她的完美相公也中招！
婆婆和小姑乘機推波助瀾，要串聯狐狸精逼她這正妻下堂，
她的「家庭保衛戰」就此開始，狐狸精等著接招吧……

文創風 185 5 完

醴陵王妃意外得知拾娘身上有故人之物，便急著要見她；
拾娘依約進了王府，塵封的記憶卻忽然湧上心頭——
難道她和醴陵王府有什麼關係？養育她的義父又是何人？
多年來圍繞著拾娘的迷霧漸漸清晰，但這時，董夫人執意要兒子休妻，
婆媳之戰也因此在她找回身分的時刻越演越烈……

字字揪心　層層織就情意／東風醉

嫡妻說了算

全套三冊

她是龐國公府長房嫡媳，
享盡榮華富貴，看遍世間繁華。
可誰又知道，尊榮華貴的背後，她犧牲了什麼？
她明白，要在這個時代立足，愛情遠不如權勢重要，
而今，她付出多少，就要得到多少！

文創風 174 1

穿越七年，顧容盼曾有過熱情、有過執著，
卻終究消磨在高門大戶的婆媳鬥法、妻妾爭寵裡。
長長的歲月裡，她愛過、恨過，也將一切看透，
那些小妾再怎麼爭，也不可能撼動她長房嫡媳的地位，
在這府裡，一切還是得她這個當家主母說了算，
那麼，她又何須在意那些陪襯的配角呢？
現在的她一心只想著，好好照顧兩個孩子長大，
卻發現總冷靜自持的這個男人，灼灼的眼神是她未曾領略的專注。
他說，要和她好好過日子，更要她付出和他一樣的感情，
讓她平靜的心再起波瀾。若早兩年聽到這話，她必定欣喜無比，
可如今這份寵愛，她還要得起嗎？

文創風 175 2

朝堂風起雲湧，硝煙四起，詭譎局勢讓人身不由己，
被牽扯進政爭中，誰都別想安生。
顧容盼知道，不論榮寵衰敗，她和丈夫總在同一艘船上，
為了兩個兒子，為了腹中胎兒，更為了她自己，
她必須肩負起重擔，為他守住龐國公府！
可內有嬸娘妯娌意欲奪權，外有反賊兵馬虎視眈眈，
她勞心勞力，吃盡苦頭，
這條邁向榮耀的血路，長得像是沒有盡頭……
生死關頭，強烈的無力感襲上心頭，
原來，她沒有自己想像的那般無所畏懼，
只是殘酷現實逼得她不得不堅強，不得不武裝自己……

文創風 176 3 完

嫁給龐晉川後，顧容盼一路爭，一路鬥，
一路走來，她只想成為能與他匹配、不讓他丟臉的嫡妻，
回首來時路，卻早已記不起從前的自己是什麼模樣。
她已經疲倦得無法再繼續，於是停在原地不肯再追逐他的身影，
想不到卻換他尋來，拉著她的手許諾再也不會放手。
這一次，她還能相信他嗎？
看他位極人臣，只為給她、給孩子留個盛世太平，
看他因為她的開心而欣喜，為了她的難過而失落，
看他仔細的把她收藏在心間，為她遮掩世事紛擾，
看他為她退讓，為她妥協，為她付出所有。
或許，她這些年的磨難，也算值得了……

筆潤情摯，巧織錦繡良緣／花樣年華

重為君婦

全套三冊

上一世錯嫁薄倖丈夫，
重生為公府小姐自然得好好挑一門好姻緣！
誰知這緣分是如何牽繫，
竟讓那負心人也以另一個身分重返人世，
老天非要演這齣前世今生的戲碼來……

文創風 171 1

家道中落，陳諾曦一生伺候了薄倖丈夫，
垂臥病榻還被姨娘給氣得一命嗚呼！
沒想到，當她重生為定國公府三小姐梁希宜後，
卻發現自己前世的身軀竟被另一縷靈魂給鳩佔鵲巢，
就連當初傷她至深的丈夫也早在四年前亡逝了……
即使這輩子人事已全非，卻還是不改勞碌命，
對內既要應付家門裡的宅鬥，對外還得給自個兒挑門好姻緣。

前世，他辜負了妻子陳諾曦，最終抱憾而逝，
誰想上天卻給了他彌補的機會，
讓他以靖遠侯府大少爺歐陽穆的身分重返人世……
為了償還所欠的恩情，今生他打定主意要再續前緣！

文創風 172 2

前世的她受盡姨娘妾室的氣，此生絕不想重蹈覆轍，
要她交付真心，對象必須同意只娶一妻；
若守不住本心，她情願嫁個沒有感情的丈夫！
原以為那溫文儒雅的秦家二少是她所求的好歸宿，
無奈傳出他與表妹的私情，讓這門親事臨時生變。
這世上能守身如玉的男子本就鳳毛麟角，
看來她只能斷了念想，擇一門安穩姻緣才是上策……

若非機緣巧合，讓他識出前世妻子重生為定國公府的梁希宜，
差一點自個兒家的媳婦就要嫁為他人婦了。
老實說，這一世有誰能同他這般待她如命，永不負心？
可她卻避之唯恐不及，為了與她廝守今生，拐妻入門是勢在必行！

文創風 173 3 完

她是萬不想同歐陽穆有瓜葛，猶記初見時，他表現得殺伐決斷，
現下忽然要求娶她，誰知道改日翻起臉來又是什麼情況？
不過橫豎已被退了兩次親，她本就打算尋一個無感情基礎的丈夫，
為了顧全定國公府的裡子與面子，則嫁他有何不可？

他既許諾她一生一世一雙人，自是誠心相待，未有欺瞞，
唯獨今生曾錯戀陳諾曦的事，讓他無從解釋說明，
就怕妻子知曉他是前世的負心人，因而厭恨他、離棄他。
未料，這不容說的秘密終有揭曉的一日……

風 文創 183

貴妻 3

國家圖書館出版品預行編目資料

貴妻 / 油燈著. --
初版. -- 臺北市 : 狗屋, 民103.05
冊 ; 公分. --（文創風）
ISBN 978-986-328-292-1（第3冊 : 平裝）. --

857.7　　　　103006731

著作者　油燈
編輯　張蕙芸
校對　沈毓萍　陳盈君
發行所　狗屋出版社有限公司
地址　台北市104中山區龍江路71巷15號1樓
電話　02-2776-5889～0
發行字號　局版台業字845號
法律顧問　蕭雄淋律師
總經銷　知遠文化事業有限公司
電話　02-2664-8800
初版　103年5月
國際書碼　ISBN-13　978-986-328-292-1
原著書名　**《拾娘》**，由起點女生網〈http://www.qdmm.com/〉授權出版

定價250元
狗屋劃撥帳號：19001626
網址：love.doghouse.com.tw　E-mail：love@doghouse.com.tw